SCÈNE

Titre original :
Virtually Dead

ISBN 978-2-330-05324-6

PETER MAY

SCÈNE DE CRIME VIRTUELLE

roman traduit de l'anglais
par Jean-René Dastugue

BABEL NOIR

LEXIQUE

ATH : Affichage Tête Haute. Objet (par exemple un menu) que l'on attache à son avatar pour contrôler un autre objet.
AV : Avatar.
Grille : Ensemble des régions qui constituent le monde de Second Life.
Griefer : Membre de Second Life dont le comportement vise à semer le désordre ou à harceler d'autres avatars.
IM : Instant Message - Message Instantané. Message privé adressé à un ou plusieurs avatars. Seuls les destinataires peuvent le lire.
Inventaire : Dossier contenant les objets achetés ou récupérés par un AV.
Lag : Lenteur de l'affichage. Le monde 3D de Second Life est calculé en temps réel et certains ordinateurs peuvent avoir des problèmes de puissance pour offrir un affichage fluide.
MDR : Mort De Rire.
Poseball : Objet ressemblant à une balle auquel est attaché un programme (script) destiné, en général, à animer un avatar.
POV : Point Of View. Point de vue.
Prim : Primitive. Élément de base constituant les objets de Second Life.
PTDR : Pété De Rire.
Repères : Équivalents des favoris ou des signets Internet, ils permettent de se rendre à un endroit défini en se téléportant.
Rezzer : Apparition des objets et des AV dans Second Life.
Sims : Régions formant le monde de Second Life.
Third Life : Jeu de réalité virtuelle pour les avatars de Second Life. Un jeu dans le jeu.
TP : Invitation à se téléporter en un lieu de Second Life.
VR : Vie réelle.

CHAPITRE 1

On se serait cru en enfer. Des pierres tombales bizarrement penchées. Un crâne au centre d'une croix celtique. Un énorme tombeau, couvert de mousse, sur lequel était gravé un message plein de promesses. *Le Mal vous attend. Vous risquez de mourir.*

Max pouvait entendre des cris dans le lointain. Un épais rideau de toiles collantes lui barrait le chemin, une araignée géante tapie dans l'ombre attendait le moment propice pour se jeter sur sa proie. Une ambiance sonore obsédante emplissait l'atmosphère et lui pénétrait l'âme à tel point que, si elle s'était arrêtée, le silence qui l'aurait remplacée l'aurait presque écrasé.

Il avait peur, sans vraiment savoir pourquoi. Après tout, que pouvait-il bien lui arriver de grave par ici ? Mais il y avait quelque chose dans cet IM énigmatique qui lui avait flanqué la trouille. Ces informations sur son compte que personne n'aurait dû posséder. Et le Repère qui y était joint, l'invitant à se rendre au Labyrinthe du Diable, ne présageait rien de bon.

Maintenant qu'il s'y trouvait, un sentiment d'appréhension, étrange et inexplicable, l'envahissait – l'obscurité, le claquement proche des gouttes d'eau qui s'écrasaient au sol, et ces voix qui criaient dans le lointain. Effrayant.

Les pierres anciennes, plongées dans l'ombre, étaient à peine visibles. Sur un portrait accroché au mur du château, un visage se transforma en crâne. Il se cogna contre la paroi devant lui et un message apparut sur son écran. *Le mur maléfique dit touchez-moi.* Max s'exécuta et fut instantanément transporté dans une pièce dont les murs et le plafond étaient couverts de crânes sculptés dans la pierre. Au centre, sur le sol, gisait un véritable crâne qui l'implora. *Touche-moi pour repartir.* Il s'exécuta et se retrouva penché au-dessus d'une rivière de lave en fusion. Ou était-ce du sang ? Difficile à dire. En dehors de la lueur rouge sombre qu'elle diffusait, la seule source lumineuse provenait d'une rangée de torches enflammées, suspendues au mur à intervalles réguliers. Derrière lui, surmontée d'une voûte de pierre, se dressait une porte ancienne en bois. Il cliqua dessus. Elle s'abaissa comme un pont-levis. Il franchit l'arche et avança dans une cour sombre où des piliers de pierre de toutes tailles s'élançaient vers le ciel d'un noir d'encre piqué d'étoiles.

Il entendit un raclement, se retourna et vit une ombre se déplacer entre les arches gothiques. L'espace d'une seconde, il aperçut un visage d'une pâleur effrayante. Il chercha l'étiquette qui aurait dû flotter au-dessus, et qui lui aurait permis d'identifier son poursuivant. Mais il n'y en avait pas. Il commença à se sentir franchement mal à l'aise. Il activa le Mode Course, fit demi-tour et repartit à toute allure par où il était venu. Il entendit des bruits de pas derrière lui, mais il ne se retourna pas. Un parapet en surplomb courait le long du trajet de la rivière rouge, il le suivit. L'appréhension s'était muée en peur. Inexplicablement, il se sentait menacé et il savait qu'il n'aurait pas dû venir. Il s'arrêta et jeta un coup d'œil en arrière. Personne. Cela le soulagea. Il s'était fourré dans un truc de dingue. Il était temps de partir.

Il ouvrit son Inventaire, sélectionna L'Île dans son dossier Repères, double-cliqua et fut téléporté chez lui.

Son île rezza autour de lui. Les palmiers se balançaient doucement, poussés par la brise tiède, le murmure des eaux tropicales qui venaient mourir sur le sable argenté emplissait l'air. Les mouettes dessinaient des cercles dans le ciel et, sur l'affleurement rocheux à un peu plus de cinq cents mètres de la côte, des phoques se prélassaient en grognant sous le soleil de midi. Il avait changé de fuseau horaire et la lumière du jour, l'aspect familier des lieux, le rassuraient. Il se sentait en sécurité.

Max aimait cette île qu'il avait minutieusement créée au cours des deux dernières semaines. Il appréciait le dessin du toit à la pente aiguë de sa maison asiatique, les yachts aux voiles rouges amarrés aux pontons et les promenades qu'il avait érigées autour de ce petit morceau de paradis tropical. Des boules rose et bleu étaient dispersées deux par deux un peu partout dans le jardin, des poseballs prévues pour danser qu'il avait disposées avec soin, même s'il n'avait pas la moindre idée de la personne avec laquelle il pourrait en profiter. Il se sentait totalement chez lui. À l'abri.

Il cliqua sur la porte d'entrée et quitta la terrasse pour passer à l'intérieur. De chaque côté, de vastes baies vitrées s'ouvraient sur la mer. Il devait encore meubler et il s'y préparait avec un plaisir inattendu. Il n'aurait pas pensé qu'il apprécierait à ce point cet univers. Il possédait un caractère addictif qui l'avait surpris.

Max était grassouillet, chauve, avec un petit bouc grisonnant. Pas vraiment le look que la plupart des gens auraient adopté pour cette vie virtuelle. Mais Max avait souhaité se ressembler. Par vanité.

Des étincelles de lumière autour de sa porte l'avertirent que quelqu'un essayait de s'introduire chez lui. Quelqu'un qui ne se trouvait pas sur la liste de ceux autorisés à entrer. Il se figea sur place. La sensation de confort qu'il éprouvait se dissipa comme la brume du matin et fut remplacée par l'appréhension qui n'avait cessé de le hanter en enfer. Il appela.

Maximillian : Qui est là ?

Pas de réponse. Pourtant, il sentait presque la présence de l'autre côté de la porte. Il était en sécurité à l'intérieur. Sans Repère, l'intrus ne pouvait pas entrer.

Puis, à sa stupéfaction, il vit une poseball bleue rezzer au milieu de la pièce. Il entendit un son semblable à celui d'un serpent à sonnettes puis une forme apparut, bizarrement juchée en position assise sur la poseball. La forme se leva et se tourna vers lui. Pendant un instant, son cœur cessa de battre puis, reconnaissant son visiteur, il se détendit et sourit, soulagé.

Maximillian : Oh, c'est vous. Comment diable êtes-vous entré ?

Mais le visiteur ne répondit pas. Il restait debout, silencieux, et le fixait, les bras croisés, animé d'un balancement presque hypnotique. Soudain, d'un mouvement rapide, l'un de ses bras se déplia et braqua un revolver sur la poitrine de Max.

Il comprit immédiatement que ce n'était pas un jeu. Qu'il était en danger et que, d'une manière ou d'une autre, cela allait mal finir. Il paniqua et essaya de se téléporter à l'extérieur. Au lieu de cela, il cliqua sur le bouton Mode Vol, décolla et se mit à se déplacer en tous sens à l'intérieur de sa maison, heurtant les murs et le plafond. Ses haut-parleurs crachaient des bruits sourds, bump, bump… Le revolver suivait sa trajectoire. Il savait que son assaillant était passé en vue subjective, et le tenait dans sa ligne de mire. Il essaya de trouver un Repère qui le sortirait de là, mais il ne parvenait pas à se concentrer et semblait avoir perdu tout contrôle, comme un quelconque novice. Il afficha une fenêtre de téléportation, mais il la manqua et cliqua sur le plancher, faisant apparaître involontairement la fenêtre Édition. Autour de lui, la maison se mit à chanceler et à se soulever. Le sol s'inclina selon un angle bizarre. Un mur se sépara du plafond et bascula vers l'extérieur. Des morceaux entiers du bâtiment se détachaient et se balançaient. Il parvint à cliquer sur le bouton Atterrir, s'écrasa au sol et commença à glisser sur le plancher. Il se retourna. Le canon du revolver était toujours braqué sur lui.

Il entendit le claquement sec d'un coup de feu. Une, deux, trois fois. Des trous apparurent sur son corps. Du sang. Tellement de sang. D'où venait-il ? Comment était-ce possible ?

Il leva les yeux et vit son agresseur, revolver à l'étui, qui l'observait. Un sourire exagérément satisfait, comme une grimace, laissant apparaître des dents blanches et régulières.

Et son écran vira au noir.

CHAPITRE 2

Quand le téléphone sonna, Michael se trouvait chez lui, assis sur la terrasse, une bière à la main. Perdu dans le brouillard familier de sa dépression, l'esprit vide, il contemplait la lueur de la lune qui se brisait en millions de fragments sur la surface ridée de l'océan. Il s'agissait d'un meurtre, avaient-ils dit. Une diversion bienvenue qu'il accueillit comme une chance de penser à autre chose qu'à sa personne. Même s'il fallait la mort d'un homme pour qu'il y parvienne.

À l'extérieur, l'air du sud de la Californie était encore chaud, à la température du sang, à peine perceptible sur la peau. Michael était vêtu d'un pantalon sombre et d'un polo gris orné du logo de la police scientifique de Newport Beach. Il se gara dans une rue en contrebas de la maison juchée sur la colline derrière l'autoroute longeant la côte, avec vue sur le port de plaisance et la péninsule. C'était un bâtiment imposant, posé sur un affleurement rocheux. De hauts palmiers se balançaient doucement au rythme de la brise portée par l'océan. Il entendit les crachotements des émetteurs de police. Un agent en tenue, posté à côté de la portière ouverte de l'une des voitures de patrouille, lui adressa un signe de tête tandis qu'il calait son trépied sur son épaule avant d'extraire sa sacoche de matériel photo du coffre. « Belle nuit », dit-il, indifférent au voisinage de la mort. Il en avait vu d'autres.

« Pour sûr. » Michael lui rendit son salut et contourna la fourgonnette blanche qui emporterait le corps au laboratoire du légiste d'Orange County pour l'autopsie. Garée juste devant, il reconnut la Ford Crown Victoria bleu foncé du légiste adjoint.

Le fourgon blanc de ses collègues de la police scientifique était garé un peu plus haut sur la colline.

Michael grimpa la volée de marches menant à la porte d'entrée, s'arrêtant un instant pour apprécier la vue. Les lumières de Newport qui dessinaient un arc autour de la baie en contrebas, le bras de la péninsule entourant amoureusement le port et les îles qui parsemaient ses eaux sombres. Au loin, le clair de lune qui illuminait cette nuit limpide de printemps accrochait les sommets de Catalina Island. L'air était chargé du parfum entêtant des bougainvilliers et des chèvrefeuilles. La vue est presque aussi belle que celle que m'a léguée Mora, pensa Michael. Le policier qui gardait la porte se sentit obligé de faire un commentaire. « Il doit falloir un paquet de fric pour se payer une vue pareille. »

Michael opina du chef. « En effet. » Il se courba pour chausser des protège-chaussures en plastique et enfila une paire de gants en latex. « Comment ça se présente là-dedans ?

— C'est le bazar. »

Il n'exagérait pas. Michael suivit ses indications et remonta le couloir jusqu'à un vaste bureau dont les baies vitrées ouvraient sur une terrasse qui faisait face au panorama. Deux hommes en costume, la carrure imposante, gantés et transportant un chariot pliant, patientaient devant la porte en attendant d'emporter le corps. Un type corpulent et de grande taille était à demi allongé sur le flanc, maintenu en position presque assise par les débris d'une chaise qui avait cédé sous son poids. Sa tête chauve était inclinée vers l'arrière selon un angle étrange, les yeux écarquillés, perdus dans le vide. Son menton, où pointait un bouc, pendait mollement, et sa langue dépassait par sa bouche ouverte. Il y avait trois petits trous sur sa poitrine, là où les balles étaient entrées, et trois larges plaies dans son dos, là où elles étaient sorties. Le mur derrière lui était couvert d'éclaboussures écarlates faisant penser à une fresque avant-gardiste. Il s'était vidé de son sang qui avait détrempé sa chemise blanche et le tapis en peau de mouton couleur crème.

Michael reconnut immédiatement l'odeur des bonbons à la menthe qui s'entrechoquaient dans la bouche du légiste adjoint quand il était à l'œuvre. Rien n'avait changé pendant les trois années où Michael avait été absent. Cela faisait à peine une semaine qu'il était de retour et il avait l'impression de n'être jamais parti. Le légiste adjoint racontait que sucer des pastilles de menthe favorisait sa concentration. Le surplus de salive créé par la succion du bonbon noyait ses mots. Accroupi au-dessus du corps, il releva la tête. Il agita un permis de conduire qu'il venait d'extirper avec précaution de la poche arrière du pantalon du mort. « La photo d'identité colle. C'est bien le même type.

— Et de qui s'agit-il, exactement ? » Tous les visages se tournèrent vers Michael. Il y avait là deux inspecteurs des homicides, habillés comme des figurants sortant tout droit d'une agence de casting. Ricky Schultz était gras et se dégarnissait. Luis Angeloz, que l'on appelait parfois L.A., était grand, maigre, l'air coincé. Dans le service, tout le monde les surnommait Laurel et Hardy. Il y avait aussi Janey Amat, vêtue d'un pantalon bleu à coupe droite, de baskets enfilées dans des protège-chaussures en plastique et d'une veste noire légère de la police scientifique de Newport Beach passée sur un tee-shirt blanc. Ses cheveux étaient ramenés à la diable en queue-de-cheval, un masque chirurgical lui recouvrait le bas du visage, dépourvu de maquillage, surmonté d'une paire de lunettes en écaille perchée sur l'arête de son nez. Même si elle l'avait voulu, elle aurait difficilement pu être moins séduisante. Michael savait qu'elle avait définitivement baissé les bras de ce côté-là.

Son visage s'illumina lorsqu'elle le vit. « Salut, Mike. Désolée d'avoir appelé chez toi. Jimmy est malade. » Elle se retourna vers le bureau du mort sur lequel elle était en train de relever des empreintes en apposant des morceaux d'adhésif sur l'acajou poli.

« Il s'appelle Arnold Smitts », l'informa le légiste adjoint. « Propriétaire des lieux. » Il était toujours accroupi près du corps, une main sur l'étui de son arme, comme s'il craignait que le mort ne se relève pour s'en prendre à lui.

« Un comptable. » Hardy se gratta le menton, l'air pensif.

« Un peu cher comme piaule pour un comptable. » Michael balaya la pièce du regard. Tout y sentait l'argent, du bureau couvert de cuir ouvragé au fauteuil à barreaux couleur sang-de-bœuf en passant par la bibliothèque en acajou dont les étagères ployaient sous le poids d'une collection d'éditions originales de livres de droit du début du XXe siècle valant certainement une fortune. Sur le bureau trônait un Mac Pro 8 cœurs à 3 000 dollars couplé avec un écran Apple 30 pouces qui affichait un paysage de champs verdoyants et vallonnés et un logo étrange représentant une main ouverte de couleur vert pâle.

« Pas n'importe quel comptable », enchaîna Laurel en poursuivant la description obscure du statut de la victime commencée par son collègue. « C'était une pointure ce Smitts. Connu de nos services. On le suspecte d'entretenir des liens avec la mafia.

— Et je suis prêt à parier cher que les fédéraux ont un dossier épais comme ça à son sujet », ajouta Hardy. Il regarda Michael. « On ne vous a pas dérangé en plein dîner, j'espère ? Homard et champagne à Corona del Mar ?

— Je ne bois pas de champagne. » Michael se tourna vers sa sacoche pour y prendre son Nikon.

« Tu as du fric mais aucune classe, Mike. Ne me dis pas que tu fais descendre ton caviar avec de la bière.

— Fiche-lui la paix, gros lard. » Janey foudroya l'inspecteur du regard. « À en juger par ton tour de taille, le seul truc que tu fais descendre avec ta bière c'est encore plus de bière. »

Hardy sourit. « Les femmes aiment bien avoir quelque chose autour de quoi mettre leurs bras.

— Ouais, dans mon cas ce serait un bras autour de ta gorge. »

Laurel gloussa. « Il a parlé des femmes, Janey. Cela ne te concerne pas.

— Eh, les gars, on se concentre un peu, s'il vous plaît ? » Le légiste adjoint sortit de la poche de chemise du mort un portefeuille taché de sang et l'ouvrit délicatement. Dedans, derrière une protection en plastique, se trouvait la photographie de deux adolescentes souriant à l'objectif. « Ses gosses, je suppose. On sait s'il est encore marié ?

— Divorcé », répondit Laurel. « Il y a dix ans. Sa

petite amie nous a dit qu'ils étaient ensemble depuis trois ans. »

Le légiste adjoint leva la tête. « Elle est encore là ?

— Elle ne se sentait pas bien. Elle a été choquée. Elle est restée seule avec le cadavre pendant un quart d'heure avant que la voiture de patrouille n'arrive. Quand on a débarqué elle délirait complètement. On l'a emmenée pour la mettre sous sédatifs. Ça n'était même pas la peine d'essayer de recueillir son témoignage. »

Michael glissa le flash dans la griffe de son appareil photo et enfila un masque chirurgical avant de s'avancer dans la pièce pour commencer à photographier le corps. Il se déplaça autour avec méthode, cadrant large avant de se rapprocher pour les gros plans des blessures, sur la poitrine et dans le dos, le visage, le sang sur le tapis, les éclaboussures sur les murs.

Enfin, une fois que les policiers furent sortis, il photographia la pièce elle-même.

Quand il eut terminé, le légiste adjoint fit venir les deux employés à la mine sombre de la société chargée du transport des corps. Ils entrèrent, glissèrent le cadavre dans un sac blanc doté d'une fermeture à glissière et hissèrent le tout sur leur chariot.

Michael s'adossa à la bibliothèque pour observer Janey qui relevait les empreintes. « Quelque chose d'intéressant, mademoiselle Amat ? »

Elle haussa les épaules. « Nan. Pas d'arme. Pas d'indices évidents. On va embarquer le tapis et quelques bricoles. Des tas d'empreintes, mais il s'agit très certainement des siennes et de celles de sa petite amie. On passera tout au peigne fin quand la pièce sera dégagée. » Elle se tourna vers lui et le fixa affectueusement. « Comment ça va, Mike ?

— Ça me fait du bien de te revoir, Janey. »

Elle sourit. « Ouais, à d'autres. Quand des types sont contents de me voir c'est que je suis en train de quitter la pièce.

— C'est simplement parce que tu as un joli petit cul.

— Tu parles ! Trente-cinq printemps, et flasque. Je ne suis pas de ton avis, Mike.

— Allons, n'importe quel type serait ravi de pouvoir poser ses mains sur tes fesses.

— Ah ouais ? Alors pourquoi je n'en rencontre aucun ? » Elle sourit et releva un sourcil, l'air provocant. « À moins, bien sûr, qu'il ne s'agisse d'une proposition. »

Il sourit à son tour. « Je suis plutôt amateur de nichons.

— Zut ! Et je n'ai pas grand-chose à offrir de ce côté-là. » Elle engloba de ses mains le peu dont elle disposait, fit une grimace et reprit ses relevés. « À propos de grosses poitrines, qu'est-il advenu de cette fille de Huntington Beach qui en avait après ton corps ?

Une ombre passa sur le visage de Michael. « Non. Ça n'aurait pas marché, Janey », répondit-il en s'efforçant d'adopter un ton détaché.

Elle se tourna vers lui, le front plissé. « Tu veux dire que tu n'as pas non plus pu poser tes pattes sur son cul ? »

Il haussa les épaules. « J'imagine qu'ils n'ont pas mis les implants à la bonne place. Je croyais aussi avoir de plus grandes mains. Mais je n'ai pas pu en faire le tour. »

Il se détourna. Son sourire s'évanouit et il se mit à fixer l'océan au-delà des baies vitrées. Il y avait un bon moment qu'il n'avait pas posé les mains sur quiconque et il n'imaginait pas que cela puisse se reproduire un jour.

CHAPITRE 3

La clarté du jour filtrait par les bords des stores vénitiens en longues zébrures de lumière et dessinait des motifs sur le mobilier de la pièce plongée dans l'obscurité. Michael ferma les yeux et revit les pelouses vertes, soigneusement entretenues, qui escaladaient le flanc ondulé de la colline, où se dressaient, çà et là, quelques arbres isolés. Il n'y avait pas de stèles, seulement des dalles plantées dans le sol. Les parcelles y étaient vendues, comme de l'immobilier, avec une vue magnifique sur le Pacifique. La proximité de la tombe de John Wayne, un petit peu plus haut sur la colline, faisait grimper les prix. Vingt mille dollars pour s'offrir sa dernière demeure au cimetière Pacific View, survolé toutes les cinq minutes par les avions de l'aéroport John-Wayne, histoire d'agrémenter votre repos.

L'enterrement de Mora s'était déroulé par une belle journée d'automne. Un temps à rester en manches de chemise. Un petit groupe d'amis et de parents de son défunt mari s'était assemblé, mal à l'aise dans leurs costumes sombres et leurs manteaux épais. Planqués sous leurs chapeaux, la plupart d'entre eux s'étaient efforcés de ne pas échanger de regards avec Michael. La veuve et les enfants de l'ex-mari avaient organisé un déjeuner à l'issue de la cérémonie. Une fête, pensa Michael. L'occasion de fourrer leur nez dans ses biens et de discuter de la manière dont ils allaient récupérer leur héritage perdu. Il n'avait pas été invité mais, même si cela avait été le cas, il ne les aurait pas rejoints.

Il était resté un long moment après leur départ, à observer les fossoyeurs qui balançaient sur son cercueil des pelletées de terre sèche et meuble. Il avait levé le visage vers le soleil, espérant qu'il effacerait ses larmes.

Il avait fini par regagner sa voiture en bas de la colline et par conduire jusqu'à leur maison, vers une vie désormais vide de sens, tout en se demandant si la douleur cesserait un jour.

Un bruit dans la pièce lui fit ouvrir les yeux. Il distingua la silhouette d'Angela sur la chaise installée face à lui. Il vit à la manière dont elle croisa les jambes qu'elle s'impatientait. « Vous faites une fixation, Michael. Le deuil est un processus naturel qui vise à accepter la disparition. Mais vous le mettez au centre de tout. Vous considérez la mort de Mora comme votre perte plutôt que comme la sienne. Bien évidemment, vous avez connu un décès. Mais les défunts sont partis et, au bout du compte, ceux qui restent doivent passer à autre chose. Ce n'est pas votre cas. Vous avez mis votre vie en pause, comme sur un magnéto. Vous vous apitoyez sur votre sort.

— Ce n'est pas vrai, Angela. J'essaie. Vraiment. C'est pour cela que j'ai repris mon ancien travail. » Il marqua une pause et un sourire ironique apparut sur ses lèvres. « Pour cela, et aussi parce que j'avais besoin de gagner ma vie.

— Vous ne m'avez jamais dit pourquoi vous aviez démissionné.

— C'est Mora qui l'a voulu. Elle avait tellement d'argent que nous n'étions pas obligés de travailler. Et après trois ans de veuvage, elle avait envie de prendre du bon temps.

— Et avoir un travail vous en empêchait.

— Oui. » Il se rappela les disputes. Il avait été fermement contre au départ. Il aimait son boulot, et il savait que s'il l'abandonnait, c'en serait fini de son indépendance. C'était son argent, pas le sien. Il deviendrait un homme entretenu. Mais, au bout du compte, elle avait eu le dernier mot. Elle avait posé sur lui ses grands yeux marron et tristes, lui avait récité la litanie des clichés mille fois entendus. La vie n'était pas une répétition. Ne remets pas au lendemain ce que tu peux faire le jour même – demain ne viendra peut-être jamais. Et pour elle cela s'était avéré prophétique. Ils avaient eu si peu de temps tous les deux qu'il se réjouissait finalement d'avoir démissionné. Ils avaient parcouru le monde. Italie, France, Extrême-Orient, Caraïbes. Tant de moments heureux qui n'étaient maintenant plus que des souvenirs. Au moins, il lui restait ça.

« Et alors, comment cela se passe-t-il ? À la police scientifique d'Orange County, c'est bien ça ?

— Oui. À l'origine j'étais à Santa Ana. Mais je suis à Newport Beach maintenant. »

Il l'entendit sourire. « Alors vous pouvez presque vous rendre à pied à votre travail.

— Presque. » Il pensait à la manière dont s'étaient passés les derniers jours depuis qu'il avait repris son activité. Des gens qu'il connaissait depuis des années. Ils n'étaient pas hostiles ni même distants. Simplement, il n'y avait plus de chaleur. « Ils ne comprennent pas.

— Qui ne comprend pas quoi ?

— Mes collègues. Ils ne comprennent pas pourquoi je suis revenu. On dirait qu'ils pensent que je me la joue, ou quelque chose dans le genre. Le petit garçon riche qui s'ennuie et qui cherche le frisson. Ils s'imaginent que je vaux des millions, alors pourquoi diable aurais-je envie de travailler ? Si seulement ils savaient.

— Vous avez l'impression qu'ils vous jugent ?

— J'en suis certain. Je suis persuadé qu'ils croient que je l'ai épousée pour son argent. Après tout, elle était bien plus âgée que moi.

— Pas tant que ça, Michael. Dix ans, ce n'est rien entre deux adultes. Et elle avait à peine passé la quarantaine, non ? »

Il hocha la tête tout en réalisant qu'elle ne pouvait pas le voir. « Oui », dit-il.

Il y eut un long silence. « Et ils ont raison ?

— Raison sur quoi ?

— Vous l'avez épousée pour son argent ?

— Bien sûr que non ! » Il entendit sa voix partir dans les aigus et se demanda s'il ne donnait pas l'impression d'en faire trop. S'il y avait une once de vérité dans cette hypothèse, il ne voulait pas l'affronter. « Au début, peut-être, l'argent donnait d'elle une image glamour. Séduisante. Mais à la fin, c'est d'elle que je suis tombé amoureux. C'était une femme magnifique, mais ce n'est pas non plus la raison. C'était elle. C'était Mora. Il y avait quelque chose en elle de beau et de paisible qui m'a complètement aspiré, emporté. J'étais ensorcelé, Angela.

— Et pourquoi a-t-elle été attirée vers vous ? »

Il sourit. « J'ai d'abord cru que c'était ma jeunesse.

— Et vous êtes bel homme. »

Il essaya de distinguer son visage dans l'obscurité, mais il était noyé dans l'ombre. « Je n'ai jamais eu de difficultés à attirer les femmes, si c'est ce que vous voulez dire. » Il était jeune et beau, grand, athlétique, avec des cheveux longs et noirs qu'il ramenait en arrière pour dégager son front large et bronzé sur un regard bleu acier. L'héritage de ses ancêtres celtes. Ou un gène des populations d'Europe de l'Est dont était issu son arrière-grand-père et dont il avait aussi hérité son patronyme. Kapinsky. Ce n'était pas un nom qu'il appréciait. Mais il en était le gardien, dernier de la lignée. « Ce qui nous a attirés l'un vers l'autre au début n'a pas d'importance. Nous sommes tombés amoureux. Et c'est ce qui nous a soutenus. Et quelle que soit la quantité d'argent qu'elle a pu me laisser, je donnerais jusqu'au dernier cent pour être à nouveau avec elle. »

Cette fois-ci, le silence fut encore plus long que le précédent. Puis il l'entendit soupirer et la vit se lever de sa chaise. Elle ouvrit les stores et la lumière inonda la pièce. Il plissa les yeux pour lutter contre l'éblouissement jusqu'à ce que ses pupilles se contractent.

Le salon d'Angela, où elle conduisait ses séances, était élégamment décoré. Des certificats et des diplômes encadrés touchant à presque toutes les branches de la psychologie, des murs couverts de panneaux de chêne. Un canapé et des fauteuils en cuir confortables disposés parmi des lampes en laiton aux abat-jour verts, un tapis couleur crème, épais et somptueux, des rideaux de velours pourpre. Elle se tourna vers lui. Elle était, elle aussi, plutôt séduisante. Des cheveux blonds, longs et raides, qui tombaient sur des épaules carrées, une silhouette élancée. Des yeux verts capables de vous pénétrer l'âme. Elle était à peine plus âgée que lui, s'était-il dit en la rencontrant pour la première fois. Entre trente-cinq et quarante ans. Mais elle ne portait pas d'alliance. Pas d'indice laissant penser qu'un homme vivait là. Cette femme était plutôt énigmatique.

« Même heure, jeudi prochain ?

— Très bien. » À contrecœur, il se leva du canapé et se prépara à affronter le monde extérieur.

*

Il sortit par la porte latérale de la villa située sur le front de mer et suivit l'allée qui aboutissait à un haut portail donnant sur la promenade. Dans ce coin, les maisons avaient des façades étroites et bon nombre d'entre elles avaient été retapées récemment. Contrairement aux apparences, elles étaient extrêmement profondes, occupant près de la moitié du pâté de maisons, et rejoignaient une large voie d'accès qui desservait deux alignements de pavillons disposés dos à dos. Une vaste plage de sable doré s'étendait jusqu'au bleu de l'océan, et des postes de sauveteurs, juchés sur des poteaux, étaient installés à quelques centaines de mètres les uns des autres pour veiller à la sécurité des foules qui venaient là en été.

De hauts palmiers et des arbres de Josué noueux encombraient de minuscules jardins où, protégés par des bâches, le mobilier d'extérieur et les énormes barbecues au gaz attendaient la belle saison. La promenade était presque déserte, à l'exception d'une femme corpulente en survêtement rouge et coiffée d'un chapeau de paille qui déambulait nonchalamment, la main dans celle de son mari, plus âgé. Ils avaient l'air tellement détendus. À l'aise l'un avec l'autre. Marcher en silence, main dans la main, en profitant du soleil. Michael les enviait.

Il pivota sur lui-même et partit vers le sud, en direction du ferry. Mora et lui étaient souvent venus là pour promener le chien. En prenant leur temps. Ils allaient jusqu'au Crab Cooker où ils achetaient régulièrement des pinces de crabes géantes et de la sauce tartare maison qu'ils rapportaient pour le déjeuner et qu'ils dégustaient avec un sauvignon blanc de Californie, frais et sec.

Le ferry était en fait une barge capable de transporter trois ou quatre véhicules à la fois sur les quelques centaines de mètres qui séparaient la péninsule de Balboa Island. Il y en avait deux en tout qui faisaient des allées et venues entre des pontons de bois. Sur la péninsule, à côté du musée maritime, se dressait une grande roue de taille modeste, silencieuse, si ce n'était le vent qui sifflait en passant à travers les câbles de sa superstructure.

La cabane qui louait des bateaux et organisait des séances de parachute ascensionnel était déserte. À l'extérieur, des rangées de tee-shirts et de chapeaux s'agitaient dans la brise. Michael descendit la rampe d'accès jusqu'au ferry et s'assit sur la banquette à côté de la cabine du pilote. Il apprécia la caresse du vent sur son visage tandis que l'embarcation traversait le chenal en haletant.

Tout en flânant sur le trottoir qui longeait le Grand Canal de l'île, il laissa son regard vagabonder le long de l'alignement des maisons de millionnaires, des pseudo-maisons de maître construites en contreplaqué masqué par des façades en pierre, du stuc et des flancs en bardeaux. Un yacht était stationné à côté de chacune d'elles. Des navires de quinze, dix-huit, vingt et un mètres. À une époque, Mora et lui avaient fait partie de cette caste. Ils étaient populaires, tout le monde les invitait. Après tout, leur maison se trouvait dans l'un des coins les plus convoités de Corona del Mar, elle dominait toutes les autres. Mais leurs amis savaient que l'argent était celui de Mora et, après sa mort, Michael ne fut plus invité nulle part. Au bout du compte, il n'était pas vraiment l'un des leurs.

Il se rendit sur Marine Avenue en coupant par Balboa Avenue et s'acheta un Caramel Macchiato au Starbucks. C'était là que, la plupart du temps, Mora et lui s'arrêtaient pour prendre un café. Il continuait de venir régulièrement, son ordinateur portable sous le bras, pour s'échapper de la maison. Les gens se souvenaient encore de Mora. Des retraités en chaussures de sport, pantalons de survêtement et coiffés d'une casquette de baseball. Des visages âgés, chargés de trop de soleil et d'années, qui se fendaient d'un sourire.

« Bonjour, Michael, comment allez-vous aujourd'hui ? »

Il s'imaginait que, comme tout le monde, ils devaient penser qu'il était encore riche. Certes, il possédait une maison valant quatre millions – dans un marché favorable. Mais il avait aussi hérité d'un énorme prêt de trois millions, ce qui était certainement le maximum qu'il pourrait tirer de la vente de la maison dans cette période de récession économique. Et il était en train de venir rapidement à bout des moyens dont il disposait pour assurer les paiements.

CHAPITRE 4

Il fallait un quart d'heure pour se rendre de la maison sur Dolphin Terrace jusqu'au Lido où se trouvait le bureau de l'avocat, situé à l'étage supérieur d'un ponton en bois, face au port de plaisance. Michael pouvait sentir les odeurs de nourriture qui montaient des restaurants du bord de mer. Poisson frais. Ail. Le parfum doux et chargé de levure du pain chaud.

Des yachts immenses et des bateaux à moteur de vingt et un mètres se balançaient doucement au gré de la houle, amarrés à des mouillages dont la location s'élevait à vingt mille dollars par mois.

Jack Sandler était lisse dans tous les sens du terme. Il avait une voix de velours, un visage rasé de près et son crâne chauve semblait avoir été poli pour refléter le soleil. Michael pensait qu'il gagnait très bien sa vie, même pour un avocat. Il possédait un bureau immense, aussi lisse et luisant que son crâne, et une vue imprenable sur le port. Il invita Michael à s'asseoir à côté de la fenêtre et s'installa derrière son grand bureau, fixant son client par-dessus des piles bien ordonnées de dossiers et de papiers.

« Comment vas-tu, Michael ? », lança-t-il comme s'il parlait à son meilleur ami. « Tu as l'air de bien te porter, mon pote. » Mais derrière cette sympathie de façade, Michael était convaincu qu'il se demandait si son client allait avoir les moyens de payer sa note.

Michael n'était pas d'humeur à bavarder. « Alors, Jack, quoi de neuf?

— Rien de bon, Michael, je le crains. » Le sourire de Sandler sembla se figer sur son visage avant de se transformer en grimace. « Apparemment, le jugement ne va pas être en ta faveur. Le mieux que l'on puisse attendre, c'est qu'ils acceptent une espèce d'accord et un règlement à l'amiable. »

Michael eut une sensation désagréable au creux de l'estomac, comme un caillou s'enfonçant lentement dans des sables mouvants. Il s'y attendait depuis les obsèques. Mora avait hérité de l'argent de son mari qu'elle avait rencontré en venant travailler au sein de son groupe de presse à San Francisco. Elle s'était présentée à l'entretien pour devenir son assistante personnelle. Il lui avoua plus tard qu'elle n'avait pas eu le poste car il avait immédiatement compris qu'il allait s'éprendre d'elle. Elle commença par travailler pour l'un de ses cadres. Mais, en dépit de cela, elle l'attirait comme un aimant et il passait plus de temps dans son bureau que dans le sien. Ils avaient fini par tomber amoureux. Il avait divorcé de sa femme, établi un accord, ouvert des comptes pour ses enfants et épousé Mora. Ils auraient dû vivre heureux. Mais, à peine cinq ans plus tard, il mourut d'une forme rare de cancer du cerveau, et elle hérita de sa société.

Pendant une année, elle avait fait de son mieux pour que la machine tourne, mais elle n'avait ni la passion ni la compétence et avait fini par vendre l'entreprise – pour la coquette somme de cinquante millions de dollars. C'est à ce moment que l'ex-femme de son mari défunt et ses enfants avaient fait une première tentative pour récupérer une part du gâteau. Cette fois-là, les tribunaux avaient rejeté leur demande, mais Mora, poussée par la culpabilité, avait offert du liquide à chacun des enfants et dix millions à la première épouse. Une erreur. Cela créait un précédent. Elle reconnaissait par ce geste que la famille de son mari défunt avait certains droits. Certainement plus que Michael. Et c'était cet argument qu'ils mettaient à présent en avant.

Le problème était que Mora était loin d'être une femme d'affaires. Elle avait fait une série d'investissements malheureux, laissé filer l'argent, et ce qui était au départ une petite fortune se résumait à présent à quelques millions, dont la plus grande partie sous forme de biens immobiliers. Les actions et les parts fournissaient tout juste de quoi couvrir les coûts de la maison et rembourser le prêt.

« Eh bien, je ne vois pas ce que je peux leur offrir, Jack. Quelques placements douteux, beaucoup de dettes.

— Il faut faire une évaluation, Michael. Savoir ce que valent les actions et les parts, combien tu peux tirer de la maison. Tu l'as mise en vente, non ? »

Michael hocha la tête. « Mais il ne se passe pas grand-chose. L'immobilier est à la baisse. Les gens font des offres aberrantes, qui me rapporteraient moins que ce que je dois à la banque. Il va falloir que je sois patient si je veux en tirer un bon prix.

— Bien, si la valeur de la propriété est égale ou inférieure à celle du prêt, ils ne pourront pas le contester. À moins qu'ils veuillent faire une croix sur la différence. En revanche, je crois qu'il va falloir que tu te sépares des actions et des parts. »

Michael soupira de frustration. « C'est justement ça qui me permet de couvrir les remboursements du prêt, Jack. Et ce que coûte la maison. Tu sais que je lâche trente mille dollars par an rien qu'en impôts ? »

Jack inclina la tête en prenant une mine désolée. Il croisa les mains sur le bureau devant lui. « Alors il va falloir que tu la vendes au prix qu'on voudra bien t'en donner, Michael, je suis désolé. »

*

On dit que les décès surviennent toujours par trois. Et qu'une mauvaise nouvelle n'arrive jamais seule. L'argent de Mora semblait empoisonné. Il n'avait apporté qu'une joie éphémère à son mari, puis à elle. À présent, l'un et l'autre étaient morts et Michael se surprit à penser qu'il était peut-être le prochain sur la liste. Le troisième du cycle. Ou bien l'argent emporterait avec lui sa malédiction. Dans ce cas, la cupidité de la famille de l'ex-mari de Mora aurait sur ses membres d'autres effets que ceux recherchés.

Quant aux mauvaises nouvelles, la suivante ne fut pas longue à venir.

Michael était assis au milieu des palmiers en pots du bureau alloué au directeur de la banque de Californie du Sud, filiale de Newport Beach. C'était un aquarium posé dans un open space où les clients marchandaient prêts et découverts avec le personnel de la banque. À peine plus de deux heures s'étaient écoulées depuis qu'il avait quitté Jack Sandler.

Michael n'avait pas de lien particulier avec Walter Yuri, qui aimait se faire appeler monsieur. Monsieur Yuri était un petit homme aux manières bienveillantes avec de beaux cheveux noirs commençant à grisonner, une moustache bien taillée, rappelant celle d'un médecin de famille. Il surgit dans le bureau, affairé et préoccupé.

« Désolé de vous avoir fait attendre, monsieur Kapinsky. Cette catastrophe des *subprimes* met tout le monde sous pression. Dieu sait où cela va nous mener. C'est un cercle vicieux, voyez-vous. Un cercle vicieux. » Il s'assit derrière son bureau. « Je le dis depuis des années. Le gouvernement ne peut pas développer l'économie avec une consommation soutenue par le crédit. Tôt ou tard, il faut que les gens remboursent. Ou ne remboursent pas. Et c'est ce qui est en train de se passer. »

Michael haussa les épaules. « Bien sûr, je n'irais pas jusqu'à supposer que les banques doivent endosser une quelconque responsabilité. Je veux dire, qui oserait leur reprocher d'avoir proposé des prêts sans garantie à des gens qui ne pouvaient pas se le permettre ? »

Yuri leva brusquement le regard. Le penchant de Michael pour l'ironie désarçonnait souvent les Californiens. Un trait hérité de son éducation sur la côte Est entre les mains d'une mère écossaise à la langue acerbe. Yuri plissa les lèvres et ouvrit le dossier posé devant lui. « Enfin, heureusement, cette banque a eu la sagesse de garantir votre prêt avec la maison de Dolphin Terrace, monsieur Kapinsky. » Il prit une brève inspiration. « Ce qui est une bonne chose, dans la mesure où je suis contraint de faire jouer cette garantie. »

Michael fronça les sourcils. « Vous pouvez certainement attendre que la maison soit vendue, non ? Je ne vais pas disparaître dans la nature tout de même.

— Nous ne le pouvons pas, monsieur Kapinsky. Vous avez plusieurs versements de retard, et à coup de 16 000 dollars par mois, nous sommes déjà face à un montant de plus de 100 000 dollars. Vous imaginez où nous en serons dans un an si vous n'avez pas encore vendu ? »

Michael n'avait pas de réponse à cette question.

« Je crains que nous n'ayons pas d'autre choix que de prendre possession de la maison dès que possible. Nous enverrons quelqu'un pour procéder à une estimation.

— Mais je vais y perdre au moins un million si vous faites cela. »

Yuri afficha le sourire que les médecins réservent aux patients en phase terminale quand ils leur annoncent une mauvaise nouvelle. « Je suis désolé, monsieur Kapinsky, mais à moins que vous ne trouviez… », il jeta un coup d'œil à son dossier, « 3 173 000 dollars dans la semaine qui vient, nous serons contraints, hélas, de saisir votre maison et de la vendre nous-mêmes. »

CHAPITRE 5

Mora avait fait construire la maison de Dolphin Terrace sur l'un des sites les plus convoités de Corona del Mar, perchée sur une crête qui dominait Balboa Island, le port, la péninsule au-delà, et la vaste étendue bleue de l'océan Pacifique qui, par temps clair, guidait l'œil jusqu'à la silhouette de l'île de Santa Catalina.

C'était une maison carrée, de plain-pied, avec une toiture en pente douce, couverte de tuiles romaines, qui descendait vers une cour centrale ouverte et reposait sur des colonnes de style classique. Un jacuzzi en demi-cercle était installé dans un coin. Les dalles de pierre se noyaient dans une profusion de fleurs et d'arbustes en pleine floraison et menaient vers des baies vitrées installées tout autour. À l'intérieur de la maison, les pièces offraient à leur tour un magnifique panorama sur le port. La façade avant de la maison était fractionnée par trois autres baies vitrées semblables à des toiles de maîtres représentant des paysages vivants.

Dans l'espace central, au pied d'une volée de quelques marches, se dressait un piano à queue. D'autres baies permettaient d'accéder à une terrasse qui prenait tout l'avant de la maison. À gauche se trouvait le salon avec sa propre vue sur le port. À droite, le bureau que Michael partageait avec Mora et dont les fenêtres donnaient sur les terrasses situées sur le côté et à l'avant de la maison. C'était dans cette pièce qu'ils avaient planifié leurs voyages, cartographié leurs itinéraires, ri ensemble, excités à l'idée de ce monde à explorer qui les attendait.

La principale impression que les gens retenaient en visitant la maison était la place de la lumière. Elle flottait depuis la cour centrale. Se déversait par les baies vitrées de la façade. Tombait des lucarnes astucieusement disposées en angle dans les plafonds. Son autre vertu était son ouverture. La salle à manger s'ouvrait sur la cuisine qui donnait sur le salon qui, à son tour, menait à la pièce où trônait le piano. Seuls le bureau et les chambres étaient équipés de portes.

La cour, les terrasses en façade et sur le côté offraient de petites alcôves inattendues où tables et chaises permettaient de prendre le petit-déjeuner à l'ombre, de déjeuner au soleil ou de dîner en profitant de la vue sur le couchant vers Catalina et, en contrebas, sur le chenal du port qui rougissait avant de disparaître progressivement en passant du violet au noir.

Michael aimait cette maison. Il aimait ses courbes et ses recoins, ses angles, ses arches et ses colonnes, le treillis à lattes au-dessus de la terrasse qui découpait les rayons du soleil en longues bandes qui franchissaient la fenêtre de la salle du piano. Il aimait sa lumière et ses volumes. Cet endroit l'empêchait de sombrer. Il y reconnaissait l'âme de Mora qui avait joué un rôle majeur dans sa conception. C'était sa maison, et le simple fait de s'y retrouver le rapprochait d'elle. Son cœur se brisait à la pensée qu'il devait la vendre. Perdre la seule chose qui lui restait d'elle, six mois après sa disparition.

Tandis qu'il passait du garage à la buanderie, il entendit parler dans la cuisine et son cœur se serra. Il distingua le rire affecté de Sherri et deux autres voix qui lui étaient inconnues.

Sherri était son agent immobilier. Née à Newport Beach, blonde, la cinquantaine, améliorée à coups de bistouri, forte poitrine, taille fine, de grands yeux, mariée trois fois. Elle essayait de vendre la maison depuis trois mois, sans succès. C'est un bien magnifique, lui avait-elle assuré. Les gens vont se battre pour l'acheter. Trois millions et demi au moins. Peut-être quatre.

À ce jour, la meilleure offre s'élevait à deux et demi.

Elle se tenait de l'autre côté du bar de la cuisine avec un couple d'une cinquantaine d'années qui décortiquaient la maison du regard, l'air critique. Sherri sembla submergée d'enthousiasme quand elle vit Michael. « Oh, quelle chance ! Voici le propriétaire. Michael, comment allez-vous ? » Elle n'attendit pas sa réponse. « Je vous présente monsieur et madame Van Agten. Ils adooorent votre maison. »

Michael jeta un rapide coup d'œil au couple dont les visages semblaient dire le contraire. Mais ils lui adressèrent un signe de tête poli.

« Je vous laisse faire le tour tous les deux », leur proposa Sherri. « Je dois m'entretenir avec monsieur Kapinsky. » Tout en l'agrippant par le bras en direction du bureau, elle lança par-dessus son épaule : « Je suis à vous dans une minute. » Dès qu'ils furent seuls, elle ferma la porte et son sourire s'évanouit. « Michael, vous devez absolument faire quelque chose pour la cour. Les plantes sont à l'abandon. On se croirait dans la jungle. Cela donne une très mauvaise première impression. »

Michael avança nonchalamment vers le bureau où se trouvait son ordinateur. L'économiseur d'écran affichait en boucle un diaporama de Mora. Il saisit une pile de courrier en retard. Factures. Impayés. Rappels.

Derniers avertissements. « J'ai dû mettre fin au contrat avec Tondos, Soufflos et Cassos, Sherri. »

Elle le dévisagea sans comprendre. « Tondos, Soufflos et Cassos ? »

Il eut un petit sourire triste. « C'est le nom que Mora donnait aux jardiniers mexicains. Ils nous fondaient dessus tous les mardis, comme une tornade, tondaient la pelouse, désherbaient les plates-bandes, dispersaient les feuilles mortes et les débris avec une de ces souffleuses à moteur. Et ils repartaient aussi vite qu'ils étaient venus. Tondos, Soufflos et Cassos. » Il leva le regard, mais Sherri ne souriait pas. « Je n'ai plus les moyens de les faire travailler. J'ai donné son congé au type de la piscine, également, celui qui entretient le miroir d'eau et le jacuzzi. Oh, et aussi celui qui vient nourrir les poissons tous les deux jours. »

Mora avait fait installer un aquarium dans le mur qui séparait la chambre du couloir, visible des deux côtés. Suffisamment haut pour que l'on ne voie pas la chambre à travers, mais pas trop, pour que l'on puisse se tenir debout devant et observer les poissons se faufiler au milieu des coraux et des galets. Michael pensait être capable de les nourrir tout seul.

« En plus, j'espérais que vous auriez fait quelque chose avec ces cartons empilés partout. Vous auriez dû attendre d'avoir vendu avant de vous débarrasser du mobilier et de commencer à empaqueter vos affaires. Les gens aiment voir une maison vivante. Vous ne nous rendez pas service, vous savez.

— Eh bien… » Il fit une pause. Il fallait qu'il lui annonce la nouvelle à un moment ou à un autre. « Cela n'a plus aucune importance à présent, Sherri. La banque va saisir la maison. »

Il vit son regard se glacer à la pensée de sa commission qui venait de s'évanouir dans un nuage de fumée. « C'est injuste. J'ai investi des mois de travail dans cet endroit, Michael. Du temps, de la publicité. Vous ne pouvez pas me faire une chose pareille.

— Je n'y suis pour rien, Sherri. C'est monsieur Yuri. Il pense que le gouvernement commet une erreur en soutenant l'économie avec des prêts pourris. »

Elle plissa le front. « Quoi ?

— Je vous explique simplement que j'ai les mains liées. Si vous ne trouvez pas un acheteur avant la semaine prochaine, vous perdez votre commission, et moi la maison, et un sacré paquet d'argent. »

Un coup discret frappé à la porte les fit sursauter. Un jeune homme coiffé d'une casquette de baseball et chaussé de tennis entra et leur adressa un sourire. Il était vêtu d'un short, d'un tee-shirt et portait à la taille une ceinture dans laquelle étaient glissés un assortiment de petits outils de jardinage et un pulvérisateur d'eau. « Pardon de vous déranger, monsieur Kapinsky. Je me demandais si vous aviez mon chèque. Vous savez, pour la facture que je vous ai laissée la dernière fois.

— Oh, oui, désolé. J'ai oublié, Tim. » Michael ouvrit un tiroir, en sortit son chéquier et commença à fouiller plus avant dans le bazar qu'il contenait pour retrouver la facture.

« Bon, j'y retourne. Je dois discuter avec les Van Agten », dit Sherri. Il perçut la froideur de son ton. « Mais il faut que nous ayons une discussion à propos de tout cela, Michael. »

Quand elle fut partie, Michael haussa les épaules à l'attention de Tim et lui adressa un sourire moqueur. « Ça chauffe pour mon matricule. »

Tim sourit à son tour. « Je sais ce que c'est. »

Tim avait travaillé pour Mora pendant des années. Il venait une fois par semaine pour arroser et entretenir la multitude de plantes d'intérieur qu'elle avait assemblées à grands frais avec le temps.

Michael signa le chèque, le tendit au jeune homme et fit un sourire gêné. « Je vais être obligé de me passer de tes services, Tim.

— Vous avez vendu la maison ?

— Non, pas encore. Mais je n'ai plus les moyens de te garder. »

Tim semblait dévasté. « Qui va arroser les plantes ? » Il les considérait comme ses enfants.

Michael haussa les épaules, impuissant. « Je n'en ai pas la moindre idée. Moi, je suppose. Si j'arrive à m'en souvenir.

— Il faut établir un planning, monsieur Kapinsky. Vous laisser des aide-mémoire. Si vous ne vous en occupez pas correctement, certaines de ces plantes seront mortes en quelques jours. » Il réfléchit un instant. « Et quand la maison sera vendue, qu'est-ce que vous allez en faire ?

— Je n'y ai pas pensé. Peut-être que les nouveaux propriétaires les conserveront.

— Il y en a pour plusieurs milliers de dollars, monsieur Kapinsky. Si vous voulez, je les vends pour vous. Cela pourrait intéresser certains de mes clients. » Comme des parents adoptifs, pensa Michael.

« C'est une excellente idée, Tim. Ça me convient. Cela aurait fait plaisir à Mora. »

Michael resta quelques instants seul, assis dans son bureau, écoutant Tim se déplacer dans la maison, et les voix mêlées de Sherri et des Van Agten qui passaient de la chambre au couloir, à la salle à manger, à la cuisine. Il sentit la dépression peser de tout son poids sur ses épaules. Il finit par se lever et ouvrit la porte de la terrasse. Il fit quelques pas à l'extérieur et se planta debout, les mains dans les poches, le regard perdu dans le panorama.

Au-delà du petit parapet qui délimitait la terrasse, le sol partait en pente raide sur une centaine de mètres, jusqu'à la route en contrebas. Arbres, buissons et arbustes y poussaient en nombre et leurs racines emmêlées empêchaient le sol souple de s'éroder lors des fortes pluies. Des bateaux à moteur allaient et venaient sur les chenaux du port autour de Balboa, deux kayaks luttaient bravement contre la houle et les vents du large. Au loin, des grappes de palmiers hauts et grêles, semblables à des pissenlits géants, se balançaient au soleil. L'eau luisait et scintillait sous le ciel clair, comme si des pierres précieuses avaient été déposées à sa surface. Il sentit l'émotion lui serrer la poitrine avant de lui monter dans la gorge. Cet endroit allait lui manquer, presque autant que Mora.

Il se retourna en entendant le bruit d'une porte qui coulissait et vit Tim sortir pour pulvériser de l'eau sur les cactus en pots qui montaient la garde de chaque côté de l'ouverture. Une petite table en fer forgé, sur le plateau de laquelle se trouvait un jeu d'échecs, était installée sous le treillis. De part et d'autre, deux chaises se faisaient face. La partie était en cours. Tim déplaça l'une d'elles.

« Attention », lui lança Michael. « Ne dérangez pas le jeu. »

Tim jeta un coup d'œil à la table. « Oh. Bien sûr. Vous jouez contre qui, monsieur Kapinsky ?

— Mora. »

CHAPITRE 6

« Vous jouiez souvent ?

— Tous les matins. C'était comme un rituel. Nous nous levions en même temps et nous faisions du sport ensemble. Puis nous prenions notre petit-déjeuner dans la cour, avant de passer sur la terrasse où nous jouions aux échecs pendant une heure.

— Qui était le meilleur ?

— Oh, c'était Mora. Je ne l'ai jamais battue.

— Elle jouait depuis longtemps ?

— Non, pas du tout. C'était ça le plus drôle. C'est moi qui lui ai appris, et dès le début elle a gagné. À chaque fois. Elle était dotée d'une mémoire visuelle époustouflante. Elle pouvait emmagasiner des milliers d'images dans sa tête, un nombre infini de combinaisons sur un échiquier. De l'instinct pur. Elle était imbattable.

— Alors, pourquoi jouiez-vous si vous saviez tous les deux qu'elle allait gagner ? »

Michael sourit. Ils en avaient souvent discuté. « Ce n'était pas pour la victoire, Angela. C'était le jeu. Le temps que nous partagions. Nous deux. Seuls. Personne d'autre. La rencontre de nos esprits. Le monde s'effaçait, simplement. »

Il était de nouveau installé dans la même pièce sombre. Les mêmes rais de lumière filtraient à travers les stores. La même impatience à son égard qui semblait émaner de sa psy. Il se demanda si elle le faisait exprès, si cela faisait partie de la thérapie. Ou bien s'il l'énervait réellement.

« Mais vous continuez à jouer ?

— Oui.

— Seul.

— Non, avec Mora.

— Elle est morte, Michael.

— Vous ne comprenez pas.

— Expliquez-moi. »

Il reprit lentement son souffle, une longue inspiration tremblante. « Je joue un coup par jour. Jour Un, je commence. Jour Deux, je change de place. Je suis Mora. J'essaie d'entrer dans sa tête. Jour Trois, je suis à nouveau moi. Je joue mon deuxième coup. » Il se tut un instant. « J'ai l'impression qu'elle est avec moi. Qu'elle partage mes pensées, mon temps, le jeu.

— Qui gagne ?

— Mora, bien sûr. Comme toujours. »

Un de ces longs silences qu'Angela semblait prendre plaisir à lui infliger s'installa. Puis, il perçut qu'elle se penchait en avant dans l'obscurité. Il pouvait presque sentir sa réprobation. « C'est absolument contre-productif, Michael. Il faut que vous mettiez fin à ce jeu. Vous ne tournerez jamais la page si vous persistez à donner ainsi vie et forme à son fantôme.

— Peut-être que je ne veux pas tourner la page.

— Oui, et c'est bien là que réside la racine de votre problème. Vous n'avez pas le désir d'avancer, de laisser Mora dans vos souvenirs. Vous ne souhaitez pas vivre dans le présent. »

Michael soupira entre ses lèvres serrées. « J'ai essayé, Angela. Retourner au travail en faisait partie. »

Il l'entendit souffler. « Eh bien, je considère que c'était au moins un pas dans la bonne direction.

— Non. Tout est dans les mots. Retourner au travail. Essayer de reprendre là où j'en étais avant de rencontrer Mora. J'en suis incapable. Je ne suis plus la personne que j'étais. Cela ne fonctionne pas, Angela. Je ne sais pas ce que je vais faire. Probablement plier bagage quand mon contrat sera terminé. Repartir dans l'est.

— Toujours cette idée en tête, hein, Michael ? Revenir, repartir. Et vous avez raison. Revenir en arrière, ce n'est pas une bonne chose. Nous devons imaginer un moyen de vous faire aller de l'avant. »

Michael inspira profondément. « Pas nous, Angela. Moi. Il va falloir que je me débrouille seul. Je crains de devoir mettre un terme à nos séances. »

Elle prit un ton inquiet. « Parce que vous avez l'impression que nous n'allons nulle part ?

— Parce que je n'ai plus les moyens de consulter.

— Oh. »

Il y eut un autre silence. Michael se demanda combien lui coûtait chaque minute de silence, et si cela en valait vraiment le prix. Elle finit par se lever, inclina les lames des stores pour laisser entrer la lumière et se posta face à lui, depuis l'autre côté de la pièce.

« Voyons, je ne peux pas vous aider en ce qui concerne vos problèmes financiers. Mais vous devriez poursuivre votre thérapie.

— Je viens de vous dire… »

Elle l'interrompit. « Sans aucun coût, Michael. Enfin… symbolique.

— Je ne comprends pas. Comment est-ce possible ? »

Elle revint à sa chaise et le regarda gravement. « Je mène une expérience sur une nouvelle forme de thérapie de groupe, Michael.

— Thérapie de groupe ? Vous voulez parler de gens assis en rond et qui étalent leurs problèmes devant tout le monde ? »

Elle sourit. « D'une certaine manière. »

Il secoua la tête. « C'est impossible, Angela. Par bien des aspects, c'est déjà extrêmement pénible d'en parler avec vous. Je ne pourrais pas affronter l'idée de me livrer à propos de Mora, de partager mes pensées intimes avec des étrangers.

— Ça ne se déroulerait pas comme cela. En fait, vous ne seriez pas vraiment là. Vous enverriez un émissaire pour parler en votre nom. »

Il fronça les sourcils. « Comment ? »

Elle rit. « Oh, Michael, je sais que cela doit sembler fou. » Elle sourit avec malice. « Mais bon, c'est mon domaine.

— Expliquez-moi.

— Cela fait quelques mois maintenant que je conduis des sessions de groupe avec des patients dans un monde virtuel en 3D appelé Second Life. Vous en avez entendu parler ? »

Il fit non de la tête.

« C'est très simple, en fait. Vous téléchargez un logiciel. Gratuit. Vous l'installez sur votre ordinateur et vous pouvez ensuite accéder à un monde virtuel par le biais d'Internet. C'est un monde parallèle qui n'est pas si différent du nôtre, en cela que ses habitants créent tout ce qu'on y trouve. Bâtiments, routes, boutiques, produits. Ils y font tout un tas de choses que les gens réels font dans la vie réelle. Acheter, vendre, parier, écouter de la musique, acquérir un domicile, flirter, jouer à des jeux, regarder des films, faire l'amour. Il y a des continents entiers, des mers, des îles. Il y a déjà près de quatorze millions d'habitants qui y vivent. »

Michael secoua la tête. « Je n'ai pas l'impression que ce soit quelque chose pour moi, Angela. Je ne me suis jamais intéressé aux jeux vidéo.

— Ce n'est pas un jeu, Michael. Certainement pas. Pas plus que la vie réelle n'en est un. Il n'y a pas de conflit préfabriqué, pas d'objectif déterminé. C'est une expérience totalement ouverte. Littéralement, une seconde vie. » Elle gloussa. « Même si pour certaines personnes, elle a presque pris la place de la première. »

Il la fixait à travers la pièce. Il avait du mal à imaginer ce dont elle lui parlait. « Vous avez dit que j'enverrai un émissaire. Qu'est-ce que cela signifie ?

— Pour entrer dans Second Life, vous devez créer un avatar. Une représentation virtuelle de vous-même. Vous pouvez le faire à votre image, ou l'inventer de toutes pièces. Ce qui est important, c'est que personne ne sait qui est vraiment derrière votre AV. La belle blonde qui vous invite à danser est peut-être un vieillard ventripotent. Mais qu'importe. Dans SL, vous êtes qui vous avez envie d'être. »

Michael hochait la tête, toujours dubitatif. « Je ne sais pas…

— Écoutez, Michael, essayez. Cela ne vous coûtera rien et si cela ne fonctionne pas avec vous, vous pouvez laisser tomber. Mais je dois vous dire que, jusqu'à présent, mon expérience démontre que les gens trouvent bien plus facile de s'exprimer librement à l'abri de leurs avatars. J'explore un nouveau terrain. J'utilise mes expériences de thérapie de groupe virtuelle dans Second Life pour écrire un livre. Alors je ne facture rien à mes patients. » Elle sourit. « D'une certaine façon, vous êtes mes cobayes. Si ce n'est que nous pouvons tous en tirer profit. »

Michael réfléchissait. Il avait assez de problèmes comme cela dans sa vie réelle sans en rajouter avec une virtuelle. Angela consulta sa montre et se leva.

« Mon patient suivant va arriver. » Elle s'approcha de son secrétaire et examina son agenda. « Que diriez-vous que je passe vous voir demain soir, vous montrer où télécharger le logiciel et vous aider à préparer votre AV ? Vous êtes disponible ?

— Je serai peut-être d'astreinte, mais oui, je pense que c'est possible.

— OK, disons vers sept heures. »

Il semblait que, d'une manière ou d'une autre, il venait d'accepter. Elle ouvrit un tiroir, en sortit une feuille de papier et la lui tendit.

« Votre facture. » Elle sourit. « J'espère que vous avez encore les moyens de me payer. »

CHAPITRE 7

Le coucher de soleil avait été magnifique, donnant à l'horizon la couleur du sang. Au fur et à mesure que la luminosité diminuait, une lune rose apparut lentement dans la nuit et les échos des fêtards retentirent de toutes parts sur l'île de Revere. Sur la scène Lost Frontier, un DJ jouait et une foule s'était rassemblée en rangs pour danser devant l'estrade.

Sur la rivière, des gens s'étaient installés sur le pont d'un yacht pour profiter du spectacle et écouter la musique.

Des couples s'étaient regroupés sur des plateformes en bois construites dans de hauts arbres aux branches immenses qui surplombaient la scène. Certains s'embrassaient, d'autres dansaient, d'autres encore communiaient en silence.

À l'autre bout de l'île, Quick en était à sa deuxième relation sexuelle de la soirée. Les 1 000 dollars Linden avaient déjà été virés sur son compte. Bien sûr, elle ne faisait pas cela pour l'argent. Mais cela ajoutait un frisson supplémentaire. Elle appréciait de se prostituer, tout simplement. De contrôler totalement un homme, n'importe lequel, et de lui faire faire ce qu'elle souhaitait, en toute sécurité.

Elle avait rencontré Gray Manly au club où elle présentait un numéro de pole dance. C'était ennuyeux, montrer ses seins pour à peine deux cents Lindens dans le pot à pourboire, devant une poignée de types en chaleur juchés sur des tabourets qui la reluquaient en silence, lui envoyant parfois un IM pour solliciter un rendez-vous en tête à tête.

Bien sûr, il y avait une chaise spéciale lapdance dans la pièce située derrière la scène, ou la loge privée pour les clients qui voulaient aller plus loin qu'une pipe. Mais son employeur lui piquait vingt pour cent de ses gains et elle trouvait cela injuste. Alors elle s'était installée à son compte, sur Revere. Une maison privée, ses propres tarifs, et la promesse d'une expérience sexuelle hors normes si le client lui garantissait la discrétion. Elle risquait de perdre son boulot si son patron venait à être mis au courant, et dans SL, le travail était rare en ce moment. La concurrence était sévère. Il y avait beaucoup d'AV magnifiques. Et elle avait besoin de cet emploi pour rabattre ses clients.

Elle avait passé beaucoup de temps à meubler cette maison selon l'idée qu'elle se faisait de celle d'une prostituée. Des couleurs vulgaires, tapageuses et voyantes, des photos pornos collées aux murs. Elle aimait tout particulièrement son lit spécial sexe. Il était équipé de près d'une centaine d'animations et elle seule le contrôlait par le biais d'une fenêtre encombrée d'options affichée dans l'angle supérieur droit de son écran.

Pour l'instant, elle était à califourchon sur son client, uniquement vêtue d'un petit haut léger qui couvrait à peine sa poitrine parfaite et généreuse. L'animation qu'elle avait choisie la faisait aller et venir lentement le long du pénis en érection de son client. Elle prêtait à peine attention aux banalités qu'il débitait sur le canal de chat.

Gray : Ouais, ouais. Baise-moi, poupée…

Elle avait l'esprit ailleurs, créant le futur dont elle rêvait grâce à cet argent. Discrètement, et sur la durée, pour ne pas attirer l'attention. Elle pouvait en transférer une partie sur un compte offshore en Europe par le biais de PayPal. Avoir une carte de crédit en dollars. Qui le saurait ?

Gray : Oh, baby, tu m'excites.

Elle jeta un coup d'œil au menu et cliqua sur une option qui les fit basculer dans la position du missionnaire. À lui de bosser un peu. Elle lui adressa quelques encouragements.

Quick : Oh, je suis tellement excitée, chéri. Plus vite. Donne-moi tout ce que tu as.

Gray : J'accélère, baby. Tu vas voir ce que tu vas voir.

Et elle se replongea dans sa rêverie, ignorante de la silhouette féminine cachée dans le crépuscule à l'extérieur, une ombre contre le ciel nocturne, flottant au niveau d'une des fenêtres du premier étage qui était obscurcie de manière à ce que l'on ne puisse pas voir à l'intérieur. La silhouette choisit un point sur le mur extérieur de la maison, zooma dessus et pivota vers la gauche pour faire basculer son point de vue au-delà de la cloison, dans la chambre à coucher, et bénéficier d'une perspective imprenable sur l'acte sexuel qui était en train de se dérouler sur le lit sans que les participants ne puissent la voir.

Gray Manly fut surpris par le message qui apparut soudainement dans sa fenêtre d'IM, envoyé par un AV appelé Green Goddess. Ce nom ne lui disait rien.

IM : **Green Goddess** : Salut Gray.

La concentration sexuelle de Manly fut brisée, ce qui l'énerva.

IM : **Gray** : Qui êtes-vous, bordel ?

IM : **Green Goddess** : Je suis ton pire cauchemar, Gray. Je sais qui tu es dans la VR. Je sais où tu habites. Je connais le nom de ton épouse. Son adresse e-mail. Je ne pense pas qu'elle sera très contente quand je lui apprendrai que tu as baisé d'autres femmes dans un monde virtuel. Ou que je lui en montrerai la preuve. Toutes les photos que j'ai de ton AV en pleine action. Elle t'a bien aidé à le créer, non ? Quand tu as débuté dans SL. Elle saura que c'est toi, sans aucun doute.

Il y eut un laps de temps de près de trente secondes avant qu'il ne réponde. Son silence trahissait le sentiment de panique qui venait de s'emparer de lui après qu'il eut mesuré les implications de la menace.

IM : **Gray** : Qu'est-ce que vous voulez ?

IM : **Green Goddess** : C'est simple. Que tu te téléportes hors d'ici. Maintenant. Sans poser de questions. Tu disparais.

Manly ne se le fit pas dire deux fois. Il se téléporta.

Quick eut à peine le temps de prendre conscience de sa disparition avant que Green Goddess ne clique sur la poseball bleue maintenant libre et adopte la position du missionnaire de Manly au-dessus de la prostituée.

Les mains de Quick étaient posées sur le torse de Manly, comme si elle le repoussait. Elles étaient à présent agrippées à l'ample poitrine de Green Goddess.

Quick : Qu'est-ce que c'est ?

Green Goddess se détacha de la poseball et se mit debout au pied du lit. Tandis que Quick se redressait pour s'asseoir, l'intrus déploya un bras dans sa direction et, d'une main ferme, pointa sur elle un pistolet à l'aspect sophistiqué. Un coup de feu claqua et un large trou apparut sur la poitrine à demi-nue de Quick. Du sang gicla tout autour du lit et sur le mur placé derrière. Et l'écran de Quick vira au noir.

*

Jennifer Mathews avait vécu la vie de la millionnaire qu'elle avait été préparée à devenir. Et une balle lui avait transpercé la poitrine, passant de sa seconde vie dans la première, l'envoyant prématurément là où s'achèvent toutes les vies, celles des riches comme celles des pauvres.

Elle habitait dans un immeuble luxueux situé sur la colline qui dominait le port de plaisance. Sa Porsche 911 rouge, garée sur son emplacement privé à côté de l'entrée, disparaissait presque derrière l'accumulation de voitures de patrouille et de véhicules de la police scientifique rangés sur le parking. Contrairement à la maison de passe de Revere, son appartement, doté de trois chambres, était décoré avec du mobilier suédois de valeur et des coussins en lin couleur crème disposés çà et là. Des reproductions à tirage limité de Vettriano étaient suspendues aux murs et le sol était couvert de tapis épais en laine. C'était un appartement loué dix mille dollars par mois, avec un balcon à l'ouest pour admirer le soleil couchant sur le Pacifique. Dans la chambre principale, somptueuse, où étaient accrochées des photographies érotiques d'Helmut Newton, les draps de soie blancs du lit défait étaient tachés du sang de la victime.

Les policiers n'avaient pas la moindre idée de qui il s'agissait quand ils arrivèrent à son appartement suite à un appel affolé de la bonne au 911. Quand Michael se présenta pour la photographier, nue, bras et jambes écartées sur son lit, elle n'était qu'une autre victime de meurtre. Un policier en uniforme, maladroit, s'était déjà pris les pieds dans le câble d'alimentation de son ordinateur et l'avait débranché. L'écran était éteint et le logo vert pâle en forme de main ouverte qui se trouvait dans le coin supérieur gauche avait disparu.

CHAPITRE 8

C'était l'un de ces couchers de soleil classiques de Newport Beach qui débutait par un astre rougeoyant s'enfonçant derrière les montagnes de Catalina, et s'achevait en rivières de sang encerclant Balboa Island.

Angela se trouvait sur la terrasse du bureau de Michael et admirait le spectacle avec émerveillement. « Chez moi, j'ai de beaux couchers de soleil », dit-elle. « Mais rien de comparable. C'est la situation qui change tout. C'est spectaculaire. Je suis jalouse. »

Michael arriva de l'intérieur avec une bouteille de chardonnay frais et deux verres à vin qu'il disposa sur le parapet pour les remplir. Il en tendit un à sa psy et ils trinquèrent. « Nous le contemplions presque tous les soirs quand nous étions ici. Une sorte de rituel. Coucher et lever. Les meilleurs moments de la journée. »

Ils burent en silence et elle haussa un sourcil approbateur. « Mmmm. Quel vin splendide. Chêne brûlé. Très subtil.

— C'est un bourgogne.

— Oh ? Et cela se trouve à Napa ou à Sonoma ? » Elle ne parvint pas à garder son sérieux bien longtemps et il sourit.

« Mora était une grande connaisseuse. Une passion que lui avait transmise son mari. Il n'y avait pas grand-chose qu'elle ignorait à propos du vin, et pour ainsi dire aucune limite aux sommes qu'elle était prête à y consacrer. » Il secoua la tête. « Avant de rencontrer Tom, elle était totalement ignorante sur le sujet, hormis le fait qu'elle aimait le vin. Il avait de bonnes relations dans ce milieu, c'était un ami de la famille Mondavi. Il l'emmenait en France, en Italie et en Espagne, faire des dégustations dans les meilleurs vignobles. Il lui a appris à reconnaître les variétés, les meilleurs millésimes. Comment sentir un vin, comment le goûter, comment distinguer les différents arômes. »

Pensif, il but une gorgée du liquide frais, transparent et souple, le laissant glisser doucement sur sa langue.

« Il y a une grande cave à vin à côté du garage, maintenue à une température constante de 12 °C. Et Mora possédait un local dans un entrepôt à Newport. Entre les deux, il doit y avoir des milliers de bouteilles. Des dizaines de milliers de dollars sous forme de vin.

— Eh bien, pourquoi ne les vendez-vous pas, Michael, si vous êtes à court d'argent ?

— Ils ne me laisseront pas faire, tant que la question de l'héritage n'aura pas été réglée au tribunal. » Il leva son verre en direction du ciel et l'observa virer au rose à la lumière du soleil couchant. « C'est la première bouteille que j'ouvre depuis sa mort. Et je ne vois pas de raison pour que ce soit la dernière. » S'il n'avait pas le droit de les vendre, au moins pouvait-il les boire.

Angela glissa sa main autour de son bras et le dirigea doucement vers la porte. « Allez, commençons. »

Elle tira une chaise pour s'installer à côté de lui devant l'ordinateur et lui dit de saisir l'adresse web de Second Life. La page d'accueil apparut. Une série de photographies d'avatars, jeunes et beaux, dans divers décors. Une bannière orange lui intimait de CLIQUER POUR COMMENCER.

Dans le coin supérieur gauche de l'écran se trouvait le logo de Second Life. Une main levée de couleur vert pâle, la paume tournée vers l'extérieur, doigts écartés. Elle se doublait intelligemment d'un œil dont la pupille était au centre de la paume, les doigts faisant office de cils. Michael eut l'impression de le reconnaître. Il savait qu'il l'avait déjà vu. Mais où ?

« Cliquez sur la bannière Commencer et vous pourrez choisir un nom. » Elle but une gorgée de vin pendant qu'il suivait ses instructions. Il se décida pour Chesnokov. En rapport avec ses racines d'Europe de l'Est. Puis, il tapa C-H-A-S. Son arrière-grand-père écossais s'appelait Charles. « Chas Chesnokov », dit Angela à voix haute. « J'aime l'allitération. Maintenant, vous pouvez choisir votre avatar. »

Michael se décida pour un frimeur en tee-shirt et jean noirs avec une longue mèche de cheveux bruns en travers du front. Il cliqua pour se rendre sur la page suivante et activer son compte.

BIENVENUE, CHAS CHESNOKOV.

Il fallut encore quelques minutes pour que le logiciel se télécharge, s'installe et que son icône apparaisse sur le bureau de l'ordinateur. La petite main/œil verte. Il resta assis à la fixer. Son air familier le frappa à nouveau, accompagné cette fois-ci par un étrange sentiment d'excitation. Après tout, il s'agissait d'un autre monde. Un monde qu'il n'avait jamais partagé avec Mora. Un monde où elle n'avait jamais existé et où elle n'existerait jamais. Un monde où il pouvait être quelqu'un d'autre. À cette pensée, il ressentit un certain bien-être, de la liberté, une échappatoire.

« Ne vous lancez pas tout de suite. » La voix d'Angela brisa le fil de ses pensées. « Au début, vous allez être désorienté. Il faut que vous soyez seul. Prévoyez du temps et profitez de l'expérience. »

Elle vida son verre et se leva.

« Je dois y aller. Prévenez-moi quand vous y serez et que vous aurez trouvé vos repères. Nous organiserons une session. Le nom de mon AV est Angel Catchpole. Cherchez-moi et envoyez-moi un IM. »

Michael se leva. « Un IM ?

— Un message instantané. » Elle sourit. « Vous apprendrez les abréviations en peu de temps. SL, Second Life ; VR, vie réelle ; OMG ; WTF… » Cela l'amusa. « Vous voyez ? Vous pigez déjà. »

Après son départ, la nuit tomba rapidement. Michael resta assis dans le noir avec ce qui restait de la bouteille de Mora et dégusta le vin qu'elle avait si soigneusement choisi et qu'elle ne boirait jamais. L'écran de l'ordinateur diffusait une lumière lugubre dans la pièce. Il s'installa en face et hésita un instant à lancer directement son AV dans Second Life. Il décida finalement de faire quelques recherches auparavant.

Google lui proposa des milliers d'articles et de blogs sur SL. Il en sélectionna deux au hasard et lança l'impression de quelques pages avant de chercher ses lunettes sur le bureau. De petites lunettes rondes en écaille de tortue que Mora lui avait offertes. Elle disait qu'il allait finir par avoir des rides plus tôt que prévu s'il continuait à plisser les yeux pour lire. Il n'avait jamais remarqué qu'il avait cette habitude. Il n'avait pas idée de la somme qu'elles avaient coûté, mais Mora avait des goûts de luxe. Elle n'aurait jamais acheté quoi que ce soit à bas prix si autre chose de plus cher était disponible. Il avait préféré s'abstenir de lui dire qu'il ne s'en servait presque pas. Surtout après qu'elle lui eut fait remarquer qu'il était mignon quand il les portait, qu'elles lui donnaient un air de jeune intellectuel. Il s'était tu et veillait à les utiliser quand il était avec elle.

À présent, il ne pouvait plus s'en passer.

Mais il ne parvenait pas à mettre la main dessus. Elles n'étaient nulle part sur le bureau ni dans les tiroirs. Il plissa le front et essaya de se souvenir à quel endroit de la maison il avait pu les laisser. Il venait de se lever pour partir à leur recherche quand le téléphone sonna. Il vérifia l'heure. Huit heures passées. L'identifiant qui s'affichait sur l'écran de la base était celui de son bureau. Il décrocha le combiné et appuya sur un bouton vert.

« Oui, Michael à l'appareil. »

Il s'avança dans l'entrée. Les lampes de la cour, branchées sur un minuteur, inondaient de lumière les vitres des baies sur la façade de la maison. Il se rendit dans la cuisine en se demandant s'il n'y avait pas laissé ses lunettes.

« Mike, on a une fusillade sur Laguna Beach. Une victime. Une équipe est en route. Tu peux les rejoindre ?

— Bien sûr. C'est à quelle adresse ? » Il alluma les lumières de la cuisine et plissa les yeux pour se protéger de la clarté soudaine. Quand l'opérateur lui donna le nom et le numéro de la rue, il se figea sur place.

« Merde », lâcha-t-il. Sa voix se perdit dans le vide de la maison. « C'est là où vit Janey. »

CHAPITRE 9

Un escadron de véhicules de police, scientifique et non scientifique, était garé au pied des marches menant au pavillon de Janey. C'était une rue de banlieue parallèle à l'autoroute du littoral, mais en retrait de plusieurs pâtés de maisons et haut sur la colline. Il y avait bien plus de véhicules qu'il ne s'y serait attendu. Plusieurs berlines banalisées et une seule voiture de patrouille. Trois fourgonnettes de la police scientifique étaient rangées côte à côte, ce qui était inhabituel. Et puis, peut-être que tout cela était normal. Vu qui habitait là.

La camionnette de la morgue n'était pas encore arrivée pour emporter le corps et Michael se prit à espérer que cela signifiait peut-être qu'il n'y avait pas de mort. Il sortit son matériel du coffre, grimpa les marches deux à deux et atteignit essoufflé la véranda en bois qui courait le long de la façade du pavillon.

Deux flics en uniforme fumaient devant la porte d'entrée. Ils se tournèrent vers lui quand il franchit les dernières marches de la véranda. « Alors, qu'est-ce que c'est ?

— Ça m'a tout l'air d'un meurtre, Mike. » Le flic le fixa, la mine grave.

« Qui ? »

Les policiers échangèrent des coups d'œil gênés. « Vaut mieux que tu ailles voir. »

Michael commença à se sentir vraiment mal et se précipita dans la maison. Il y était venu souvent. Le décor lui était familier : le tapis usé, les planches de natation éraflées, les vieilles odeurs de cuisine. L'entrée lui donna l'impression de fourmiller de monde, mais il n'y prêta pas attention. Il entendit quelqu'un lui dire : « Doucement, Mike. »

Il passa la porte du salon à l'avant de la maison. Quelqu'un avait déjà installé des lumières dont l'intensité accentuait les contrastes de la scène. D'autres personnes arrivèrent dans la pièce. Des visages qu'il connaissait, certains à demi cachés par un masque chirurgical. Le légiste adjoint, penché au-dessus d'un corps, se releva quand Michael entra. Le silence se fit dans la pièce.

Une jeune femme, en partie couchée sur le flanc, gisait au milieu du sol, les cheveux étalés sur le tapis. Elle portait un jean, des tennis et son tee-shirt blanc était imprégné de sang. C'était Janey.

Michael sentit ses jambes manquer de se dérober et la nausée qui, depuis son estomac, remontait vers sa gorge. Quelqu'un lui agrippa le bras. Il se rendit compte qu'il était incapable de prendre des clichés d'elle. Il connaissait Janey depuis près de quinze ans. Ils avaient commencé la même semaine aux bureaux des services de la police scientifique à Santa Ana. Elle avait deux ans de plus que lui et ils étaient devenus bons amis. Sans aucune arrière-pensée sexuelle, même s'il était évident que, dès le départ, elle l'avait trouvé séduisant. En revanche, du côté de Janey, il n'y avait rien de séduisant, mis à part sa personnalité. Malheureusement, peu d'hommes avaient eu l'occasion de la connaître assez pour le découvrir. Elle avait des cheveux châtain clair, coupés simplement, le plus souvent attachés en queue-de-cheval. Son visage était fin mais son nez en surgissait comme une lame et ses yeux semblaient un peu trop écartés derrière ses lunettes aux verres épais. Elle avait une silhouette de garçon, pas de hanches, une poitrine quasi inexistante. Elle ne dégageait pas grand-chose de féminin. Elle ne se maquillait pas et Michael ne l'avait jamais vue en jupe, jean et tennis uniquement, et un pantalon basique bleu foncé quand elle était de service. Presque immédiatement, ses collègues l'avaient surnommée Morne Jane. Sauf en présence de Michael. Tout le monde savait qu'il avait un petit faible pour elle.

Le légiste adjoint fit un pas vers lui et le prit par le bras. « Il faut que tu jettes un coup d'œil, fiston. » Et il conduisit Michael, groggy, à travers la pièce, jusqu'au corps. « On dirait que quelqu'un nous a laissé un message. »

Michael vit un bout de papier taché de sang, épinglé sur sa poitrine, mais il ne parvenait pas à lire ce qui y était écrit. Il lui vint à l'esprit la pensée incongrue qu'il avait égaré ses lunettes de vue.

Il s'accroupit lentement et observa son visage. Il dégageait une impression de parfaite sérénité et, pour la première fois, il pensa qu'il avait réellement quelque chose de beau dans sa banalité. Ses lèvres pâles semblaient sourire.

Il tourna la tête pour lire le mot et plissa les yeux pour le déchiffrer. CONTENTS DE TE REVOIR. Janey se redressa en position assise, et se mit à rire aux éclats. Michael laissa échapper une exclamation et bascula vers l'arrière. La main ferme du légiste adjoint le stoppa dans sa chute.

Pendant un instant, il fut incapable de comprendre ce qui s'était passé. Il entendit des rires résonner à ses oreilles et Janey lui prit le visage entre ses mains, les yeux à la fois amusés et attendris. « Oh, mon pauvre bébé, je suis désolée. » Mais cela ne semblait pas du tout être le cas. Elle avait du mal à se retenir de rire. « Bienvenue au bercail. C'est ta fête, Mike. »

Soudain la musique retentit et d'autres personnes débarquèrent dans la pièce. Quelqu'un lui glissa une bière dans la main. « Allez, Mike. C'est le moment de se saouler. »

*

Plus d'une centaine de personnes devaient se bousculer à présent dans la maison et il en arrivait encore. La musique martelait les flancs de la vallée à travers les portes et les fenêtres grandes ouvertes. Les voisins ne risquaient pas d'appeler la police, la moitié des effectifs était déjà sur place.

Quelqu'un avait filmé le visage de Michael quand Janey s'était assise et lui avait flanqué la frousse de sa vie. La vidéo tournait en boucle sur le téléviseur grand écran de Janey et tous ceux qui débarquaient se rassemblaient devant et riaient. Il avait fallu un peu de temps à Michael pour trouver cela drôle, et il n'était pas certain d'y être arrivé. « Bande de bâtards ! », avait-il rugi à l'assemblée, provoquant encore plus de rires.

Il était assis dans le grand fauteuil en cuir de Janey, posté dans le coin de la pièce, une bière à la main. Il ne savait plus combien il en avait bu. Il lui faudrait quelqu'un pour le ramener chez lui. Janey ne portait plus son tee-shirt teint en rouge. Elle était assise sur un des accoudoirs du fauteuil, appuyée contre lui, un bras passé autour de ses épaules, une bière dans sa main libre. Elle balançait une de ses jambes comme un enfant. Elle aussi n'en était pas à sa première cannette. « Tu n'imagines pas à quel point c'est bon que tu sois de retour, Mike. Tu m'as vraiment manqué, tu sais ? » Il s'entendit en train de déclarer la veille à Angela qu'il avait l'intention de quitter le service dès la fin de son contrat. Un contrat qu'il avait signé depuis moins d'une semaine. Il ressentit de la culpabilité. Mais Janey sembla ne rien remarquer. « Eh », dit-elle en se redressant soudain, bien droite. « J'ai failli oublier. J'ai retrouvé sur une vieille clé USB quelques photographies que j'avais prises de toi et Mora juste après votre retour de lune de miel. Je ne me rappelais plus que je les avais. Ça te dirait de les regarder ? »

Michael avait des milliers de photographies de Mora, mais il n'en aurait jamais assez. L'idée d'en voir de nouvelles le motiva encore plus. Des images inédites, d'autres souvenirs. « Oui, Janey, vraiment. Tu pourrais me les copier ?

— Bien sûr. » D'un bond, elle fut debout. « Allons dans ma tanière. »

Il la suivit à travers la foule qui faisait la fête jusqu'à une petite pièce à l'arrière de la maison où étaient installés ses ordinateurs et son équipement audiovisuel. On y trouvait, entre autres, un vidéoprojecteur qui lui permettait de transformer le mur du fond en écran et un système audio home cinéma haut de gamme. Elle déverrouilla la porte, s'écarta pour le laisser passer et referma derrière eux. Une petite lampe de bureau, posée à côté de deux moniteurs, était allumée. Janey s'assit dans la chaise qui se trouvait devant.

« On n'a jamais trop d'écrans », dit-elle. « J'aimerais en avoir huit ou dix, si j'en avais les moyens. Chacun afficherait des trucs différents. Et quand je voudrais regarder quelque chose, je n'aurais qu'à tourner la tête. »

Michael remarqua le confortable fauteuil incliné stratégiquement disposé pour voir des films et profiter du meilleur son. Le fait qu'il n'y en ait qu'un en disait long sur la vie sociale de Janey. Michael ressentit tout à la fois de l'affection et de la pitié. Il le savait, c'était une âme solitaire. Elle méritait mieux. Il tira une chaise pour s'installer à côté d'elle devant son bureau pendant qu'elle lançait le logiciel iPhoto en cliquant sur l'icône au bas de l'écran. Tous les programmes qu'elle utilisait fréquemment y figuraient. Il remarqua le logo en forme de main/œil de Second Life.

« Second Life », dit-il.

Elle se tourna vers lui. « Tu connais ? »

Il sourit. « Je suis en train de m'y mettre. »

Son visage se fendit d'un sourire de petite fille. « Sans blague. Moi, cela fait plus d'un an. »

Il la regarda, interdit. « Pourquoi ? »

Elle éclata de rire. « J'adore ça ! Voilà pourquoi. Quand je ne dors pas je dois passer quatre-vingt-dix pour cent de mon temps dans cette pièce. C'est totalement addictif, Mike. » Elle se tut et son sourire s'atténua légèrement. « Et toi, pourquoi t'y es-tu mis ? »

Il évita son regard. Il ne lui avait pas dit qu'il consultait un psy. « Je vois une psy, Janey. Pour m'aider à surmonter la mort de Mora. Cela a été bien plus difficile que tout ce que j'aurais pu imaginer. »

Elle posa la main sur la sienne et la serra. « Je sais. » Puis, après avoir laissé passer un instant. « Mais qu'est-ce que SL vient faire là-dedans ?

— Ma psy expérimente des séances de groupe virtuelles dans Second Life, et elle m'a proposé d'y participer.

— Waouh. Génial. Michael, tu vas adorer ça. »

Mais Michael avait encore des doutes. « Je ne sais pas, Janey.

— Mais si, Mike. Tu es déjà entré ?

— Non, j'ai juste créé mon AV ce soir. »

Le visage de Janey s'empourpra sous l'effet de l'excitation. « Oh, mon Dieu, alors il faut que je t'aide. Tu vas te retrouver là-dedans à foncer dans les murs et à agiter les bras dans tous les sens comme un idiot. C'est plus facile si tu as quelqu'un pour te prendre la main et te guider. »

Il sourit. « Quelqu'un comme toi.

— Oui, exactement comme moi. Quel est le nom de ton AV ?

— Chas Chesnokov »

Elle le répéta à voix haute, comme pour se le mettre en bouche. « Hmmm. J'aime bien ça, Chas. Moi c'est Twist O'Lemon. »

Il explosa de rire et cela lui fit du bien. « Comment ? »

Elle grimaça. « Je sais. C'est stupide, n'est-ce pas ? Appelle-moi Twist. Oh-Mon-Dieu. Mike, c'est tellement excitant. » Elle lui posa une main sur chaque épaule et planta ses yeux dans les siens. « Alors, voilà ce que tu vas faire, d'accord ? Dès que tu es dedans, tu m'envoies un IM, et je te guiderai à partir de là.

— Et si tu n'es pas en ligne ?

— Si je ne suis pas au travail, il y a de fortes chances pour que tu me trouves. »

Il la dévisagea. « Et tu y fais quoi toi, pendant tout ce temps, Janey ? »

Son sourire s'élargit. « Oh, tu serais étonné par tout ce que l'on peut faire dans Second Life, Mike. Mais je crois que tu seras encore plus stupéfait quand tu découvriras quelle activité j'y exerce. Ça sera ma petite surprise. » Elle pivota vers ses écrans. « Bon, alors… Mike et Mora. » Elle fit un double-clic sur un des dossiers d'images et lança le diaporama.

Immédiatement, le visage de Mora emplit l'écran. Souriante, énigmatique. Ces yeux marron d'une telle douceur. Et, encore une fois, la douleur de l'avoir perdue submergea Michael.

CHAPITRE 10

C'était son autre moment favori de la journée. Lorsque Mora et lui étaient installés sous le treillis de la terrasse et qu'ils jouaient aux échecs, la bouche encore parfumée par le goût du café. La lumière pure, éclatante, traversait en biais l'île en contrebas et y dessinait des ombres nettes parmi les palmiers. Il était assis au même endroit et contemplait les pièces dispersées sur l'échiquier, réfléchissant à son prochain coup.

Bizarrement, aujourd'hui, il n'arrivait pas à se concentrer. La veille, après être rentré, somnolent et mélancolique à cause de l'abus de bière et du manque de sommeil, il était resté une heure à regarder les photographies que Janey lui avait gravées sur un CD. Progressivement, son intérêt était passé de Mora à lui-même. Il ne s'était écoulé que trois ans depuis ces clichés, et pourtant, il avait l'air tellement plus jeune. Peut-être avait-il plus vieilli pendant ces six derniers mois depuis la mort de Mora qu'en trente ans. Cela lui fit prendre conscience, avec une clarté soudaine, que sa vie lui échappait. Encore plus rapidement depuis qu'il s'était accroché à ce moment de son passé qu'il ne retrouverait jamais. Il savait qu'il devait lever l'ancre et avancer, reprendre le contrôle de sa vie avant de complètement lâcher prise.

Assis à fixer l'échiquier, il comprit pour la première fois depuis qu'elle était partie à quel point rester là à prétendre qu'elle n'avait pas disparu était futile. S'imaginer qu'ils jouaient encore. Les mots d'Angela lui revinrent à l'esprit. « C'est absolument contre-productif, Michael. Il faut que vous mettiez fin à ce jeu. Vous ne tournerez jamais la page si vous persistez à donner ainsi vie et forme à son fantôme. » Ses yeux se gonflèrent de larmes et soudain, dans un geste de défi et de frustration, il balaya l'échiquier du bras. Les pièces volèrent et retombèrent sur la terrasse. Cela n'allait pas. Il ne pouvait pas continuer ainsi.

Il se leva et erra dans la maison, déambulant au milieu des cartons et des meubles devenus inutiles. Bientôt, tout cela serait parti, et il lui faudrait trouver un appartement quelque part. Retour à l'ancien Michael Kapinsky, avec un découvert et un plafond de dépenses, comme tout le monde. Plus d'argent, plus de Mora, plus de maison.

Sur une impulsion, il se rendit dans son bureau et s'assit face à son ordinateur. Depuis l'écran, l'œil de Second Life semblait l'observer. Eh merde ! Il fallait bien qu'il y aille à un moment. Il lança le logiciel et, après quelques secondes, l'écran de bienvenue de Second Life apparut.

Il s'arrêta dessus avec une étrange sensation de déjà-vu. Des arbres dispersés sur une côte vallonnée, un océan bleu sombre. Il était sûr de reconnaître l'image. Il se souvint. Sur le moniteur du comptable assassiné à Newport Beach. Arnold Smitts. Smitts était aussi dans Second Life ? Cela semblait être une coïncidence extraordinaire. Toutefois, Angela lui avait expliqué qu'il y avait quatorze millions d'habitants dans Second Life, alors était-ce vraiment si improbable ? Ce que Michael trouva étrange, c'était qu'un individu comme Smitts ait passé du temps dans un monde virtuel. Cela ne semblait pas coller, ni avec l'homme ni avec la profession.

Il évacua l'idée, saisit son nom et son mot de passe puis appuya sur la touche Entrée. Il était dedans.

Il scrutait l'écran, fasciné, pendant qu'un monde nouveau prenait forme sous ses yeux. Une mer bleue et scintillante s'étendait jusqu'à l'horizon. Des bâtiments à droite et à gauche. Des arbres se balançaient sur une langue de terre qui s'avançait dans l'eau.

Un personnage en jean et tee-shirt blanc se tenait devant lui, les bras ballants, la tête inclinée vers l'avant. Au-dessus flottait une étiquette avec son nom. Suleman Perl (Absent). Il n'avait effectivement pas l'air très présent.

Il y avait d'autres silhouettes qui déambulaient, regardant à gauche et à droite, vers le haut ou le bas. Il s'agissait des avatars standard parmi lesquels, la veille, Michael avait fait son choix.

Et il se vit, Chas Chesnokov, debout, dos à l'écran, nu comme un ver et chauve. Soudainement, des cheveux bruns lui poussèrent sur le crâne et un tee-shirt et un jean noirs couvrirent son intimité. Un message apparut. *Bienvenue sur Orientation Island, un endroit conçu pour que les nouveaux Résidents acquièrent plusieurs connaissances de base.*

D'autres AV firent leur apparition dans le même espace. Se bousculant les uns les autres, excités d'effectuer leurs premiers pas. D'autres nouveau-nés. D'autres nouveaux résidents qui se connectaient chaque minute. Une explosion de population qui reflétait le monde réel.

Une fenêtre pop-up s'afficha, proposant un exercice à Chas. Marcher jusqu'à une cible rouge clignotante à l'aide des flèches de direction de son clavier. Il exécuta la manœuvre et son avatar fit une petite danse joyeuse une fois sur la cible. *Super, tu y es arrivé !* dit la fenêtre. *Pour en savoir plus sur les autres manières de se déplacer dans Second Life, traverse le pont menant à la ville, tu y apprendras à conduire une voiture et à voler !*

Chas s'engagea sur le pont. Il croisa une jeune fille portant un jean et un haut blanc qui se tenait debout, bras et jambes étendus. Son étiquette indiquait Yuno Orly. Elle l'ignora et Chas poursuivit son chemin, fonçant tout droit dans le pilier en brique qui se trouvait au bout.

Yuno : Ahahahah

Son nom et son rire apparurent sous forme de texte dans le coin inférieur gauche de son écran. Il se retourna et vit Yuno Orly qui se moquait de lui.

Yuno : C'est le lag.

Chas : Le lag ?

Yuno : L'ordinateur a du mal à suivre et tu rentres dans les murs, ou tu tombes des immeubles. Ahahahah.

Elle exécuta un petit bond.

Yuno : Au bout d'un moment, tu apprends à compenser.

Elle fit demi-tour.

Yuno : À plus.

Et elle partit d'un bon pas sur le pont. Chas la regarda s'éloigner puis balaya les alentours du regard. Il se trouvait dans une rue, face à un gratte-ciel. De l'autre côté de la rue, il vit un signe avec une flèche, près d'une bouche d'incendie. Institut d'entraînement au vol. De la fumée s'échappait de la plaque d'une bouche d'égout au milieu de la route, un peu plus loin un rouleau compresseur à vapeur et un buggy orange bizarrement enchevêtrés, étaient à demi garés sur le trottoir.

Pour la première fois, Chas prit conscience d'un ronronnement étrange dans l'air. Comme le son du vent passant à travers les branches nues des arbres en hiver. Il tourna sur lui-même. Au-delà d'une petite étendue d'eau, après un autre pont, se dressait un immense dôme de verre. Un grand panneau lui apprit qu'il s'agissait du Centre de Recherche.

Abandonné au milieu d'un passage piéton, il reconnut un Segway. Chas cliqua dessus et fut immédiatement installé aux commandes. Il tourna vers la gauche, vers la droite, puis il essaya de rebrousser chemin sur le pont qu'il manqua. Il dévia sur une pelouse qu'il traversa avant de partir au-dessus de l'eau. C'était une sensation étrange et déconcertante. Il avait l'impression de flotter dans les airs. Il s'arrêta et resta ainsi suspendu pendant un instant.

Un message apparut sur l'écran. *Véhicule en dehors des limites de la ville. Suppression.*

Le Segway disparut soudainement. Chas tomba dans l'eau comme une pierre et coula jusqu'au fond. En levant la tête, il pouvait voir le reflet de la ville déformée par les ondulations de la surface. Comment diable allait-il s'y prendre pour sortir de là ? Un autre message apparut, comme si on avait lu dans ses pensées.

Ne t'inquiète pas, ton avatar ne se noiera pas. Retourne sur la terre ferme en marchant ou clique sur le bouton Vol pour t'élever dans les airs.

Michael repéra la barre d'outils au bas de son écran. Il cliqua sur Vol et commença à se soulever, jusqu'à ce que sa tête crève la surface. Il s'envola et prit la direction du dôme de verre.

Voler était vraiment une expérience grisante. Il n'avait connu cela que dans ses rêves. Il monta en flèche au-dessus de l'eau, les bras tendus vers l'arrière.

Le vent sifflait à ses oreilles. De là-haut, il avait une vue plus claire de l'endroit où il se trouvait. Une série d'îles reliées entre elles par des ponts rejoignant le point central où il avait atterri en premier. Chacune d'elle proposait des leçons pour apprendre à se déplacer, à rechercher, à changer d'apparence, à communiquer. De la lave en fusion jaillissait d'un lac thermal au sommet d'un affleurement rocheux. Quand il atteignit le dôme, il cliqua pour cesser de voler et atterrit devant l'entrée avec un bruit sourd.

À l'intérieur se trouvaient d'immenses cartes détaillées de la région dans laquelle il avait été « mis au monde ». Une déroutante ribambelle d'îles affublées de noms comme Robinson, Capelli, Tharu. Il n'avait aucune idée sur la manière de s'y rendre, où quoi y faire s'il finissait par y aller. D'autres messages informatifs apparaissaient sur son écran. Il commença à s'impatienter et inspecta la barre d'outils pour y trouver le champ de recherche.

Il saisit Twist O'Lemon. Un profil s'afficha, accompagné du portrait d'un AV mâle, des cheveux rouges et blonds, longs et raides, torse nu. Il plissa le front, se demandant s'il ne s'était pas trompé en tapant le nom. Mais c'était bel et bien celui que Janey lui avait donné, il n'y avait pas d'erreur de frappe. Les informations du profil lui apprirent que cet AV était « né » exactement un an auparavant. Il y avait une fenêtre contenant la liste des Groupes dont Twist était membre, et un court texte à son sujet.

Je suis ici pour m'amuser, était-il écrit. *Contactez mon agence si vous avez besoin d'aide. Envoyez-moi un IM pour une réponse rapide.*

« Quelle agence ? », se demanda Chas. Il ouvrit la fenêtre d'envoi de messages privés.

IM : **Chas** : Salut Twist. C'est Chas. Tu es là ?

Après un court instant, une réponse s'afficha.

IM : **Twist** : Chas ! Tu es là !! Super. Je t'envoie un TP.

IM : **Chas** : Un quoi ?

IM : **Twist** : Téléport. Attends.

Une fenêtre bleue apparut dans l'angle supérieur droit de l'écran de Chas. Twist O'Lemon lui proposait de se téléporter chez lui, ou chez elle. *Rejoins-moi sur Jersey Island.* Il cliqua pour accepter. Il y eut un fort son d'aspiration. Il tomba à genoux et se releva. Il se trouvait dans un vaste bureau aux murs couverts de livres. D'imposantes fenêtres bleues disposées tout autour montaient haut dans les murs de brique qui rejoignaient un plafond en bois. Des peintures étaient accrochées à certaines des fenêtres : un poing au majeur levé, suivit d'un énorme U ; un œil étrange, multicolore, le fixait depuis son cadre. En dessous se trouvaient un canapé et plusieurs fauteuils confortables. Un piano à queue séparait deux bureaux disposant chacun d'un ordinateur. Derrière l'un d'eux, des bulles remontaient paresseusement à la surface de l'eau turquoise d'un aquarium que parcouraient avec langueur des poissons tropicaux aux couleurs intenses. Au-dessus était suspendu le logo cerclé d'or de l'agence de détective Coup du Sort.

Dehors, à travers les vitres teintées en bleu, Chas pouvait voir un paysage sablonneux et le soleil qui faisait scintiller la mer à l'horizon. Il y avait une ribambelle de magasins. Quelques maisons de maître au-delà d'une voie navigable étroite. Un chemin de fer passait à proximité avant de s'élever vers le ciel, de faire une boucle pour ensuite se diriger vers un énorme centre commercial que l'on devinait au loin.

Quoi que Chas ait pu attendre de Second Life, il n'aurait jamais imaginé chose pareille.

Twist : Alors, que penses-tu de mon bureau ?

Chas se tourna vers le jeune homme aux cheveux longs et à la poitrine nue vu sur le profil de Twist. Installé au piano, ses mains allaient et venaient sur les touches. Chas perçut un discret air de musique.

Chas : Qui êtes-vous ?

Twist : MDR. Tu ne sais pas lire ? C'est moi. Twist.

Chas : Mais tu es un homme !

Twist : Oui, dans Second Life.

Chas : Mais, pourquoi ?

Twist : Parce que j'en avais marre de me faire emmerder à chaque instant. Par ici, les gars sont bien plus directs que dans la VR. Une jolie fille n'a pas un moment de répit – et dans SL toutes les filles sont mignonnes, Chas. J'ai donc décidé d'être un homme. En plus, les clients me prennent plus au sérieux. Même si je me balade torse nu.

Chas baissa les yeux et constata que Twist était aussi pieds nus.

Chas : Quels clients ?

Twist : Ceux de l'agence. Tu n'as pas vu mon logo ?

Chas : Tu n'es pas sérieusement en train de me dire que tu es détective privé ?

Twist : Mais si, exactement. Des affaires de harcèlement. Des filatures. De la fraude. Adultère.

Chas : D'adultère ?

Il ne parvint pas à masquer son incrédulité.

Chas : Qui est infidèle à qui ?

Twist : Ahahah. Chas, SL est comme la VR. Les gens ont des relations. Ils se marient. Et ils se trompent les uns les autres, aussi. Les partenaires jaloux viennent me consulter pour savoir avec qui.

Twist quitta le piano.

Twist : Enfin, bref, maintenant quc tu es dans SL, tu peux devenir mon associé à l'agence. On ferait équipe.

Chas : Tu plaisantes !

Twist : Non, je suis très sérieux. Tiens…

Une invitation apparut, lui proposant de rejoindre un groupe appelé l'agence de détectives Coup du Sort. Il accepta et, immédiatement, l'étiquette au-dessus de sa tête afficha : Détective privé Chas Chesnokov.

Twist : Super. Bienvenue à l'agence, Chas. Tu es maintenant officiellement détective.

Un pop-up lui demanda d'autoriser Twist à animer son avatar. Dès qu'il accepta, Twist s'avança vers lui et les deux AV se prirent dans les bras l'un de l'autre.

Chas : Eh ! Qu'est-ce que tu fabriques ?

Twist : Je te fais un câlin.

Chas : Je n'ai pas pour habitude de faire de câlin aux hommes.

Twist : MDR. Ne t'inquiète pas. Ça sera notre secret.

Si Chas avait pu froncer les sourcils, il l'aurait fait.

Chas : Et qu'est-ce que c'est que ce MDR que tu n'arrêtes pas de dire ?

Twist : Mort de rire, Chas. MDR. Quoi qu'il en soit, tu as rejoint le groupe. Tu peux régler ton point de départ sur ce bureau. Tu te loggeras à partir d'ici dorénavant. Si je ne suis pas là, tu n'as qu'à cliquer sur la porte pour sortir ou entrer. Ou tu peux te téléporter. Viens, je vais te montrer une astuce.

Twist ouvrit la porte et Chas le suivit à l'extérieur. Elle se referma derrière eux. Il jeta un coup d'œil en direction des magasins. L'un d'eux vendait des meubles. Un autre des Skins. Un troisième proposait des animations. Un autre encore avait ses vitrines remplies de cheveux et de vêtements. Des AV allaient d'un magasin à l'autre ou discutaient en groupe.

Chas se tourna et heurta Twist.

Twist : Sois attentif, Chas ! C'est important.

Twist lui décrivit une manœuvre utilisant la souris et la touche alt permettant à Chas de déplacer son POV de l'extérieur du bâtiment vers l'intérieur, en passant à travers le mur. Chas s'exécuta et découvrit qu'il était en mesure de voir dans le bureau comme s'il y était.

Twist : Maintenant clique n'importe où pour te déplacer. Magique, hein ? Tu peux voir à travers les murs de brique. Très pratique pour un détective privé. Oh, et tu peux entrer aussi. Même si la porte est verrouillée. Fais un clic droit sur l'une des chaises à l'intérieur et une option pour s'asseoir s'affichera. Tu la sélectionnes et, abracadabra, tu es assis dessus. Il y a un bouton Me Lever dans ta barre d'outils. Tu cliques dessus et tu es debout.

À nouveau, Chas suivit les instructions de Twist et, en un instant, se retrouva assis dans l'un des fauteuils du bureau. Twist passa par la porte.

Twist : Tu as vu ? On dirait de la magie.

Pendant un long moment, il resta debout à observer Chas au point que celui-ci commença à se sentir mal à l'aise. Il était étonnant de voir comment il projetait ses propres insécurités sur les expressions d'un avatar qui n'en manifestait aucune. Pourtant, elles semblaient réelles.

Chas : Quoi ?

Twist : Je réfléchissais, Chas. Tu as vraiment une dégaine de bleu. Il faut complètement revoir ton look. Et te trouver une nouvelle garde-robe. Une arme ne serait pas de trop non plus.

CHAPITRE 11

L'énorme bâtiment en grès qui abritait le centre commercial Body Doubles se situait au bord d'un lac bordé d'arbres qui oscillaient sous le vent. Twist et Chas se téléportèrent sur un point d'arrivée placé juste devant. Sur le mur, de grands posters d'AV séduisants informaient le visiteur que le magasin faisait du conseil en image. Une rampe d'accès, menant à l'entrée principale, franchissait des douves, gardées par un tigre. Juste après, une blonde portant un soutien-gorge, un Stetson et pas grand-chose d'autre, accueillait les clients, debout sur un podium circulaire. Derrière elle, une galerie sur deux niveaux faisait le tour du lieu et présentait des images d'hommes et de femmes chics et élégants, souvent des sosies de stars de la musique ou du cinéma.

Chas était ébloui. Il reconnut des AV, Josh Duhamel, Halle Berry, Jessica Alba.

Chas : Mais qu'est-ce que c'est que cet endroit ?

Twist : C'est là où nous allons t'acheter une nouvelle enveloppe corporelle et peut-être une Skin.

Chas : Une Skin ?

Twist : MDR. Ton apparence, ta peau. Comme pour les vrais gens. Ce qui fait que tu as tel ou tel aspect. Viens.

Chas suivit Twist. Ils grimpèrent quelques marches semi-circulaires et remontèrent une passerelle peuplée de mannequins Body Doubles, l'un présentant une nouvelle enveloppe Dita Von Teese, un autre celle de Scarlett Johansson. Aucun d'eux ne leur prêta attention lorsqu'ils passèrent devant eux pour accéder à un long escalier menant à la galerie supérieure.

Tout le mur du côté droit était consacré aux vedettes mâles du sport, du cinéma et de la chanson. Tiger Woods, Tom Cruise, Mick Jagger.

Twist : Alors, qui aimerais-tu être ?

Chas : Je ne veux être personne. Qu'est-ce qui ne va pas avec mon apparence actuelle ?

Twist : Eh bien, pour commencer, des milliers d'autres AV vont avoir exactement la même tête que toi. Et quiconque joue à SL depuis cinq minutes est capable de repérer un novice à cent mètres. Que dirais-tu de Russell Crowe, période *Gladiator* ?

Chas : Non.

Twist : Elvis Presley.

Chas : Certainement pas !

Twist : Enrique Iglesias, alors ? Il est sexy.

Chas : Twist...

Mais Twist l'interrompit.

Twist : Brad Pitt ! Oh, oui. Chas, prends celui-là. J'ai toujours eu un faible pour Brad Pitt. Il est teeeellement canon !

Chas regarda autour d'eux pour voir si quelqu'un les écoutait.

Chas : Eh, baisse d'un ton, Twist. Les gens vont penser que tu es homo.

Twist : MDR. Écoute, Chas. Tu vas t'en rendre compte assez vite. Ici, on se fout de ce que tu es.

Twist l'entraîna jusqu'au poster de Brad Pitt. L'AV posait, torse nu. Un autre POV le montrait vêtu d'une veste noire et d'un jean, les bras croisés sur la poitrine.

Twist : Regarde-le. Il est adorable. Tu as de l'argent ?

Chas : Pas à ma connaissance. Comment puis-je le savoir ?

Twist : En haut à droite de ton écran. Des petits caractères verts. Ça t'indique de combien de Lindens tu disposes.

Chas : Des Lindens ?

Twist : Des dollars Linden. SL a sa propre économie, Chas. Une véritable économie, avec sa devise et un cours flottant par rapport au dollar US. Actuellement il tourne aux alentours de 245 Lindens pour un dollar. Il y a des gens qui ont gagné des millions ici, vraiment. Principalement en achetant et en vendant des terrains virtuels.

Chas se mit à rire.

Chas : Tu veux dire que des gens se font des millions en vendant et en achetant du vent ? Des pixels ?

Twist : Tu peux me croire. Et il n'y a aucun moyen de tracer les transactions. L'argent vient de n'importe où, passe de manière anonyme entre je ne sais combien de mains et ressort à l'autre bout sans qu'il soit possible de suivre son parcours. Et je ne parle pas de millions de Lindens, Chas, je te parle de millions de dollars.

Twist pivota pour lui faire face.

Twist : Je te transfère un peu d'argent. Tu me rembourseras. La prochaine fois que tu vas sur le site Web, enregistre une carte de crédit, comme cela, tu pourras acheter autant de Lindens que tu le souhaites.

Un bruit de caisse enregistreuse retentit et un message de confirmation informa Chas que Twist venait de lui virer 5 000 Lindens.

Chas : Ouah, Twist. Cinq mille ?

Twist : Ça doit faire vingt dollars. Et je les veux demain. Allez, vas-y. Achète Brad. Il ne coûte que 500.

Chas obéit et, à nouveau, le son de caisse enregistreuse confirma la transaction.

Twist : OK, cela a dû s'ajouter à ton Inventaire. Tout ce que tu as et tout ce que tu posséderas va se ranger là.

Chas ouvrit son Inventaire et y retrouva le dossier des éléments de Brad Pitt qu'il venait d'acheter.

Twist : Une notice devrait nous indiquer où aller pour trouver ce qui te manque encore. Peau, yeux, vêtements. Tu vas être trop canon quand j'en aurai fini avec toi.

*

Le luxueux centre commercial où Twist et Chas achetèrent les yeux, les cheveux et la peau recommandés pour aller avec Brad Pitt s'appelait Naughty Island. L'étiquette de la Skin indiquait Gabriel, Hâle Doré avec Pilosité Faciale 4 et comportait l'image d'un joli garçon qui ressemblait à l'idée que l'on peut se faire d'un archange. Ils virent également des posters qui le représentaient sur un des murs du Naughty Store.

Twist : Putain ! C'est 1 500 Lindens !

Twist était outré.

Twist : C'est une escroquerie. 500 pour la forme charnelle, et il faut encore lâcher 1 500 pour la peau. Dieu sait combien vont coûter les cheveux et les yeux !

Les Yeux Bleu Paris en valaient 500 et la Coupe Multiton III Indompté dans la Baie Dorée, disponible à l'Influence Store juste à côté, 300 de plus.

Twist fixa Chas d'un air spéculatif.

Twist : OK. Tu vas essayer tout ça.

Chas : Quoi, ici ? Il regarda autour de lui.

L'endroit était plein de clients.

Chas : Les gens vont définitivement penser que nous sommes gays !

Une vendeuse répondant au nom de Queen Akina s'approcha. Elle était d'une beauté renversante, avec des cheveux bruns, longs et soyeux, un chemisier décolleté et un short bouffant serré aux genoux qui soulignait la courbe de ses mollets tendus par des talons extrêmement hauts. Elle ignora Chas et considéra Twist, découvrant ses dents blanches en faisant ce qu'elle devait s'imaginer être un sourire séduisant.

Queen : Puis-je vous aider ?

Twist : Eh bien, si vous êtes libre ce soir, cela se pourrait, probablement.

Queen Akina gloussa. La fenêtre d'IM de Chas s'ouvrit et un message de Twist s'y afficha.

IM : **Twist** : Tu vois, ici les hommes sont directs et annoncent la couleur. Au fait, tu n'as pas à t'inquiéter. Les IM sont privés. Simplement entre nous.

IM : **Chas** : Mais, Twist, tu n'es pas un mec !

IM : **Twist** : Héhéhé. Ici, j'en suis un. Et elle ne se doute de rien. Si je lui donne ne serait-ce qu'une demi-ouverture, elle va se jeter sur moi. Quelquefois, mon sexe me déçoit. Mais c'est comme ça. Elle ne t'accordera même pas un regard tant que tu ne seras pas Brad Pitt. Pour l'instant, tu n'es qu'un novice maladroit qu'aucune fille digne de ce nom ne daignera considérer.

Twist s'adressa à la vendeuse.

Twist : Alors, qu'en dis-tu, poupée ?

Queen : Eh bien… Je termine vers sept heures. Alors, si tu veux m'envoyer un IM à ce moment-là…

IM : **Chas** : C'est embarrassant.

Il s'éloigna pour trouver un endroit calme et heurta un présentoir chargé de boîtes de styles de coupes de cheveux. Il essaya de rectifier sa trajectoire et fonça dans un mur. Des têtes se tournèrent dans sa direction.

IM : **Twist** : Seigneur, Chas ! C'est toi qui es embarrassant. Viens que je te sorte de là.

*

Il y avait dans le Naughty Store une zone séparée par des cloisons où les clients pouvaient essayer des peaux de démonstration ou celle qu'ils venaient d'acheter. Chas s'apprêtait à effectuer la transformation complète. Twist le suivit derrière le rideau.

Twist : C'est préférable que tu enlèves tes vêtements. On se rendra mieux compte du résultat.

Chas : Je ne me déshabille pas ici, Twist.

Twist : Oh, ne sois pas pudique, Chas, personne ne regarde. MDR. À part moi. Et de toute façon, tu n'as rien à cacher, pas de sexe.

Chas : Ah bon ?

Chas était déçu, sans vraiment savoir pourquoi.

Twist : Non. Si tu veux un pénis, il va falloir t'en acheter un. Je te recommande de choisir un multitaille, multiteinte, avec et sans prépuce, et un jeu de mamelons. Mais on verra ça un autre jour. Allez, maintenant, à poil.

Avec réticence, Chas obéit et fut bientôt complètement nu à l'exception de ses chaussures. Cela semblait bizarre de ne rien avoir entre les jambes. S'il avait pu, il aurait rougi.

Twist : Bien, maintenant fais glisser tout ce que nous avons acheté sur ton AV. Forme, peau, yeux, cheveux.

Chas observa stupéfait la transformation s'opérer. Il devint un jeune homme musclé et bronzé avec un regard d'un bleu éclatant, une épaisse tignasse de cheveux blonds et un bouc discret. Il appréciait particulièrement le relief de ses abdominaux. Il avait eu beau faire tous les exercices possibles dans la VR, il n'était jamais parvenu à développer une telle musculature.

Twist : Waouh ! Mon chéri, tu es SEXY !

Chas rougit derrière son écran, chercha rapidement ses vêtements dans son Inventaire et les enfila.

Twist : Rabat-joie. Enfin, bref. Il faut qu'on te trouve un flingue.

CHAPITRE 12

La société Gunslinger Armaments Ltd était située dans une zone miteuse de SL appelée Excalibur. Twist et Chas se téléportèrent sur un parking cerné par une clôture en grillage surmontée de barbelés coupants. Les mauvaises herbes poussaient au milieu des fissures du bitume. Une fumée noire et épaisse s'élevait d'un baril de pétrole rempli de détritus qui trônait dans un coin où étaient empilés des cartons vides et de vieux emballages. Une cannette de Coca vide roulait, poussée par le vent, et des lasers verts balayaient la cour. Au-delà de la clôture, on apercevait une rangée de maisons délabrées au milieu de quelques arbres et une tour à l'air abandonné.

Un chien de garde répondant au nom de Jaeger fit son apparition et se mit à les renifler. Jaeger et Twist semblaient en bons termes.

Twist : Salut mon garçon. Gentil chien.

Twist traversa sans hésiter la vitre de la porte coulissante. Chas le suivit.

Sur leur gauche, se trouvaient une butte de sable et un stand de tir avec une cible dessinée sur la tête d'Oussama ben Laden. Face à eux, une vitrine présentait les cinq modèles de pistolets en vente, créés par Kurosawa. À droite, un escalier montait jusqu'à son bureau. Chas suivit Twist qui commença à gravir les marches.

Twist : Il fabrique ces armes lui-même, tu sais. Des reproductions fidèles du Colt 911. Il écrit ses propres scripts également. Quoi que tu souhaites apprendre sur les armes, Gunslinger est la personne à laquelle il faut s'adresser.

Kurosawa était assis derrière un bureau de couleur verte, dont la surface était couverte d'une plaque de verre, une cigarette allumée glissée entre le majeur et l'index. Suspendu derrière lui, le dessin animé d'un Colt faisant feu tournait en boucle. Un énorme coffre-fort était posé dans l'angle et, au mur, un panneau d'affichage digital l'informait de l'évolution des ventes. Depuis son bureau, Kurosawa jouissait d'une vue panoramique sur le parking. Rien à voir, se dit Chas, avec celle sur Balboa Island dont il jouissait dans la VR.

Kurosawa était plus jeune que ne l'avait imaginé Chas. Il avait des cheveux auburn, une paire de lunettes juchée bien haut sur le crâne et une barbe de quelques jours. Sur l'épaule de sa chemise noire pendait un holster en cuir. Il portait un jean et des bottes équipées d'étriers qui s'entrechoquèrent quand il croisa les jambes sur son bureau.

Kurosawa : Salut, Twist. Alors, ça gaze ?

Twist : Nickel, Kuro. Je te présente mon partenaire, Chas. Il a besoin d'un flingue alors je me suis dit qu'on allait te demander conseil.

Kurosawa pivota sur son siège pour mieux observer Chas.

Kurosawa : Brad Pitt, hein ? Vous êtes allés chez Body Doubles ?

Twist : Comment as-tu deviné, Kuro ?

Gunslinger Kurosawa sourit.

Kurosawa : Alors, Chas, tu vas faire le même genre de travail que Twist ?

Chas : J'imagine que c'est le cas.

Kurosawa : Eh bien, tu ne trouveras pas mieux pour cela que le 1911A1 Custom. Il est très détaillé et se contrôle en Affichage Tête Haute.

Twist se tourna vers Chas.

Twist : Cela veut dire qu'un menu va apparaître sur ton écran.

Kurosawa : Oh, c'est un petit nouveau ? Tant mieux. Le Custom est à l'épreuve des idiots.

Chas n'était pas sûr d'apprécier de se faire traiter d'idiot.

Kurosawa : Il possède un holster grande vitesse, des douilles à fumée, des balles traçantes, des balles mortelles et de poussée, un piège d'invisibilité et six cartouches anti-bouclier. Pour seulement 1 000 Lindens, c'est une affaire.

Chas consulta le nombre affiché en vert en haut à droite de son écran et constata qu'il lui restait tout juste assez pour l'acheter.

Chas : OK. Je le prends.

Ils redescendirent dans la boutique et Chas fit son achat. Il fixa son holster à sa hanche droite puis y glissa le pistolet. Un ATH rouge apparut en haut de son écran.

Kurosawa : Choisis tes munitions, utilise la vue subjective pour aligner ton viseur avec la cible et tire.

Chas : La vue subjective ?

Twist : Ouais. Tout l'écran devient ton point de vue. Tu te déplaces avec la souris. Tu cliques pour faire feu.

Kurosawa : Essaie-le sur le stand de tir. Ça t'entraînera un peu.

Kurosawa se dirigea vers la butte de sable pour y installer des cibles pour une séance d'entraînement.

Twist : Attendez les gars. J'ai un IM.

Pendant quelques instants, Twist sembla absente.

Twist : Eh merde, désolé Kuro, on doit partir. Un cas de harcèlement dans un night-club sur lequel je bosse. Le type vient d'arriver. Il faut qu'on aille le choper.

Twist s'adressa à Chas.

Twist : Allez, mon grand, on y va. Ton premier boulot.

CHAPITRE 13

Le night-club Les Séductions Inavouables était une grande loge perchée à six cents mètres au-dessus d'une galerie marchande et d'un petit groupe de maisons sur Lancelot Island. L'accès au club se faisait en passant à travers le portrait d'une fougueuse jeune femme aux cheveux bruns armée d'une épée et d'un pistolet. Twist et Chas entrèrent. Sur la piste bondée, de couleur bleu nuit, des AV dansaient, animés par une boule centrale suspendue au plafond. Sur la scène, des strip-teaseuses tournaient langoureusement autour de leurs barres chromées. Il y en avait quatre. Chacune équipée d'un pot pour les pourboires. Chas resta immobile, subjugué, la bouche entrouverte. Quand un des clients mâles, la bave aux lèvres, déposait du liquide dans leur pot, elles enlevaient un vêtement. Il n'avait encore jamais vu d'AVs aussi sophistiqués. Magnifiquement sculptés, la peau luisante et bronzée, et animés avec une telle fluidité qu'il aurait presque pu croire qu'ils étaient réels.

Les couleurs qui prédominaient dans le club étaient le bleu et le gris, ponctuées çà et là de taches d'un rouge flamboyant. Sur un panneau derrière la scène était écrit *Le péché est une séduction de l'âme.* Une volée de marches montait jusqu'à un ensemble de pièces privées et à une galerie qui courait sur toute la longueur du club. De là, on avait vue sur la piste de danse et la cabine du DJ. Des torches brûlaient dans l'obscurité, projetant des ombres sur les danseurs et Chas sentit la pulsation de la musique qui traversait son AV.

La foule se sépara soudainement pour laisser passer un avatar chauve et baraqué, couvert de tatouages de la tête aux pieds qui avançait en faisant tournoyer une hache au-dessus de lui. Son étiquette indiquait son nom, plutôt approprié, Tommy Tattoo. Il exhibait un énorme pénis en érection et laissait derrière lui une traînée d'injures. Tous ceux qu'il croisait semblaient s'évaporer dans les airs.

Twist : C'est notre type, Chas. Il a un orbiteur.

Chas : Un quoi ?

Twist : C'est un gadget qui envoie tous ceux qu'il touche dans l'espace. Mais c'est bon. Je porte un bouclier. Il ne peut rien contre moi.

Chas : Et que comptes-tu lui faire ?

Twist : Le mettre en cage. Et l'envoyer droit à l'autre bout de SL. Ensuite j'adresserai un rapport à Linden Lab pour qu'il soit exclu. Allez, sors ton flingue.

Ils dégainèrent et avancèrent en direction de l'AV en jouant des coudes au milieu des danseurs. Brusquement, Twist s'arrêta net.

Twist : Oh, merde !

Chas : Que se passe-t-il ?

Twist : Je vais planter.

Chas : Nom de Dieu, Twist, tu as le chic pour choisir ton moment !

Mais Twist avait déjà disparu dans une explosion de petites étoiles scintillantes. Chas fit face à Tommy Tattoo et, d'une main tremblante, pointa son pistolet dans sa direction. Il tâtonna pour passer en vue subjective mais, avant qu'il y parvienne, Tommy s'envola.

Juste au-dessus de sa tête. Chas pivota et le vit atterrir sur la scène, à côté de l'une des danseuses. Il activa immédiatement une animation de danse et commença à lui tourner autour en balançant des hanches de façon obscène. Chas finit par basculer en vue subjective. Un petit viseur apparut au centre de son écran et il se rendit immédiatement compte que suivre une cible mouvante était bien plus compliqué qu'il ne l'aurait pensé. Il passait de droite à gauche, parfois trop vite, parfois trop lentement, quand enfin le tatoué se trouva dans sa ligne de mire. Il appuya sur la gâchette et réussit à toucher la danseuse.

Elle poussa un cri de surprise et d'énormes nuages de fumée noire commencèrent à s'échapper du trou que Chas venait de faire dans son ventre, l'enveloppant presque entièrement en quelques secondes. Horrifié, il la vit courir autour de la scène suivie par une traînée de fumée. Tommy Tattoo se cala les mains sur les hanches et éclata de rire.

Chas se rendit compte qu'une silhouette était en train de se matérialiser à côté de lui. Il se tourna et se retrouva face à face avec une jeune femme. Elle avait de longs cheveux bruns qui encadraient un visage aux traits délicats et des yeux foncés, couleur chocolat, qu'elle posa sur lui en adoptant un air franchement incrédule. Son étiquette indiquait Doobie Littlething Danseuse chez Séductions Inavouables. À ceci près qu'elle n'était pas habillée comme une danseuse. Elle portait un haut gris camouflage, un short, un pistolet au côté, une ceinture chargée d'outils, une gourde et des protections aux hanches et aux tibias.

Doobie : C'est toi qui as fait ça ?

Chas : Fait quoi ?

Doobie : Tiré sur la danseuse.

Chas commençait à s'habituer à rougir.

Chas : C'est un accident.

Elle leva les yeux vers son étiquette.

Doobie : Détective privé, hein ? Tu fais partie de l'agence de Twist ?

Il hocha la tête.

Doobie : Où est Twist ?

Chas : Il a planté.

Doobie : Putain, quelle merde !

Sans savoir pourquoi, Chas fut choqué par son vocabulaire. Elle s'était déjà mise en mouvement et fonçait vers la scène. Elle exécuta un saut périlleux avant et atterrit juste à côté du perturbateur tatoué, arme dégainée. Chas était fasciné par sa beauté : les cheveux ramenés en arrière, un trait de rouge intense sur les lèvres, la minuscule tache de naissance en forme de cœur en haut de sa joue, juste à côté de son œil droit. Il remarqua même les mèches rouges dans sa chevelure noire.

La danseuse courait toujours autour de la scène tout en laissant s'échapper de la fumée. Plus personne ne dansait. La musique s'était arrêtée et tout le monde se tenait immobile, en silence, attendant de voir ce qui allait se passer.

Tommy Tattoo se tourna vers Doobie et la lorgna.

Tommy : En orbite, salope !

Une pluie d'étoiles apparut puis disparut. Doobie était encore là. Elle tenait son arme à côté de sa tête, pointée vers le plafond.

Tommy : Qu'est-ce que… ?

Doobie : J'ai un bouclier, pauvre con ! Prépare-toi à planter et va brûler en enfer !

Elle braqua soudain son arme sur Tommy, bras tendu. Chas comprit qu'elle venait de basculer en vue subjective. Mais, avant qu'elle ait le temps de faire feu, Tommy Tattoo disparut dans un éclair de lumière.

Doobie : Merde !

À son tour, elle s'évanouit dans les airs, laissant la scène vide, en dehors de la danseuse qui fumait encore. Chas eut à peine le temps de se sentir coupable. Une invitation s'afficha. *Doobie Littlething invite Chas Chesnokov à la rejoindre à Crack Town.* Il accepta et, accompagné d'un bruit d'aspiration, son écran vira au noir. Il se matérialisa, à genoux, sur le porche en bois à demi pourri d'un bâtiment en brique, lugubre et délabré, planté au milieu d'un paysage urbain sombre et menaçant. Il se leva et jeta un coup d'œil aux alentours. L'immeuble était condamné et cerné d'une palissade. Un morceau de celle-ci avait été arraché et la porte d'entrée forcée.

Il se trouvait dans une longue rue sinistre. À l'opposé, une voiture de patrouille, gyrophares en marche, était garée dans l'entrée d'un parking couvert qui semblait être occupé par des clochards et des prostituées. Le policier en uniforme qui se tenait à côté du ruban noir et jaune claquant au vent qui délimitait la scène de crime, lui jeta un regard indifférent. Chas entendit des crépitements et la voix de l'opérateur sur la radio.

Plus bas dans la rue, sous un poster représentant un rottweiler et sur lequel était inscrit FAIS-MOI PLAISIR, un AV étendu sur le sol baignait dans une mare de sang frais. Un pistolet traînait à côté de sa tête. Une prostituée, les bras croisés, poireautait devant les portes du commissariat de Carnal City. Quelques jeunes, assis sur un mur, balançaient les jambes et discutaient pour tuer le temps. Mais il n'y avait aucun signe de Doobie ou de Tommy Tattoo.

Chas repartit vers l'immeuble délabré et scruta l'intérieur avec prudence avant de faire quelques pas timides dans la semi-obscurité.

À sa gauche, un canapé miteux et deux fauteuils fatigués étaient disposés autour d'un poste de télévision des années 1950. Une vieille caisse faisait office de table. Chas, dont les yeux s'étaient accoutumés à la pénombre, vit que l'endroit était jonché de poseballs. Il y en avait partout dans SL. Roses pour les femmes, bleues pour les hommes. Un clic droit sur une poseball vous y reliait et le programme qu'elle contenait animait votre AV pour lui faire faire à peu près n'importe quoi. S'asseoir, discuter, faire l'amour, jouer du piano. Dans SL beaucoup de choses tournaient autour du sexe. Faire une pipe. Se faire faire une pipe. Baiser contre un mur. Deux poseballs qui annonçaient Amour semblaient incongrues. Un tableau représentant Jésus habillé en pirate était accroché au mur.

La pièce située à gauche était une salle de bains. Au-dessus de la baignoire se trouvaient deux poseballs. Noyé et Apnée. Les murs étaient couverts de posters porno.

La pièce suivante était une cuisine immonde au sol recouvert de cafards. Puis, toujours à gauche, une autre pièce avec un matelas. Des rats détalaient à son approche, bousculant les tas d'ordures.

Au bout du couloir, Chas émergea sur un terrain vague où un amas de pneus en flammes produisait une fumée huileuse et noire qui s'élevait dans la nuit. Un clochard enveloppé de papier journal était blotti à côté pour profiter de la chaleur. Sur le mur d'en face, un graffiti proclamait : *L'opium du peuple, ce n'est pas la religion. C'est l'opium.*

Chas escalada une rampe qui menait à la rue au-dessus. À côté d'une porte d'immeuble endommagée de couleur bleue, un panneau publicitaire proposait des locations. Il se demanda qui de sensé aurait l'idée de louer un appartement dans un endroit qui ressemblait à ce que l'on pouvait imaginer de pire en termes de déliquescence urbaine. Dans une ruelle un peu plus loin, deux poseballs installées contre un mur graffité de couleurs vives proposaient Étrangle et Étranglé.

Il tourna vers la gauche et traversa un pont sous lequel coulait une rivière de produits chimiques visqueux et verdâtres. Il entendait au loin la rumeur de la circulation automobile sur l'autoroute, le hululement constant des sirènes de police. Une ombre traversa son écran suivie d'une explosion de lumière qui projeta des particules colorées dans toutes les directions. Quand elles se furent dissipées, il vit Tommy Tattoo accroupi devant lui, au milieu de la route, un sourire dément aux lèvres. Il se redressa, dominant Chas de toute sa hauteur, et leva sa hache bien haut au-dessus de sa tête. Chas était pétrifié de peur, même s'il était à peu près sûr que cet avatar ne pouvait pas lui causer de dégâts sérieux. Il parvint, en cafouillant, à cliquer sur l'ATH pour activer son pistolet. Mais il était trop tard. La hache filait droit vers son crâne. Pas le temps d'esquiver ni de se téléporter.

Mais Tommy Tattoo se figea à mi-course quand les barreaux noirs d'une cage étroite se refermèrent autour de lui et l'emprisonnèrent.

Tommy : BORDEL !

Doobie Littlething descendit du ciel et atterrit à côté d'eux. Elle s'adressa à Chas.

Doobie : Alors, tu as finalement décidé de te pointer.

Chas : Eh bien, comment pouvais-je résister à une invitation lancée par une danseuse armée jusqu'aux dents de la rejoindre, elle et un maniaque tatoué, dans un bled appelé Crack Town ?

Doobie l'observa un instant puis éclata de rire.

Doobie : En tout cas, tu es peut-être incompétent, mais au moins tu as le sens de l'humour.

Tommy : Désolé de venir perturber votre petite séance de bavardage mondain, mais quelqu'un pourrait-il me dire combien de temps je vais rester coincé là-dedans ?

Doobie se tourna vers lui.

Doobie : Juste le temps nécessaire pour faire un trou dans ta tête vide, foutre le feu à ton AV et te niquer à tel point qu'il te faudra au moins une semaine avant de redébarquer.

Tommy : Ouais, c'est ça.

Doobie : Mate ça.

Elle dégaina son pistolet, l'arma, et, en le tenant à bout de bras, tira deux coups de feu dans la cage. Un trou apparut dans la tête de Tommy et un autre dans sa poitrine. Elle arma et tira de nouveau. Cette fois-ci, il s'enflamma.

Un flot d'insanités et d'injures s'éleva comme de la fumée de la cage où Tommy, blessé, était enfermé. Doobie arma une dernière fois et envoya l'AV et la cage directement dans le ciel. Chas leva la tête rapidement, mais Tommy Tattoo avait déjà disparu.

Chas : Tu l'as détruit ?

Doobie : Non, monsieur Chesnokov. On ne détruit pas un AV. On peut l'endommager, le planter. Rien de permanent. Mais, le prochain coup, il y réfléchira à deux fois avant de se frotter à Doobs.

Chas recula d'un pas, une excitation soudaine le gagnait. Il dégaina à nouveau son arme et sélectionna Dommages dans le menu. Il exécuta un demi-tour, braqua Doobie et bascula en vue subjective. Elle fut si surprise qu'elle resta sans réaction.

Doobie : Putain !

Chas fit feu trois fois de suite et Doobie se rangea sur le côté, juste à temps pour voir trois AV qui couraient en tous sens avec de la fumée s'échappant de trous énormes dans leur poitrine.

Doobie : Beau carton, Chas !

Chas s'autorisa un petit sourire de satisfaction.

Chas : Je sais me servir d'un flingue, Doobie. J'ai fini premier à l'entraînement sur le stand de tir.

Doobie : Félicitations. J'ai juste une petite question. Pourquoi as-tu tiré sur ces types ?

Chas : Ils s'approchaient en douce, Doobie. Ils avaient l'air carrément louches. Je me suis dit qu'il s'agissait peut-être de copains de Tommy Tattoo.

Doobie laissa sa tête aller en arrière et hurla de rire.

Doobie : Les types comme Tommy Tattoo n'ont pas d'amis, Chas. C'étaient juste trois AV en train de s'amuser. Sûrement un jeu de rôles. MDR. Ça fait quatre AV innocents que tu canardes en l'espace de dix minutes. On devrait se tirer d'ici avant que tu sois signalé et que Linden Lab te bannisse à vie.

Avant qu'il ait eu le temps d'ouvrir la bouche pour s'excuser, Doobie était partie. Une invitation à la rejoindre à Armory Overstock à Shepherd apparut. Chas accepta et jeta un coup d'œil à l'heure. Cela faisait moins de deux heures qu'il était dans Second Life et il avait l'impression d'y avoir passé deux jours.

CHAPITRE 14

L'Armory Overstock, qui occupait l'espace d'un immense entrepôt en briques, proposait à la vente toutes sortes d'équipements, véhicules blindés, hélicoptères et autres transports de troupes, jusqu'aux armes individuelles en passant par les systèmes d'écoute et de détection radar.

Chas atterrit avec un bruit sourd à côté de Doobie, devant un énorme panneau de bienvenue et un distributeur d'eau. Il examina les alentours tandis que le magasin commençait à prendre forme autour de lui.

Doobie : Ça met du temps à rezzer aujourd'hui.

Chas : Rezzer ?

Doobie : Quand les choses se chargent et deviennent nettes. SL est à l'origine de l'introduction d'un paquet de mots nouveaux.

Chas : Si seulement cela pouvait rendre les choses plus compréhensibles. J'ai tellement d'initiales qui me tournent dans la tête que j'ai l'impression de me transformer en acronyme ambulant.

Doobie : Oh, bon vocabulaire, Chas.

Une invitation s'afficha. *Doobie Littlething vous offre son amitié. Accepter ou Refuser*. Chas n'hésita qu'un bref instant avant de cliquer sur Accepter.

Chas : Donc, à présent, nous sommes amis, c'est ça ? Il n'y a pas si longtemps, j'étais surtout « incompétent ».

Doobie : Ahahahah. Oui, eh bien, cela doit toujours être le cas. Mais peut-être pouvons-nous y remédier. Quoi qu'il en soit, Chas, je n'ai pas rencontré beaucoup de personnes dans ce monde qui savent ce qu'est un acronyme. Ça fait de toi quelqu'un de particulier, qui vaut peut-être la peine d'être connu.

Sans crier gare, elle exécuta un petit saut périlleux arrière et retomba sur la pointe des pieds, les bras écartés pour maintenir son équilibre, comme une danseuse de ballet.

Doobie : Suis-moi.

Elle entreprit la traversée du magasin à grandes enjambées. Chas trottinait derrière elle en essayant de la suivre tout en évitant de heurter les rayonnages et les banderoles.

Chas : Pourquoi sommes-nous là ?

Doobie : Pour te trouver un radar de détection des AV. Tu n'as à l'évidence aucune idée de ce qui se passe autour de toi. Ce qui, pour un détective privé, est plutôt un inconvénient. À ce propos, où est ton partenaire ? Tu l'as revu ?

Chas : Twist ? Non, il n'est pas reparu.

Doobie : Il a dû se prendre un sacré plantage, alors. Quelquefois, ça peut demander des plombes pour revenir en ligne.

Ils passèrent devant d'autres panneaux d'affichage vantant les mérites d'armes et de système d'écoute divers. Sur l'un d'eux, il était question d'un moustique, présenté comme la plus petite arme disponible dans SL. Chaque moustique, était-il inscrit, cible la personne de votre choix et ne cesse de l'attaquer tant que vous ne le rappelez pas. Il était également possible de rezzer plusieurs moustiques pour des raids en essaim.

Un autre décrivait une Montre Opérations Secrètes.

Chas : Montre d'aspect inofansif (avec scripts) pour espionner sans être repéré. Il ne devrait pas y avoir écrit « inoffensif » ? À moins qu'il ne s'agisse du nom d'un camouflage particulier ?

Doobie Littlething se mit à rire.

Doobie : Tu es un gars marrant, Chas.

Chas : MDRDR. Mais franchement, Doobs, qu'est-ce que c'est que tous ces gens doués, capables de créer des programmes compliqués, mais qui savent à peine écrire leur propre langue ? Tu te demandes comment ce fameux monde de la communication va finir.

Doobie : Probablement noyé sous un tas d'acronymes que personne ne comprend.

Au bout du compte, Doobie choisit un simple ATH radar qui fournirait à Chas un affichage permanent lui permettant de savoir très exactement et à tout moment qui se trouvait dans un rayon de quatre-vingt-seize mètres autour de lui, avec la possibilité d'encager ou d'envoyer en orbite quiconque lui semblerait menaçant.

Doobie : Et il ne coûte que 500 Lindens.

Chas vérifia ses finances.

Chas : Je n'ai pas assez, Doobs.

Doobie Littlething soupira.

Doobie : OK, voilà, je te les prête. Mais en retour, j'espère que tu m'inviteras à dîner.

Une caisse enregistreuse retentit et 500 Lindens furent virés sur le compte de Chas. Il acheta le radar et le rangea dans son Inventaire.

Chas : Comment puis-je t'inviter à dîner, Doobie ? On ne peut pas se nourrir de pixels.

Doobie : Ahahahah. Ne t'inquiète pas, Chas. Je connais l'endroit parfait. Et leurs beignets de pixels frits sont excellents.

*

Chas suivit le TP de Doobie et se retrouva sur une île caressée par une brise légère, couverte d'arbres et de fleurs, et dont les sommets déchiquetés, constitués d'une roche verte, montaient jusqu'à percer le ciel d'un bleu parfaitement pur. Ils se trouvaient dans un jardin où des pétales de roses tombaient autour d'eux comme de la neige. Des parasols projetaient leur ombre protectrice sur des tables rondes en verre. Des poseballs pour danser le slow étaient disposées autour d'une pelouse verte et luxuriante. Des petits-fours et une bouteille de champagne au frais dans son seau garnissaient la table du buffet.

Doobie : Tu vois, tout n'est pas violent et sordide dans SL.

Chas : Où sommes-nous ?

Doobie : Midsomer Isle. Cet endroit est connu sous le nom de Puck's Hideaway. C'est vraiment romantique.

Chas se tourna vers Doobie et constata qu'elle avait troqué protections et camouflage pour un béret et un foulard noir, un haut en mousseline crème et un pantalon trois quarts moulant, noir lui aussi.

Chas : Et pourquoi m'y as-tu amené ?

Doobie : Parce que tu me fais rire. Et parce que tu me dois 500 Lindens. Je surveille toujours de près mes investissements. Viens, allons regarder l'île.

Elle s'éleva dans le ciel. Chas la suivit et ils restèrent ainsi pendant quelques minutes, suspendus dans les airs, à admirer le paysage qui s'étendait sous eux. Le spectacle était étonnant. Chas n'aurait jamais imaginé qu'une telle chose puisse exister dans un monde virtuel. Des cascades et des minarets, des terrasses cachées, des pavillons surmontés de dômes et des maisons privées nichées dans des criques discrètes, des sommets rocheux s'élevaient de toutes parts. Il regarda de nouveau l'étiquette de Doobie.

Chas : Alors, pourquoi danses-tu ?

Doobie : Pour l'argent, bien sûr. Il faut bien que je finance mon addiction au shopping.

Chas : Et qu'achètes-tu ?

Doobie : Eh bien, quand ce ne sont pas des armes, j'achète des fringues, ou des cheveux, ou de nouvelles peaux.

Chas : Cela signifie que tu changes d'apparence ?

Doobie : De temps en temps. Quand tu es danseuse, tu dois te maintenir au niveau de la troupe. Si tu ne présentes pas bien, tu perds ton boulot.

Chas : Mais tu es plus une stripteaseuse qu'une danseuse. Si j'en crois ce que j'ai pu constater à Séductions Inavouables.

Doobie Littlething haussa les épaules.

Doobie : En effet. Mais qu'y a-t-il de mal à cela ? Je suis aussi escorte.

Chas : Vraiment ? Et en quoi cela consiste-t-il ?

Doobie : Ahahahah. Tu me fais marcher, Chas. Que fait une escorte dans la vie réelle ?

Chas : Tu es une prostituée ?

Doobie : Je préfère « pute ». C'est un peu plus salace, tu ne trouves pas ? MDR. Ouais, voilà. Je fais l'amour contre de l'argent.

Chas la fixa avec étonnement. Puis, il se souvint qu'il n'avait pas de sexe.

Chas : Et comment un AV s'y prend-il pour faire l'amour ?

Doobie Littlething manqua de s'étouffer de rire.

Doobie : Mon Dieu, tu es vraiment un bleu, hein ? Jetons un œil à ton profil.

Il y eut une brève pause.

Doobie : Oh-Mon-Dieu ! Tu n'es arrivé qu'aujourd'hui ! Pas étonnant que tu saches que dalle !

Chas afficha le profil de Doobie et vit qu'elle était « née » près de trois ans auparavant. Il y avait une image d'elle, et la section infos la présentait comme étant escorte, mannequin et stripteaseuse.

Envoyez-moi un IM pour la liste de mes tarifs, était-il écrit à l'attention des clients potentiels. Chas cliqua sur l'onglet Première Vie, mais il était vide.

Chas : Tu as une liste de tarifs ?

Doobie : Bien sûr. Je te l'enverrai. Tu as envie de coucher avec moi ?

Une fenêtre bleue apparut, lui indiquant que Doobie Littlething lui faisait une offre. Il refusa presque immédiatement et se sentit rougir à nouveau.

Chas : Non, je ne veux pas coucher avec toi.

Il resta silencieux un instant.

Chas : Et, de toute façon, je n'ai pas de pénis.

Doobie : MDRMDRMDR ! Ça ne simplifierait pas les choses, c'est certain. Laisse-moi t'emmener dans mon endroit favori.

Elle fit demi-tour et s'envola dans le soir qui commençait à tomber. Tout en la suivant, Chas vit le soleil qui se couchait à l'horizon et projetait des éclats bordeaux sur l'océan qui virait au noir. Une terrasse circulaire, couverte d'un dôme et entourée de colonnes peintes, était perchée sur le rebord de la falaise, tournée vers le soleil couchant.

Doobie se laissa tomber comme un caillou et atterrit juste au bord de la terrasse. Chas apparut derrière elle. Pendant un instant, il retint son souffle. Au milieu de la terrasse, sur un tapis persan, se dressait une table d'échecs carrée aux pièces soigneusement ordonnées. Deux chaises étaient installées de part et d'autre. Le soleil couchant s'alignait avec les quatre rangées de cases qui séparaient les deux camps.

Doobie : Tu ne joues probablement pas. On trouve peu d'adeptes de nos jours. Mais j'apprécie l'excitation mentale que cela provoque. Et j'aime quand un homme me pousse dans mes limites. De toutes sortes de manières. Quelquefois, je viens ici seule et je joue contre moi-même. C'est un défi assez particulier.

Chas : Je sais. J'ai fait la même chose à de multiples occasions ces derniers mois.

Elle le regarda avec curiosité.

Doobie : Ah bon ? Pourquoi ?

Chas : Parce que je n'ai personne avec qui jouer.

Elle sembla réfléchir pendant un moment.

Doobie : Ça te dirait de faire une partie ?

Chas : Oui, avec grand plaisir.

Ils s'installèrent. Le soleil finissait de disparaître derrière l'horizon. Ils entamèrent la partie.

Chas : C'est étrange, je n'ai pas passé beaucoup de temps ici aujourd'hui, et pourtant j'ai l'impression qu'il y a déjà eu un jour, une nuit, un jour et à nouveau la nuit tombe.

Doobie : SL, comme la vie réelle, a des fuseaux horaires, et nous nous sommes téléportés de l'un à l'autre plusieurs fois. En plus, dans Second Life, un jour dure deux heures. Alors, on essaie d'en caser un maximum dans une journée. On ne perd pas de temps à marcher, conduire ou prendre des avions. Ni à manger ou dormir. C'est ce qui rend l'expérience de Second Life si intense, plus dense. Ici tout va et vient beaucoup plus vite, les gens y compris. Et toutes les émotions humaines – amour, haine, jalousie, envie – sont comme une lumière qui brûle avec deux fois plus d'intensité, mais deux fois moins longtemps. Si tu restes dans SL, Chas, tu vivras plus d'expériences que tu n'en as jamais imaginées.

Ils se remirent à jouer, cette fois-ci en silence. La partie fut si équilibrée qu'il ne leur restait à tous deux que quelques pièces quand Doobie finit par bloquer son roi dans un coin, l'obligeant à déposer les armes. Devant son écran, il était heureux qu'elle ne puisse pas voir les larmes qui lui mouillaient les yeux. Elle jouait comme Mora. Sans style, mais avec une persévérance intelligente et inépuisable qui finissait toujours par mettre son opposant à terre. Le souvenir de Mora fut si vif qu'il en eut presque mal.

Ils restèrent assis pendant plusieurs minutes, sans parler.

Doobie : Mauvais perdant ?

Chas : Non, Doobie. Je rejoue la partie dans ma tête pour savoir comment te battre la prochaine fois.

Doobie Littlething sourit. Elle se leva brusquement.

Doobie : Je t'ai promis que tu pourrais m'inviter à dîner. Je t'envoie un TP.

Et elle disparut dans un scintillement.

*

Chas suivit le TP de Doobie et fut transporté sur une terrasse circulaire semblable à celle qu'ils venaient de quitter. L'échiquier avait cédé la place à une table pour deux personnes, avec bougies, fondue au chocolat et à la fraise, et du vin blanc dans un seau à glace. Il n'y avait pas de vue sur la mer. Ils étaient presque totalement cernés par de hauts conifères et les colonnes qui supportaient le dôme étaient ceintes de guirlandes de roses blanches et roses. Dans l'intervalle de temps nécessaire pour se téléporter d'un endroit à l'autre,

Doobie s'était de nouveau changée. Elle portait à présent une robe noire, longue et souple, dont le décolleté osé révélait une poitrine généreuse et sensuelle. Chas ne put s'empêcher de baisser les yeux dessus et se demanda comment une animation pouvait l'exciter à ce point. D'une certaine façon, la personnalité derrière l'image transcendait le visuel. Il trouvait Doobie incroyablement attirante.

Il inspecta ses vêtements de nouveau venu.

Chas : Il faut vraiment que je me procure une autre tenue.

Doobie : Il faut d'abord que tu aies de l'argent. Ensuite tu pourras te payer la garde-robe que tu veux. Moi, j'ai tellement de vêtements dans mon inventaire, amassés pendant presque trois ans, que je sais que je ne porterai plus jamais certains d'entre eux.

Ils s'assirent et s'animèrent immédiatement, dégustant le contenu des assiettes fumantes de nourriture virtuelle posées devant eux. Chas semblait découper ce qui ressemblait à un steak épais.

Deux tintements rapides signalèrent à Chas qu'il avait reçu un IM. C'était Twist.

IM : **Twist** : Foutu SL ! Je viens tout juste de revenir. Que s'est-il passé ?

IM : **Chas** : Oh, j'ai chassé Tommy Tattoo jusqu'à Crack Town, en compagnie d'une magnifique strip-teaseuse. Nous l'avons encagé, on lui a tiré dessus et envoyé en orbite.

IM : **Twist** : Seigneur, Chas. Comment diable es-tu parvenu à faire tout cela ?

Il s'amusa de l'incrédulité perceptible dans le ton de Twist.

IM : **Chas** : Facile, Twist. Quand on sait s'y prendre.

IM : **Twist** : Pfffff !

IM : **Chas** : De toute façon, je suis plutôt occupé pour le moment. Je dîne avec une dame.

IM : **Twist** : Quoi !?

IM : **Chas** : Je t'expliquerai plus tard. Au fait, Twist, j'ai bien l'intention de récupérer ma part de la prime pour avoir éliminé Tommy de la circulation. Cinquante-cinquante, et je me demande même si ça ne devrait pas être plus, vu que tu n'étais même pas là. D'ailleurs, combien facture-t-on ?

IM : **Twist** : 100 par jour, plus les frais.

IM : **Chas** : Lindens ?

IM : **Twist** : MDR. Et quoi d'autre ?

IM : **Chas** : Mince, Twist, ça vaut à peine le coup de se déplacer pour une somme aussi ridicule.

IM : **Twist** : Tu devrais en discuter avec ton représentant syndical, gros malin. Il faut que je me déconnecte. On se voit au boulot.

Chas leva les yeux. Doobie le fixait.

Doobie : IM ?

Chas : Comment le sais-tu ?

Doobie : Eh bien, quand quelqu'un met près d'une minute à répondre à une question, je finis par me dire qu'il doit être un peu distrait.

Chas : Oh, je suis désolé, Doobs. C'était Twist. Quelle était la question ?

Doobie : J'étais en train de te proposer des Repères pour des magasins où tu pourras trouver des vêtements décents à des prix raisonnables. Ça t'intéresse ?

Chas : C'est quoi un Repère ?

Doobie : Un lien de téléportation. Tu as un dossier qui leur est destiné dans ton Inventaire. Je verrai si j'ai des Repères d'endroits intéressants que tu pourrais visiter dans SL. Je te les passerai la prochaine fois. Et il y aura une prochaine fois, car tu me dois toujours 500 Lindens.

Chas la regarda, l'air songeur.

Chas : Combien de temps par jour passes-tu ici, en moyenne, Doobie ?

Doobie : Presque toutes mes heures d'éveil. Sauf quand je me nourris. Bien que, parfois, je mange devant l'ordinateur. MDR.

Chas : Et qu'en pense ta famille ?

Il y eut un silence assez long.

Doobie : Je n'en ai pas, Chas. Pas qui vaille la peine d'être mentionnée en tout cas.

Il décida de ne pas insister. C'était étrange de constater comme il était possible de deviner la réticence, l'hésitation, l'embarras, l'amusement, sans jamais voir la personne ou entendre sa voix.

Chas : Et à quoi d'autre passes-tu ton temps ? Je veux dire, quand tu ne danses pas ou… que tu ne distrais pas un client.

Doobie : Je fais la chasse aux griefers.

Chas : Qu'est-ce qu'un griefer ?

Doobie : À ton avis, Chas ? À quoi cela te fait-il penser ? C'est quelqu'un qui t'emmerde. Il y en a dans la vie réelle. Les fauteurs de troubles. Vandales, criminels, ceux qui infectent les ordinateurs avec des virus… Les gens sont les mêmes, que ce soit dans le monde virtuel ou dans la vie réelle. La seule différence, c'est qu'ici on ne prend pas de pincettes. Ils récoltent ce qu'ils sèment. Si Linden Lab ne s'occupe pas de leur cas, alors les citoyens se chargent de faire respecter la loi. On va les chercher là où ils se cachent et se rassemblent. Des zones libres où il y a souvent des batailles rangées. C'est pour cela que j'ai mon armure et mes armes. En général, je chasse le griefer dans un endroit appelé Sandbox Island. Tout y est permis. Et tu sais quoi ? C'est marrant.

Elle se leva soudainement.

Doobie : Je n'ai plus faim. Tu veux danser?

Chas avait l'impression d'avoir à peine entamé son repas. Mais, à l'évidence, Doobie avait la bougeotte. Elle semblait ne pas pouvoir tenir en place plus de quelques minutes. En plus, il était curieux de savoir à quoi cela ressemblerait de danser avec elle.

Chas : Avec plaisir.

Il se leva.

Doobie : Je t'envoie un TP.

Et son AV s'évanouit.

*

Des poseballs Slow V3 étaient installées au centre d'une autre terrasse entourée de colonnes. Ici aussi, des pétales tombaient en pluie. Le ciel nocturne était à peine visible à travers la cime des arbres qui poussaient tout autour et se balançaient sous l'effet de la brise fraîche du soir qui arrivait de l'océan et traversait Midsomer Isle. Des lampes dissimulées projetaient les longues ombres des colonnes sur la piste où Doobie était déjà reliée à sa poseball, les bras tendus, attendant son cavalier. Chas cliqua et la rejoignit.

La danse débuta de manière formelle. Chas avait passé son bras autour de la taille de Doobie et tenait sa main droite de la main gauche.

Doobie : Sur ta barre d'outils, en haut à droite, tu verras un bouton Play. Clique dessus.

Chas suivit son indication et, aussitôt, une musique celtique, douce et séduisante, se fit entendre, transformant l'atmosphère de la nuit.

Presque au même instant, le bras de Doobie se glissa autour de son cou et elle l'attira à elle. Il vit ses mains passer dans son dos et s'aventurer sur la courbe de ses fesses. Il ressentit une excitation étrange et inexplicable. Comment des pixels animés sur un écran pouvaient-ils avoir un tel effet sur lui ? Les AV se fixaient du regard avec intensité, et Chas sentit son estomac se nouer.

Les mains de Doobie glissèrent sur sa poitrine et elle blottit sa tête contre son épaule tandis que les bras de Chas se serraient autour de sa taille. Chas sentit le désir lui tirailler le bas du dos et il eut subitement envie de l'embrasser. Une envie brimée par les limitations de l'animation.

Chas : C'est agréable.

Doobie : Mmmm. Oui. Est-ce que tu sens mon souffle dans ton cou ?

Chas : Oui.

Et il croyait presque le sentir.

Doobie : Alors tu dois aussi sentir mes mains qui glissent sur ta poitrine et passent sous le coton frais de ton tee-shirt pour toucher ta peau.

Chas : Doobie, ça ne va trop vite ? Je te connais à peine.

Doobie : Ne t'inquiète pas. Je t'enverrai ma facture demain.

Chas : Ahahah.

Doobie : Il sait rire !

Chas : Tu plaisantes ?

Doobie Littlething sourit.

Doobie : Bien sûr. MDR. Merci pour cette belle journée, Chas.

Elle marqua une pause.

Doobie : Alors, dis-moi. Comment un bleu se débrouille-t-il pour être aussi attirant dès son premier jour dans SL ?

Chas : J'ai été aidé.

Elle redevint silencieuse. Ils écoutaient la musique, dans les bras l'un de l'autre.

Doobie : Tu rejoueras aux échecs avec moi un de ces jours ?

Chas : Eh bien, tant que j'ai cette ardoise de 500 Lindens, j'imagine que tu peux me demander de faire ce que tu veux.

Doobie Littlething sourit.

Doobie : J'aime qu'un homme sache jouer aux échecs. En revanche, je n'en ai pas encore trouvé un qui me batte. Et je ne craquerai pas pour l'un d'eux avant.

Chas : Dans ce cas, il va falloir que je m'entraîne.

Elle se déconnecta brusquement de sa poseball.

Doobie : Je dois partir.

Chas était déçu. À son tour, il cliqua pour se détacher et resta debout, embarrassé, ne sachant comment dire au revoir ni comment il allait faire pour quitter cet endroit.

Une invitation apparut. Cette fois, Doobie lui demandait la permission d'animer son AV. Il accepta. Elle s'avança vers lui, passa ses bras autour de son cou et lui donna un baiser long et profond. C'était terriblement excitant. Puis, elle recula.

Doobie : J'essaierai de te joindre la prochaine fois. Si jamais tu veux m'envoyer un IM, tu me trouveras dans ta liste d'amis. Salut.

Une cascade d'étoiles scintillantes surgit et mourut dans la nuit. Elle était partie.

*

Michael, assis, regardait Chas sur son écran. Lentement, il fit la transition de la nuit de Second Life au soleil matinal de la vie réelle qui chauffait la fenêtre de son bureau. Il consulta l'horloge accrochée au mur. Il avait passé presque trois heures dans cet autre monde, où il était devenu quelqu'un d'autre. Pour la première fois depuis des mois, la douleur de la perte de Mora n'avait pas occulté ses autres pensées. Ce qui le surprit et le dérangea le plus, cependant, fut de constater à quel point Chas avait pris le dessus, comme une part de lui-même dont il avait jusque-là ignoré l'existence. Il n'était pas Chas et Chas n'était pas lui. Mais ils partageaient des sentiments, des souvenirs, la même douleur. Ils étaient un et en même temps deux. C'était une expérience extraordinaire, folle et un petit peu effrayante.

CHAPITRE 15

Ce n'est que le jour suivant que Michael trouva le temps d'examiner les photographies de la scène de crime qu'il avait prises chez Arnold Smitts. Assis dans ce qui avait été autrefois la chambre noire, à l'époque où l'on employait encore de la pellicule, il balayait les images qu'il avait téléchargées sur son ordinateur.

Elles lui remirent avec netteté à l'esprit l'air parfumé et doux de cette nuit californienne, quand ses idées noires avaient été interrompues par un appel pour un meurtre. Il observa les images du cadavre avec un œil neuf. Cette personne, comme lui, avait été un habitant de Second Life. Michael se demanda ce que pouvait bien y faire un comptable âgé, chauve, soupçonné d'avoir des liens avec la mafia. Y avait-il dansé, comme Chas, avec une stripteaseuse, ou poursuivi des griefers dans Carnal City ? Michael avait du mal à se convaincre que les expériences vécues par Chas durant ses premières heures dans SL étaient représentatives. Alors, qu'est-ce qui avait attiré Smitts dans ce monde virtuel ? Qu'y avait-il trouvé ?

Il finit par tomber sur un cliché où figurait le moniteur de Smitts. L'écran d'accueil de Second Life y était affiché. Cette main/œil désormais familière. Il l'examina, pensif, puis imprima quelques photos qu'il n'avait pas encore sur papier. Il les glissa dans une enveloppe, quitta la chambre noire et traversa l'open space et son dédale de cloisons entre lesquelles ses collègues de la police scientifique étaient entassés, entourés de bibelots personnels et de photos de famille.

La tête de Janey émergea de l'un d'eux. « Salut, Mike. » Elle lui fit un sourire entendu, comme si elle s'adressait à un complice. « Tu "y" seras plus tard ? » L'accent particulier qu'elle avait mis sur le « y » était sans ambiguïté. Elle ne souhaitait pas avouer à ses collègues qu'elle passait tout son temps libre dans un monde virtuel sous les traits d'un détective privé, et il la comprenait.

Il hocha la tête. « Ce soir, peut-être.

— À plus, alors. » Elle lui fit un clin d'œil, un sourire, et disparut derrière la cloison de son bureau.

*

Michael trouva Hardy, sans Laurel, installé dans le bureau des inspecteurs. Il observa Michael qui s'approchait avec un évident manque d'enthousiasme. « Je suis occupé, monsieur Getty, qu'est-ce que tu veux ? »

Michael s'arrêta à côté de sa chaise et laissa tomber l'enveloppe contenant les photographies sur le bureau de Hardy. « Tiens, Ollie, ce sont des clichés supplémentaires. De la maison de Smitts. » Devant le ventre imposant de l'inspecteur, il vit le dossier Smitts ouvert, posé sur un tas de papiers en désordre qui semblaient s'accumuler là depuis des mois. « Des progrès ?

— Eh bien, peut-être y en aurait-il eu si vous aviez rapporté de cette scène de crime quelque chose à se mettre sous la dent.

— On ne peut vous donner que ce que l'on trouve. Tu as fait un lien avec la mafia ?

— Plutôt ! En fait, le FBI a sur lui un dossier épais comme la Bible. Il a tenu les comptes de la mafia du coin pendant au moins vingt ans. Ils en sont presque sûrs à cent pour cent.

— Comment se fait-il qu'il n'ait pas été en taule dans ce cas ?

— Une simple petite chose appelée preuve, fiston. Tu sais ce que c'est, une preuve ? Ce qu'il nous faut lors d'un procès pour obtenir une condamnation ? Ils n'ont jamais rien trouvé contre lui, à part deux contraventions pour stationnement interdit. Nickel de chez nickel. »

Hardy sortit les tirages de l'enveloppe et leur accorda un rapide coup d'œil. « Pas grand-chose de neuf là-dedans. » Il les balança sur le côté du bureau. « Pourquoi pensais-tu que je serais intéressé ? »

Michael haussa les épaules. « Mieux vaut plus que moins. » Il fit une pause puis ajouta, l'air de rien : « J'ai remarqué l'écran d'accueil de Second Life sur son ordinateur. »

Hardy lui jeta un coup d'œil, un sourcil relevé par la surprise. « Qu'est-ce que toi tu sais à propos de Second Life ? C'est un putain de repaire de paumés et de pervers. » Puis un rictus sournois se dessina sur ses lèvres. « À moins, bien sûr, que tu en fasses partie. Ce qui ne me surprendrait pas. Et si ce n'est pas le cas, je pense que tu devrais essayer. Je suis certain que tu t'y sentirais comme chez toi. »

Michael ignora la pique. « Je connais quelqu'un qui passe beaucoup de temps dans SL. » Il fit une pause. « Donc, Smitts était un citoyen de Second Life ?

— Oui, pour autant que l'on sache. Mais en fait non. On n'a retrouvé aucune trace de lui dans la base de données de Linden Lab. »

Michael fronça les sourcils. « Que veux-tu dire ?

— Eh bien, il avait un compte. Un AV appelé Maximillian Thrust. Seigneur, ces gens choisissent vraiment des noms à la con ! En tout cas c'était celui qui était tapé sur l'écran d'accueil pour se connecter. Et, dans son ordinateur, nous avons retrouvé des e-mails qui avaient été réexpédiés vers son compte en provenance d'IM et des annonces de Groupes dans Second Life.

— De quels groupes faisait-il partie ?

— Oh, bon sang, j'en sais rien. » Il fouilla dans le dossier. « Rien qui ne me paraisse significatif. Black Creek Saloon. AAA Club. DJ Badboys Fans. Gurls Rock. Virtual Realty. Je me demande bien ce que ces trucs concernent. Mais je vais te dire ce qui est vraiment bizarre. Quand on a contacté Linden Lab pour accéder au compte de Smitts, ils nous ont répondu qu'il n'existait pas. Et qu'il n'y en avait jamais eu. Pas une trace dans leurs ordinateurs.

— C'est étrange.

— Tu m'étonnes ! Parce qu'il y en avait un, cela ne fait aucun doute. On dirait que quelqu'un a effacé toute trace de Smitts des serveurs. »

CHAPITRE 16

Chas resta accroupi quelques secondes avant de se mettre debout. Le bureau de Twist commençait à rezzer lentement autour de lui. Devant la porte, un message en lettres vertes flottait au-dessus de l'enseigne de l'agence. *Twist O'Lemon est déconnecté. Cliquez pour laisser un IM.* Une fenêtre pop-up bleue l'avertit que, pendant son absence, Doobie Littlething lui avait offert des objets qui se trouvaient dans son Inventaire. Il s'agissait des Repères qu'elle lui avait promis et, quand il cliqua sur Accepter, ils allèrent automatiquement se ranger dans le dossier du même nom. Ces liens de téléportation permettaient de se rendre à divers endroits de SL et l'un d'eux, constata-t-il, conduisait au night-club Les Séductions Inavouables.

Il vit que Doobie était, elle aussi, en ligne. Il songea à lui envoyer un IM mais décida à la place d'essayer l'un de ses nouveaux Repères. Il double-cliqua. Son écran devint noir et un bruit semblable à celui du vent s'engouffrant dans un tunnel lui fit traverser les continents de Second Life jusqu'à la promenade qui courait à l'extérieur du night-club Les Séductions Inavouables. Une balustrade servait à prévenir les chutes. Il se pencha au-dessus pour scruter le sommet des nuages en contrebas et le scintillement lointain du soleil à la surface de la mer. Il passa à travers l'image de la femme armée d'une épée et entra dans le club. L'endroit était désert. Pas âme qui vive. Il consulta l'heure, juste à côté de son compte en Lindens. Elle affichait 7:32 PM, SLT. Il savait que l'heure de SL était la même que celle de la zone Pacifique et il se demanda quand les choses commençaient à s'animer. Il était encore tôt pour la Californie, tard pour l'Europe et il ne savait pas quelles nationalités accueillaient le club.

Il se souvint du système radar que Doobie lui avait fait acheter la veille. Il le retrouva dans son Inventaire et l'afficha à l'écran. Immédiatement, deux noms apparurent. Doobie Littlething et Jackin Thebox. Tous deux, apparemment, se trouvaient à exactement quatre-vingt-dix mètres. Mais où ? Vraisemblablement pas dans le club. Il regagna la promenade. Twist lui avait expliqué que le club se trouvait dans une loge perchée à six cents mètres d'altitude. Il y avait donc des chances que Doobie et Jackin se trouvent quelque part au-dessus ou en dessous.

Chas tendit le cou vers le haut et vit le bas d'un autre édifice qui flottait à la verticale du club. Il décolla et s'éleva dans le ciel, les bras collés au corps, jusqu'à ce qu'il arrive au niveau du bâtiment qu'il avait repéré. Ce n'était en fait qu'une grande boîte grise, sans porte ni fenêtre. Mais, d'après le radar, Doobie et Jackin n'étaient plus qu'à huit mètres de distance. En toute logique, ils se trouvaient à l'intérieur. Ils s'y étaient certainement téléportés.

Chas se souvint de la première leçon de détective privé que lui avait donnée Twist. Il pointa le mur le plus proche, zooma et pivota sur le côté afin de passer à travers. Soudain, il vit l'intérieur. Le sol, les murs et le plafond semblaient couverts d'un tissu épais et moelleux. Tout autour de la pièce, des lampes diffusaient une lumière tamisée. Des coussins de tailles et couleurs différentes étaient éparpillés sur le sol. Parmi eux, des poseballs permettant de s'adonner à toutes sortes d'activités sexuelles, des meubles à l'aspect bizarre et quelques équipements SM à vous faire dresser les cheveux sur la tête.

Deux corps nus étaient étendus parmi les coussins. Doobie, sur le dos, jambes écartées, et Jackin, installé au milieu. Ses fesses roses montaient et descendaient à un rythme régulier. Chas cliqua parmi les coussins pour se rapprocher, persuadé d'être invisible, et les observa avec une fascination horrifiée et, en même temps, un vague et étrange sentiment de jalousie.

Le dialogue des deux partenaires sexuels était visible sur son écran en discussion publique et il fut presque choqué par la crudité des propos qu'ils échangeaient.

Jackin : Oui. Oui. Je te baise chérie. Je te baise.

Doobie : Baise-moi, Jack. Baise-moi.

Jackin : Mordille-moi les tétons, salope. Mordille-les !

Doobie : Mmm. Je te mordille les tétons, Jack. Je les suce.

Chas sélectionna Doobie dans sa liste d'amis et lui envoya un IM. Il l'observa avec attention comme s'il allait pouvoir discerner une réaction sur son visage.

IM : **Chas** : Salut, Doobie.

Un moment passa.

IM : **Doobie** : Je suis en train de travailler, Chas.

IM : **Chas** : Je vois ça.

Il y eut un long silence pendant lequel Chas put presque sentir Doobie assimiler et comprendre les implications de ce qu'il venait de dire.

IM : **Doobie** : Où es-tu ?

IM : **Chas** : Juste dehors.

IM : **Doobie** : Enfoiré de voyeur !! Où donc as-tu appris ce truc ?

IM : **Chas** : En vérité, je fais de très gros efforts pour ne pas regarder. La vue du postérieur flasque de monsieur Thebox rebondissant de bas en haut n'est pas très enthousiasmante.

IM : **Doobie** : Non. En fait, je ne regarde pas non plus. J'ai les yeux fermés. Il pense que c'est de l'extase. Qu'est-ce que tu veux, Chas ?

IM : **Chas** : J'ai besoin d'un avis à propos de SL, Doobie. C'est assez important.

IM : **Doobie** : Ouais, pas de problème. Demande. Il ne sait pas que nous sommes en train de discuter. Je vais lui servir la rengaine habituelle pour maintenir son excitation. MDR. Comment puis-je t'aider ?

IM : **Chas** : Tu connais bien Twist ?

IM : **Doobie** : Pas du tout, en fait. Je l'ai vu quand je suis venue discuter avec Sable, le propriétaire du club, à propos du problème de harcèlement. C'est tout.

IM : **Chas** : Eh bien, je ne veux pas trop t'en dire, mais dans la vie réelle, Twist et moi sommes collègues. Nous sommes de la police scientifique. Je suis spécialisé en photographie.

IM : **Doobie** : Waouh ! Cool. Des vrais inspecteurs.

IM : **Chas** : Nous ne sommes pas inspecteurs, Doobie. Nous ne faisons que rassembler des preuves. Je ne t'en dirai pas plus sur qui nous sommes, ni où nous travaillons, mais il y a quelques jours nous étions au domicile d'une victime de meurtre et il se trouve qu'elle avait un compte dans Second Life.

IM : **Doobie** : Dis donc, Chas, ça commence à devenir excitant. Une seconde…

Doobie : Oh oui, chéri, vas-y. Ouais, c'est ça.

Les fesses de Jackin Thebox continuaient à monter et descendre entre ses jambes.

IM : **Doobie** : OK, comment puis-je t'aider ?

IM : **Chas** : Eh bien, d'une manière ou d'une autre, toutes les traces du compte de ce type ont été effacées de la base de données de Linden Lab, ce qui fait que l'on ne sait rien à propos de qui il était dans SL.

IM : **Doobie** : Tu as son nom ?

IM : **Chas** : Maximillian Thrust.

IM : **Doobie** : Sais-tu s'il faisait partie d'un ou plusieurs groupes ?

IM : **Chas** : Oui. Mais je ne les connais pas tous.

Il essaya de se souvenir des noms qu'Hardy avait énumérés en consultant le dossier.

IM : **Chas** : Black Creek Saloon. AAA Club. Virtual Realty.

IM : **Doobie** : Voilà ce que je te propose. Je vais faire quelques recherches sur ces groupes, poser des questions, voir ce que je peux dégoter. Oooh, Chas, c'est excitant !

Elle marqua une pause.

IM : **Doobie** : Mais tu m'as dit que vous n'étiez pas des inspecteurs.

IM : **Chas** : En effet, Doobs. C'est juste… de la curiosité.

Jackin : Je viens, chérie, je viens.

IM : **Doobie** : Oh, Seigneur. Le devoir m'appelle. Je te contacte si je trouve quelque chose. Et maintenant, va-t'en, s'il te plaît ! Arrête de mater. Il faut que je me débarrasse de ce type, et je ne peux pas partir avant qu'il vienne. Façon de parler. MDR.

*

De retour dans le bureau de Twist, Chas constata que son partenaire était toujours déconnecté et il ne savait pas trop quoi faire pour s'occuper. Il traîna, essaya différentes chaises puis s'installa devant le piano à queue. Il n'avait jamais joué de sa vie, mais voilà que soudain, il était un virtuose.

Son attention fut attirée par le sifflement d'un train dans le lointain. Il alla jusqu'à la fenêtre d'où il vit une locomotive à vapeur miniature qui tirait une demi-douzaine de wagons à ciel ouvert en haletant. Il y avait deux passagers qui ressemblaient de façon saisissante à deux godemichés géants et roses. Des étiquettes flottaient au-dessus d'eux. DJ Rob et Mistie Hax. Des avatars, sans aucun doute possible. Chas fut intrigué de voir le train plonger sous l'eau avant d'émerger une minute plus tard et de poursuivre son chemin en suivant les rails qui montaient vers le ciel.

Il se détourna de la fenêtre et cliqua pour s'asseoir derrière le bureau, dans la chaise de Twist. Dans l'aquarium derrière lui, un poisson glissa lentement au-dessus de sa tête. Il avait à peine eu le temps de remarquer la page d'accueil de Third Life sur l'écran du moniteur quand un double ding l'alerta de la réception d'un IM.

IM : **Jamir** : Chas. Vous êtes détective privé ?

Chas supposa que comme son nom était désormais affiché sur la liste du groupe, les gens pouvaient voir qu'il était en ligne et considérer qu'il était bel et bien détective privé, et qu'il connaissait son métier.

IM : **Chas** : Euh… oui.

IM : **Jamir** : Il faut que je vous parle. Pouvez-vous m'envoyer un TP ?

Chas commença à paniquer. Il ne savait pas comment s'y prendre. Il vit que le nom complet de Jamir était Jamir Jones et sélectionna son profil. Il repéra une option intitulée Proposer de téléporter. Assez satisfait de lui-même, il cliqua dessus et envoya à Jamir une invitation à le rejoindre dans le bureau de Jersey Island.

IM : **Chas** : La limousine est en route.

Après quelques secondes, un éclair de lumière révéla une forme grise qui rezza peu à peu jusqu'à ressembler à un petit dragon orange, posé sur le sol devant le bureau. Au-dessus de sa tête, l'étiquette indiquait Pilote Jamir Jones. Stupéfait, Chas fixait la créature et, la surprise passée, il saisit un message de bienvenue.

IM : **Chas** : Bonjour Jamir. En quoi puis-je vous être utile ?

IM : **Jamir** : Nous avons été menacés, Chas, et je voudrais que vous vous en occupiez.

IM : **Chas** : Qui vous a menacé ?

IM : **Jamir** : Un griefer du nom de Nevar Telling. Il vit sur Sandbox Island.

Chas leva un sourcil. Sandbox Island. C'est là où Doobie, la veille, lui avait dit pratiquer la chasse au griefer.

IM : **Chas** : OK. Pourquoi ne commencez-vous pas par le début, Jamir ? Faites-moi un résumé.

IM : **Jamir** : Bien. Roger et moi étions en train de piloter un jet. Et…

IM : **Chas** : Et Roger est ?

IM : **Jamir** : À côté de moi.

Surpris, Chas quitta des yeux la fenêtre de discussion et vit sur le sol, près de Jamir, une créature identique, si ce n'est qu'elle était de couleur bleue. Et se nommait Roger Showmun. Apparemment, Jamir avait envoyé un TP à son ami et Chas n'avait pas remarqué son arrivée. Chas eut l'impression d'avoir glissé hors du monde réel, ou virtuel, dans une dimension infernale, inconnue de l'homme.

IM : **Chas** : Bonjour Roger.

IM : **Jamir** : Nous avons entendu un gros bruit en provenance de l'aile. Et un type avec une coupe de hippie appelé Nevar Telling a commencé à nous dire des choses aberrantes. Voici un relevé de notre conversation.

Jamir remit à Chas une note qui s'ouvrit sur son écran. Cela ressemblait à un copié-collé de tout ce qui s'était passé entre les dragons et Nevar Telling. Il n'y comprit pas grand-chose.

IM : **Chas** : Et que voudriez-vous que je fasse, Jamir ?

IM : **Jamir** : Eh bien, si vous lisez la conversation, vous verrez qu'il s'exprimait en capitales et qu'il nous menaçait, Roger et moi.

Chas commençait à se sentir gagné par le désespoir.

IM : **Chas** : Donc, il a atterri sur l'aile de votre jet et il vous a bombardé avec ces menaces.

IM : **Roger** : Oui, et il a tiré sur un de nos passagers.

IM : **Chas** : Et vous êtes quoi au fait les gars, des dragons ?

IM : **Jamir** : Des geckos.

Chas secoua la tête. Il était en train de discuter avec des geckos géants.

IM : **Chas** : Et vous pilotiez un jet ?

IM : **Jamir** : Oui. Moderne, luxueux.

IM : **Chas** : Vers où ?

IM : **Jamir** : Nulle part. Nous nous entraînions.

IM : **Chas** : On ne voit pas souvent des geckos pilotant des jets.

IM : **Jamir** : Héhé. Non.

IM : **Chas** : Bon, pour résumer, ce Nevar Telling vous a menacés et a tiré sur l'un de vos passagers ?

IM : **Roger** : Oui, Jamir et moi étions choqués.

IM : **Chas** : Bien, je vais m'en occuper. D'ici là, prenez ce que doivent prendre les geckos pour se calmer.

Ding-ding. Un autre IM arriva. Envoyé par Angel Catchpole.

IM : **Angel** : Bonjour Chas. Je m'apprête à débuter une séance de groupe si vous souhaitez nous rejoindre.

IM : **Chas** : Deux secondes, Angel.

Il se tourna vers les geckos.

IM : **Chas** : Écoutez les gars, j'ai un rendez-vous urgent. Laissez-moi aller dire deux mots à notre ami, Nevar Telling, et je vous recontacte.

IM : **Jamir** : OK. Merci, Chas. Voici nos cartes pour quand vous voudrez nous joindre.

Des propositions d'amitié s'affichèrent, envoyées par chacun des geckos et il les ajouta à sa liste d'amis. Une caisse enregistreuse retentit et Chas fut informé que Jamir venait de lui verser 500 Lindens.

IM : **Jamir** : C'est une avance, Chas. Nous attendons de vos nouvelles avec impatience.

Puis, les deux geckos disparurent, laissant Chas qui fixait les 500 Lindens affichés en vert en haut de son écran. Il venait de gagner ses premiers honoraires de détective privé. Il envoya un bref compte rendu de l'entrevue à Twist dans un IM qu'il pourrait lire quand il se connecterait. Puis, il se souvint d'Angel.

IM : **Chas** : Bonjour, Angel. Désolé de vous avoir fait attendre. Comment puis-je vous rejoindre ?

Une fenêtre apparut presque immédiatement sur son écran, l'invitant à se téléporter vers The Blackhouse, Poison Island.

CHAPITRE 17

Chas atterrit sur une étendue de sable plate, déserte et noyée de soleil, qui, aussi loin que portait le regard, s'étirait en toutes directions vers un horizon flou. Il sentit immédiatement que quelque chose clochait. Comme si un instinct primitif se mettait en alerte. Le sable était divisé en carrés par des canaux peu profonds. Au sud, il apercevait de l'eau mais il n'y avait pas de littoral. Simplement une division nette et brusque entre les deux. Au-dessus de plusieurs parcelles, de grands obélisques rouges sur lesquels on pouvait lire À VENDRE tournaient lentement sur eux-mêmes et, alors qu'il se redressait, un bâtiment noir commença à se matérialiser sur celle qui se trouvait à côté de lui.

Il se mit à marcher dans sa direction. Il aurait pu voler, mais il sentit qu'il maîtriserait moins la situation s'il était dans les airs plutôt qu'au sol et quelque chose lui disait qu'il lui fallait garder le contrôle. Il pataugea dans le canal qui séparait les deux parcelles et ressortit à proximité de ce qui, à l'évidence, devait être The Blackhouse.

Au fur et à mesure qu'il approchait, les détails se précisèrent. Le bâtiment semblait fait de plaques d'acier noires, soudées ensemble et parsemées de gros rivets à tête ronde. Une gigantesque porte à doubles battants, mesurant trois ou quatre fois la taille de Chas, était grande ouverte. Chaque battant était décoré de têtes de démons géantes sculptées dans la masse avec de petites cornes recourbées et des opales rouges en guise d'yeux. Après une hésitation, il risqua un regard à l'intérieur. L'endroit était très sombre et contrastait fortement avec la luminosité blanche et poussiéreuse du soleil de midi à l'extérieur. Il fit quelques pas prudents, passa la porte et s'arrêta net.

Face à lui, sur un sol aussi noir que le reste de l'édifice, il découvrit une immense flaque de sang. Au cours des années, sur de nombreuses scènes de crime, Chas avait vu le sang que des meurtriers avaient répandu, mais cette flaque, au milieu de ce sol virtuel quelque part dans l'éther, avait quelque chose d'effrayant. Bien sûr, il savait que tout cela n'était pas réel. Qu'il n'avait aucune raison d'avoir peur. Et pourtant, il se sentait mal à l'aise. Il ouvrit une fenêtre de discussion publique et saisit quelques mots.

Chas : Il y a quelqu'un ?

Il attendit. Pas de réponse. Pourquoi Angel lui avait-elle envoyé un TP pour venir à cet endroit ? Cela n'avait pas de sens. Il avança encore de quelques pas et entendit un craquement sonore, le son du métal frottant sur du métal. Il se retourna vivement, juste à temps pour voir les battants de la porte se refermer derrière lui avec fracas. Son inconfort se mua en un sentiment qui ressemblait fortement à de la peur.

C'était insensé !

Fébrilement, il ouvrit son Inventaire et le dossier Repères qu'il renfermait. Là, il trouva ceux que Doobie lui avait envoyés. Il en sélectionna un et cliqua sur Téléportation.

Rien ne se passa.

Il essaya à nouveau. Même résultat. Un autre. Toujours rien. Quelque chose avait désactivé sa capacité à se téléporter vers l'extérieur. Il était pris au piège. Le lieu était privé de fenêtres et il se demanda comment il parvenait à voir. Il y avait une source lumineuse, quelque part, mais il était incapable de la localiser. Le sang au sol luisait dans l'obscurité. Prudemment, il le contourna, veillant à ne pas marcher dedans. Le professionnel de scène de crime qu'il était demeurait soucieux de ne pas détruire les preuves éventuelles. Quand il atteignit le côté opposé, il vit que quelqu'un, ou quelque chose, ne s'était pas donné autant de peine. Il y avait des traces dans le sang, des empreintes qui suivaient ensuite un couloir en courbe dont l'extrémité n'était pas visible. Mais il ne s'agissait pas de traces de pas. Plutôt des marques de griffes, comme si une créature s'était repue ici, au milieu du sang, avant de s'éloigner dans le couloir en laissant une traînée dans son sillage.

Chas se dit qu'il avait encore la possibilité de quitter le programme, de simplement se déconnecter. Mais ce serait stupide, pensa-t-il. Que pouvait-il lui arriver ? Il essaya de se raisonner et de calmer l'angoisse qui lui serrait la poitrine. Il ne faisait que projeter des peurs de la vie réelle dans le monde fantastique de Second Life. Rien de tout cela n'était vrai. Il parvint à se détendre et inspira profondément, plusieurs fois de suite. Puis il s'engagea dans le couloir en suivant la piste laissée par les griffes.

Tandis qu'il passait la courbe, il vit de la lumière à l'autre bout et, un peu plus loin, apparut une rangée de petites fenêtres donnant sur l'extérieur. De longs rais de soleil jaunes et brumeux pénétraient dans le bâtiment et rehaussaient les reflets de la flaque de sang. Chas continua à avancer en frôlant le mur jusqu'à ce que le couloir débouche dans une vaste arène carrée où, de tous côtés, la lumière tombait en cascade par d'immenses ouvertures. Les traces de griffes sanglantes se dirigeaient vers le centre où une mare de sang plus grande encore reflétait la clarté des fenêtres. De la vapeur s'en élevait comme si la température était basse et le sang encore frais et chaud.

Angel : Bienvenue.

Chas sursauta. Il leva les yeux et vit un petit groupe de gens installés en cercle sur une estrade à l'autre bout de l'arène.

Angel : Nous vous avons observé. Bravo. Vous avez été plus rapide que beaucoup.

Chas avança en direction de l'estrade.

Chas : Je ne comprends pas.

Angel : C'était un petit test psychologique. Si vous aviez échoué, vous n'auriez pas été considéré apte à suivre une thérapie dans Second Life.

Il la vit enfin avec netteté et sut qu'il ne l'aurait pas reconnue sans l'étiquette qui flottait au-dessus de sa tête. Elle était vêtue d'une longue robe ample, violet sombre, dont le décolleté descendait presque jusqu'au nombril. Sa poitrine opulente était surmontée d'un pendentif rouge à chaîne d'argent coordonné avec des boucles qui, telles des gouttes de sang, pendaient de ses lobes. Son visage était d'un blanc pur et les lèvres pourpres qui en décoraient la moitié inférieure ressemblaient à une entaille profonde. Ses yeux étaient d'un bleu pâle et glacial. Des yeux de husky. Sa chevelure noire, parsemée de mèches argentées, lui descendait sous la taille et, calé au creux de son bras blafard, elle tenait un gros livre à la reliure cuir sang-de-bœuf sur la couverture duquel était gravé le mot Sortilèges.

Chas : Et en quoi consistait ce test ?

Angel : Voyez-vous, Chas, le monde virtuel affecte les gens de différentes manières. En dépit du fait que nous savons que ce que nous sommes en train de vivre n'est pas réel, cela perturbe complètement certaines personnes. Elles transposent les peurs et les sentiments du monde réel dans le virtuel, où l'essence même de l'expérience est profondément enracinée dans nos imaginations et touche des niveaux cachés de notre psychisme. Tout peut devenir plus profond, plus intense.

Les paroles que Doobie avait prononcées la veille lui revinrent à l'esprit. « Les émotions humaines – amour, haine, jalousie, envie – sont comme une lumière qui brûle avec deux fois plus d'intensité, mais deux fois moins longtemps. »

Angel : Et pour certains, cette intensité peut être dangereuse. Ils se laissent dépasser par leurs émotions d'une manière que nous ne contrôlons ni eux ni moi. L'expérience est néfaste. Il faut une certaine force intérieure pour rester intact dans cette seconde vie.

Chas : Il y a donc des gens qui ratent le test ?

Angel : Oh, oui. Pas mal.

Chas : Et où échouent-ils ?

Angel : Certains ne franchissent même pas le seuil. Le simple fait de devoir passer du grand soleil à l'obscurité, à l'inconnu, est déjà au-dessus de leurs forces. Ensuite, il y a ceux qui battent en retraite à la vue du sang. Le sang est symbolique, voyez-vous. De la vie, de la mort. De notre état de mortel. Il y a tant de gens qui traversent la vie en refusant d'admettre le fait que, au bout du chemin, ils disparaîtront. Depuis la nuit des temps, la religion a nourri cette inclination au déni, la foi entretenant la croyance que, en fait, la mort peut être vaincue. C'est l'exemple ultime de la capacité inépuisable de l'homme à l'aveuglement. Il y a aussi ceux qui paniquent quand les portes se referment. Certains pensent à essayer de se téléporter, d'autres non. Le cerveau se fige, paralysé par une peur irrationnelle. Après tout, quel mal peut-il leur arriver ? Tout ce qu'ils ont à faire, c'est se déconnecter. Je suis sûre que cette pensée vous a traversé l'esprit.

Chas : Oui.

Il était contrarié à l'idée d'être aussi prévisible, que chaque émotion qu'il avait vécue ait été soigneusement chorégraphiée et que ses réactions entraient dans des catégories prédéfinies. Comme des cases cochées par un psychologue.

Angel : Mais vous êtes allé jusqu'à l'arène. Cela dénote une profondeur de caractère qui me laisse penser que vous êtes suffisamment fort mentalement pour rejoindre notre petit groupe.

Chas était irrité. Il avait été manipulé contre sa volonté, on l'avait examiné, mis à l'épreuve, testé, jugé.

Chas : Je suppose que je suis censé me sentir privilégié, alors ?

Angel : Oui, Chas, vous devriez. Vous vous êtes avéré plus fort que vous ne l'êtes dans la vie réelle.

Il dut admettre qu'il y avait là un fond de vérité. Pas nécessairement plus fort, mais plus confiant. Comme celui qu'il avait été avant la mort de Mora. Comme si Chas était la part de lui-même qui s'était éteinte avec elle et que son fantôme avait pris forme dans Second Life, dans un au-delà virtuel. C'était une pensée déroutante et troublante. Qui serait-il quand il se déconnecterait ? Michael ou Chas ? Avec le temps, allait-il ramener à chaque fois un peu plus de Chas avec lui dans la vie réelle ?

Angel : Venez vous installer. Je vais vous présenter au groupe.

Chas monta sur l'estrade où le dernier siège libre l'attendait. Il cliqua dessus et s'assit. Les autres membres du groupe étaient tournés vers lui et l'observaient en silence. Ils étaient cinq. Il se sentit terriblement gêné.

Angel : Laffa Minit participe à nos séances depuis près de six mois maintenant.

Laffa Minit fit un petit salut. C'était un anthro. Un corps de femme voluptueux surmonté d'une tête de lapin avec des lèvres rouges et sensuelles.

Angel : Laffa a eu une aventure extraconjugale pendant un an. Elle essaie d'assumer ses émotions conflictuelles de culpabilité et de dépendance. La culpabilité d'avoir trahi son mari et une dépendance psychologique irrépressible envers son amant. Malheureusement, le seul progrès que nous ayons fait – si on peut appeler cela comme ça – est qu'à présent, Laffa a un autre amant. Dans Second Life. Nous en débattions avant votre arrivée. Nous y reviendrons.

Assis à côté de Laffa se tenait un Goth appelé Demetrius Smith.

Angel : Demi a lui aussi un problème de dépendance. Demi est accro au sexe et je me demande si ce n'était pas une erreur de le faire entrer dans Second Life. Beaucoup trop d'opportunités pour satisfaire ce travers, n'est-ce pas Demi ?

Demetrius : MDRMDRMDR !

Angel : Ensuite, il y a Dark. Dark Daley. Dark est habité par des fantasmes inquiétants, enfouis, mais nous ne sommes pas encore parvenus à le persuader de les partager avec nous.

Chas observa Dark. De tous les membres du groupe, il semblait être le plus normal. Un jeune homme aux cheveux bruns savamment décoiffés. Il était torse nu et portait un anneau au mamelon gauche et un tatouage sur l'épaule droite. Pieds nus, il était vêtu d'un pantalon baggy noir.

Angel : Et voici Tweedle Dum et Tweedle Dee. Des jumelles.

Il s'agissait de deux filles boulottes et sans charme, avec des nattes et des robes-tabliers bleues identiques. Leurs pieds touchaient à peine le sol et elles balançaient leurs jambes comme des enfants qui s'ennuient.

Angel : Mais seulement dans Second Life. Dans la vie réelle, elles sont amantes et toutes deux ont été victimes de violences sexuelles perpétrées par des hommes de leur famille pendant leur enfance.

Chas se dandina dans son siège, mal à l'aise. À l'évidence, ce groupe était constitué de personnes vraiment dérangées, et cela le gênait de penser qu'il en faisait partie.

Chas : Salut.

Personne ne répondit.

Angel : Bien, où en étions-nous ? Ah, oui. La question de la trahison. Je crois que tout le monde est d'accord pour dire qu'en prenant un amant dans la vie réelle, Laffa a trahi son mari. Et elle ajoute à cette trahison le mensonge et la duperie. Maintenant, voici la question morale qui nous préoccupe. Commet-elle le même acte de trahison en prenant un amant dans SL ? Trahit-elle, de ce fait, non seulement son mari, mais aussi son amant dans la vie réelle ?

Dark : Comment peut-on trahir quelqu'un dans le monde réel en se tapant un personnage de dessin animé dans un monde virtuel ? C'est complètement con.

Demetrius : Non, ça ne l'est pas. La trahison se situe dans l'esprit. La trahison dans la chair n'est qu'une extension de la trahison mentale. Prendre un amant dans SL est tout autant une trahison que d'avoir un partenaire adultère dans la vie réelle.

Dark : Ce sont des conneries !

Angel : Non, Dark, c'est un point de vue intéressant. On pourrait avancer l'idée que toute trahison naît dans l'esprit. Bien avant qu'elle ne se manifeste par la chair.

Tweedle Dum : Cela dépend aussi du fait de savoir si vous voulez appeler ça de la trahison, ou pas. Ne plus être amoureux de quelqu'un ne signifie pas qu'on le trahit. Ça arrive, c'est tout.

Tweedle Dee : Jusqu'à un certain point, peut-être. Mais, assurément, la trahison débute quand on commence à mentir. La tromperie fait la trahison.

Dark : Oh, arrêtez vos conneries, putain !

Chas fut surpris par ce passage soudain d'une discussion intellectuelle à la vulgarité.

Dark : Nom de Dieu, amenez l'affaire dans un putain de tribunal ! Vous croyez qu'ils vont dire quoi ? Qu'elle a commis un adultère avec un tas d'électrons sur un écran d'ordinateur ? Ça m'étonnerait. Qu'elle se tape un type dans la vie réelle, c'est autre chose. Ça, c'est trompé, net et sans bavures, et si je savais qui est le cocu, j'irai tout lui balancer.

Angel : L'un des fantasmes de Dark, qui n'est pas enfoui celui-là, est de réussir un jour à élaborer une phrase qui ne soit faite que d'injures. Qu'en pensez-vous, Laffa ?

Laffa : Si je parvenais à cesser de pleurer un instant, je vous le dirais.

Dark : Seigneur !

Tweedle Dum : Oh, grandis un peu, Laffa. Si tu baises tout ce qui a trois jambes, il faut t'attendre à quelques critiques.

Laffa : OK, puisque vous êtes tous si parfaits, laissez-moi vous dire ce que je pense. Je pense que la seule raison pour laquelle j'ai pris un amant dans SL est que je suis infiniment malheureuse dans la vie réelle. Et parce que mon amant dans SL me rend heureuse, je peux rapporter un peu de cette joie avec moi dans la vie réelle. Et mon mari et mon amant en profitent. Ils devaient m'être reconnaissants.

Dark : Ouais, tu parles d'une faveur.

Laffa : Pourquoi faut-il que tu sois toujours aussi négatif? Tu es un bâtard cynique, Dark. Toujours là pour parler des autres. Jamais de toi. Et tes fantasmes secrets. Tu n'es probablement qu'un pervers pédophile !

Chas sentit la tension grimper de quelques crans au sein du groupe.

Angel : Qu'en pensez-vous, Chas ?

Il sursauta. Il ne s'attendait pas à devoir intervenir.

Chas : Euh… Je ne sais pas. Pour être honnête, voilà un sujet auquel je n'ai jamais réfléchi.

Demetrius : Tu n'as pas à réfléchir. On entend un argument. On a une réaction instinctive. Quelle est la tienne ?

Chas : Eh bien, je serais probablement de l'avis d'Angel. La première trahison se fait dans l'esprit.

Tweedle Dee : C'est une grosse connerie. Alors, disons que tu es avec quelqu'un, d'accord ? Et un soir, tu sors, seul. Et une meuf te tape dans l'œil. Tes hormones s'activent, tu la sautes. Tu ne la revois jamais. C'est un coup d'une nuit. Tu ne l'avais pas prémédité et tu n'y repenseras plus jamais. Cela ne représente rien pour toi. C'était purement sexuel. Mais tu crois que la personne avec qui tu es va le voir sous cet angle ? Que dalle ! La trahison est tout autant physique que mentale. Ça peut être l'un, l'autre, ou les deux. Tout compte.

Tweedle Dum : Alors c'est ce qui s'est passé entre toi et cette fille chez Twinkle's ?

Tweedle Dee : Comment ?

Tweedle Dum : Comment s'appelait-elle ? Rachel ? Celle avec les implants.

Tweedle Dee : Oh, pour l'amour de Dieu, ne recommence pas avec ça !

Angel : En effet, évitons. Je ne pense pas que nous ayons épuisé le sujet, mais peut-être devrions-nous y revenir une autre fois. Chas, pourquoi ne nous diriez-vous pas pourquoi vous êtes là ?

Chas se raidit. Soudainement tendu et heureux que personne ne puisse voir sa gêne au-delà de l'écran.

Chas : Je suis ici parce que vous me l'avez demandé.

Dark : MDRMDRMDR ! Bonne technique d'évitement, Chas. Presque autant que la mienne.

Angel : D'accord, laissez-moi commencer pour vous. Chas a des difficultés à faire face au décès de son épouse.

Demetrius : Elle est morte depuis quand ?

Chas : Un peu plus de six mois.

Dark : Oh, Seigneur, mec ! Passe à autre chose.

Laffa : Ouais, et tu portes le deuil de qui ? Elle ou toi ?

Tweedle Dee : Les gens meurent, Chas. Tu ne le savais pas ? Cela nous arrivera à tous un jour. On ne peut rien faire pour ceux qui sont partis, si ce n'est continuer à vivre.

Chas fut désarçonné par la brutalité de la réponse. Angel avait toujours tourné délicatement autour du sujet, l'amenant à explorer ses sentiments, suggérant des voies par lesquelles il parviendrait à accepter cette perte.

Demetrius : J'ai jamais accroché à ce truc du deuil. La mort d'un être aimé est toujours un choc. Mais on s'en remet. Personnellement, je pense que l'autre grande gueule a raison. Organise une veillée funèbre. Fais la fête. Célèbre la vie qui est partie. Au bout du compte, le deuil, ça revient uniquement à s'apitoyer sur son sort.

Il y eut un long silence. Chas sentait que tous les regards étaient posés sur lui.

Angel : Alors, Chas. Est-ce le genre de réponse à laquelle vous vous attendiez ?

Chas : Je ne savais pas à quoi m'attendre. Pas à me faire agresser en tout cas.

Dark : Ce n'est pas ici que tu trouveras de la compassion. On a tous nos problèmes, mec. Et nous avons probablement déjà tous perdu un être cher. Alors sors-toi la tête du cul et avance.

Angel : OK, OK. Je pense que vous vous êtes bien fait comprendre. Nous avons tous eu, à un moment ou à un autre, l'occasion de partager nos histoires personnelles. La prochaine fois, nous écouterons Chas. Et il pourra nous dire pourquoi il a tant de difficulté à accepter la mort de sa femme.

Chas savait qu'il était hors de question qu'il raconte quoi que ce soit à ces gens. Leur exposer son âme revenait à jeter de la viande à une volée de vautours. À coup sûr, ils allaient se repaître des restes de son amour pour Mora sans se préoccuper de ses sentiments, ou sans même essayer de les comprendre.

Il en fit part à Angel quand la séance fut terminée. Les autres étaient partis et ils se retrouvaient seuls dans l'arène. Elle secoua la tête.

Angel : C'est rude, Chas, je sais. Mais les gens sont comme cela dans SL. Pas seulement dans SL, d'ailleurs. Peut-être est-ce dû à Internet. Les individus ne sont jamais face à face, les yeux dans les yeux. On dirait qu'ils pensent que cela les dispense d'observer les règles sociales habituelles de politesse et de tact. Regardez les forums en ligne. Ce sont parfois des champs de batailles brutaux et sanglants, où la bile coule à flots et où les gens expriment des choses qu'ils ne vous diraient jamais en face. Ici, ils peuvent se cacher derrière leur AV. Ils sont anonymes et racontent ce qui leur chante.

Le soleil était bas dans le ciel. La lumière rouge dessinait de longues traînées sur le sol de l'arène et se reflétait dans la grande flaque de sang d'où s'élevait encore de la vapeur. À travers la fenêtre, Chas vit le soleil qui touchait presque l'horizon et qui projetait dans leur direction, sur la surface agitée de l'océan, des diamants jaunes et scintillants.

Chas : Vous avez peut-être raison, Angel. Mais rien ne m'oblige à m'exposer ainsi aux critiques.

Angel : Chas, ne soyez pas si susceptible. L'approche en groupe est un genre de thérapie très différent. Il faut vous abandonner. Libérer les émotions qui vous embrouillent l'esprit. Que ce soit de la colère, de la pitié, de la douleur… Laissez-les s'échapper. Dirigez-les contre les autres. Parce qu'eux dirigeront les leurs sur vous.

Chas : Je m'en étais rendu compte.

Angel : Vous ne voyez pas que c'est une libération pour tout le monde, Chas ? De toute cette tension qui s'accumule en chacun de nous. C'est tout ce dont nous avons réellement besoin. La tension est semblable à de la pression qui ne trouve pas de soupape. Sans soupape, nous éclatons ou nous implosons. Et souvenez-vous, ces personnes ne savent pas qui vous êtes. Et vous ignorez qui elles sont. Vous vous croiseriez dans la rue sans vous reconnaître. Il n'y a donc pas de passé, pas de futur, uniquement le présent, quand nous sommes tous ensemble dans le groupe. Essayez. Si après la troisième ou la quatrième séance vous n'êtes toujours pas à l'aise, on laissera tomber. Mais maintenant que vous êtes là, ne renoncez pas au premier obstacle.

Chas remarqua une bannière bleue qui clignotait au bas de son écran. Twist venait de se connecter. Il décida de changer de sujet et observa l'intérieur du bâtiment en métal noir. Il aperçut un escalier métallique en colimaçon qui montait vers un autre niveau et se demanda ce qui pouvait bien se trouver là-haut.

Chas : Où sommes-nous, Angel ?

Angel : L'endroit appartenait à des développeurs de jeux, Chas. Je crois que c'était un club gothique. Je le leur ai acheté. C'était parfait pour mon projet. Ce sont eux qui m'ont écrit les programmes, pour les mares de sang et les traces de griffes. Plutôt réaliste, hein ?

Chas : Bien effrayant, Angel. Et j'ai vu ma part de sang.

Angel : MDR, Chas. En effet.

Twist venait de lui adresser une invitation pour se téléporter.

Chas : Je dois y aller, Angel.

Angel : Vous participerez à la prochaine séance ?

Chas soupira.

Chas : Envoyez-moi un IM avec le jour et l'heure. Si je peux, je serai là.

Angel Catchpole sourit.

Angel : Bon. Eh bien alors, AB, Chas.

Chas : AB ?

Angel : À bientôt.

Chas cliqua pour accepter le TP de Twist. Dans un bruissement, son écran devint noir.

CHAPITRE 18

Chas se laissa tomber sur le sol, s'accroupit pour retrouver son équilibre puis se releva pendant qu'une silhouette grise rezzait progressivement devant lui, se transformant peu à peu en un Twist souriant. Il ne s'était pas encore habitué à voir Janey sous l'aspect d'un homme avec des cheveux longs et roux et la poitrine nue. Il inspecta les lieux du regard. Un grand espace prenait forme autour de lui, divisé par de hautes cloisons. Les murs étaient couverts de publicités vantant systèmes de combat, téléporteurs et scanners.

Twist : Salut toi.

Chas : Salut. Où sommes-nous ?

Twist : À l'armurerie TalTech, dans la Galleria.

Chas : Et pourquoi ?

Twist : J'ai reçu ton IM. À propos des geckos. MDR-MDRMDR. Très SL. Hahahaha. Si tu projettes de te rendre sur Sandbox Island pour avoir une discussion avec Nevar Telling, il faut qu'on t'équipe mieux que ça.

Chas : J'ai un pistolet.

Twist : Pas suffisant.

Chas : Et un système radar. Doobie m'en a fait acheter un hier.

Twist : Qui est Doobie ?

Il pouvait presque sentir la morsure de la jalousie dans le ton de la question.

Chas : Doobie Littlething. Une danseuse de chez Séductions Inavouables. C'est elle qui s'est occupée de Tommy Tattoo.

Twist : Et que tu as invitée à dîner ?

Chas : Ouais.

Twist : Hmmf. Enfin, bref, ça ne suffit pas. Il te faut un système combiné armes-bouclier.

Chas : Vraiment ?

Twist : Oui, vraiment. Et j'ai trouvé deux choses qu'à mon avis tu devrais acheter.

Il se tourna vers le mur.

Twist : Ces deux-là. Le Système de Combat des Immortels et l'ATH gKill. Ils te protégeront contre à peu près tout et t'offrent une vaste gamme d'attaques. Aveuglement, capture, incapaciteur et plusieurs versions de mises à mort. Mais tu dois te familiariser avec tout cela avant d'aller sur le terrain. Ce n'est pas quand quelqu'un te foncera dessus l'arme à la main qu'il faudra t'emmêler les pinceaux avec un menu.

Chas : Je ne crois pas que tout cela me convienne, Twist. Hier, Doobie m'a emmené dans un endroit magnifique, avec des montagnes, des arbres et des cascades. Pas une seule arme en vue.

Twist : Oui, eh bien, Chas, comme le monde réel, SL a de multiples facettes. Et si tu veux te rendre sur Sandbox Island, tu dois être préparé. Comme quand tu coucheras avec un AV pour la première fois, ça te sera utile d'avoir une bite.

Chas observa les systèmes d'armement que Twist voulait qu'il achète. L'ATH gKill permettait de passer à travers les boucliers et d'attaquer une cible n'importe où sur la Grille jusqu'à ce qu'on le stoppe. Le Système de Combat des Immortels servait à déformer les avatars avec un incapaciteur. Il soupira.

Chas : Et combien coûte tout cela ?

Twist : Mille deux cent cinquante en tout. C'est plutôt bon marché.

Chas : Je ne dispose pas de cette somme, Twist. Je n'ai pas encore eu le temps d'enregistrer de carte de crédit.

Twist : Et tu as combien ?

Chas regarda le montant en Lindens affiché en vert sur son écran et fronça les sourcils. Il resta ainsi à la fixer pendant quinze, peut-être vingt secondes.

Twist : Eh bien ?

Chas : Il doit y avoir une erreur.

Twist : Combien ?

Chas : D'après ce que je lis, j'ai 780 millions de Lindens.

Twist : Hahahaha. Ouais, d'accord. Le serveur déconne. Ça représente trois millions de dollars. Dis-moi, Chas, tu n'as pas trois millions de dollars ?

Chas : Non, absolument pas.

Twist : Ah bon ? Je pensais que tu étais plein aux as.

Chas : Si j'étais riche, je ne serais pas de retour au boulot à supporter des gens dans ton genre.

Twist : Hahaha. Et qu'est-il arrivé à l'argent de Mora ?

Chas : Envolé, pour la plus grande part. Et la famille de son premier mari va certainement récupérer ce qui reste. La maison vaut quelques millions, mais il y a un prêt dessus que je ne peux pas payer, et la banque va la saisir. Bref, il y a de fortes chances pour que je me retrouve sans rien.

Twist : Merde, Chas, c'est rude. Et dire que je m'imaginais pouvoir te séduire et épouser un homme riche. Mais, bon, peut-être est-ce encore possible si tu as trois millions de dollars sur ton compte SL.

Chas : Tu crois que c'est le cas, Twist ?

Twist : Non, c'est impossible. C'est un faux nombre, Chas. Un bug. Ça aura probablement disparu quand tu te reconnecteras.

Chas : Sinon, je suis sûr qu'il y en a au moins 500 à moi. Versés par les geckos.

Twist : Achète l'ATH gKill et on reviendra une autre fois pour l'Immortels.

Chas paya le système d'armement et la caisse enregistreuse de SL sonna pour valider la dépense. Presque au même moment, il reçut un IM de Doobie.

IM : **Doobie** : J'ai quelques infos sur ta victime de meurtre, Chas. Enfin, à propos de son AV.

IM : **Chas** : Super, Doobs. Qu'as-tu appris ?

IM : **Doobie** : Que ce type était un gros calibre dans le secteur des ventes de terrains dans SL. Il faisait partie du groupe Virtual Realty. Importante activité de cessions et d'acquisitions de sims offshore.

IM : **Chas** : De sims ?

IM : **Doobie** : C'est l'abréviation de simulateurs. Un sim est une parcelle de terrain virtuel. Les gens achètent et vendent des biens dans SL et certains gagnent des fortunes.

IM : **Chas** : Impressionnant !

IM : **Doobie** : J'ai autre chose. Il possédait du terrain. Une île tropicale appelée Pitaya, au sein de l'archipel de Fruit Islands. Un endroit magnifique. Absolument splendide. Il venait de construire une maison sur l'île. Une maison asiatique sensationnelle. Je m'y trouve pendant que je te parle.

Doobie marqua une pause. Puis…

IM : **Doobie** : Chas ?

IM : **Chas** : Oui ?

IM : **Doobie** : Ce type a bien été assassiné dans la vie réelle, n'est-ce pas ?

Chas Chesnokov hocha la tête.

IM : **Doobie** : Comment a-t-il été liquidé ?

IM : **Chas** : Trois blessures par balle dans la poitrine.

Il y eut un long silence.

IM : **Chas** : Doobie, tu es encore là ?

IM : **Doobie** : Il a été tué exactement de la même manière dans SL, Chas.

Chas plissa le front.

IM : **Chas** : Je ne comprends pas.

IM : **Doobie** : Quelqu'un a tué cet AV en lui tirant trois fois dans la poitrine, dans sa maison de Pitaya.

IM : **Chas** : Comment peux-tu savoir ça ?

IM : **Doobie** : Eh bien, peut-être que quelqu'un a effacé son compte de la base de données, mais le cadavre de son AV est encore dans la maison. Étendu là où il a été tué.

CHAPITRE 19

Chas et Twist se téléportèrent presque simultanément dans la maison. Doobie, sobrement vêtue d'un tailleur gris, les cheveux attachés en arrière, se tenait debout au milieu du capharnaüm qui avait été l'intérieur de la maison. De chaque côté, la lumière du soleil entrait par d'immenses baies panoramiques.

Twist : Est-ce que quelqu'un va me dire ce qui se passe ?

Chas : Arnold Smitts était dans Second Life, Twist. Il avait un AV du nom de Maximillian Thrust. C'était un gros promoteur ici, et nous sommes dans sa maison.

Twist : Et ?

Chas chercha le cadavre des yeux.

Chas : Où est-il, Doobs ?

Doobie escalada un tas fait de poutres, de planches, de morceaux de plancher et de murs et franchit la porte de lune qui menait à la chambre. Ils la suivirent. Maximillian Thrust gisait, bizarrement tordu, entre deux morceaux du sol qui s'étaient soulevés comme sous l'effet d'un tremblement de terre. Il avait trois trous béants au milieu de la poitrine. Du sang animé coulait sur son torse et formait une flaque sur le sol en dessous.

Twist : Bon Dieu ! Comment est-ce possible ? Il doit être déconnecté depuis des jours.

Chas : Et il y a encore plus fou, Twist. Il n'y a aucune trace de son existence dans la base de données de Linden Lab.

Twist : Alors, comment se fait-il que son AV soit encore là ?

Doobie : Parce que ce n'est pas son AV.

Chas et Twist se tournèrent vers elle.

Chas : Que veux-tu dire ?

Doobie : Eh bien, ça n'est pas possible. Ce doit être un clone.

Chas : Explique.

Doobie : Je n'ai pas d'explication, Chas, juste une supposition. Son AV a été descendu avec un pistolet d'un genre particulier. Dans SL, la plupart des armes déclenchent des programmes qui produisent l'effet graphique voulu sur leur cible. De la fumée, du feu, une cage, que sais-je. Mon idée, c'est que celui de cette arme détruit l'AV original mais crée un clone de la victime montrant les dégâts et le sang. Et c'est ce que nous voyons actuellement.

Twist : Ça paraît sensé, Doobie. Au fait, je suis Twist. Puisque Chas ne semble pas avoir l'intention de nous présenter.

Doobie : Salut, Twist.

Chas : Donc, nous avons une scène de crime virtuelle. Intacte. Nous devrions être capables de reconstituer au moins une partie de ce qui est arrivé.

Il examina les lieux.

Chas : Comment diable la maison a-t-elle pu se retrouver dans cet état ? On dirait qu'elle a été frappée par un champion de l'échelle de Richter.

Twist : Tu n'es pas loin de la vérité, Chas. La seule manière de faire autant de dégâts c'est de passer en mode Édition.

Chas : Qu'est-ce que c'est ?

Doobie : C'est un mode qu'on utilise pour construire quelque chose, pour déplacer les éléments.

Twist : Quand il a été attaqué, Thrust a dû paniquer et appuyer sur le mauvais bouton. S'il s'est retrouvé en mode Édition, tout ce qu'il touchait se déplaçait avec lui. Comme un véritable tremblement de terre.

Tout avait été dérangé ou disloqué. Des pans entiers du sol et des murs avaient été arrachés. Dans un coin, le plafond touchait presque par terre.

Chas : Comment se fait-il, alors, que rien n'ait bougé depuis que c'est arrivé ?

Doobie : Parce que l'endroit appartient toujours à Maximillian Thrust. Si tu cliques sur le nom de la propriété – il est inscrit en bleu au sommet de l'écran – la fenêtre d'informations s'affiche. Elle te dit qui est le propriétaire et le nombre de prims qu'elle supporte.

Chas : Des prims ?

Twist : Des primitives. C'est le nom que l'on donne aux éléments de base qui constituent tout ce qui se trouve dans SL. C'est comme une mesure de puissance de calcul. Dans SL, chaque objet a une valeur prim.

Doobie : En tout cas, les informations indiquent que Maximillian Thrust est le propriétaire. Et il y a un rocher là-bas sur la plage où l'on peut s'acquitter de ses Tiers. Thrust avait payé plusieurs semaines d'avance, par conséquent personne ne viendra réclamer le terrain avant un moment.

Chas soupira.

Chas : Un de ces jours, on finira bien par recommencer à utiliser un vocabulaire normal. Les Tiers ?

Doobie Littlething sourit.

Doobie : Même si tu possèdes une propriété, tu dois payer une sorte de loyer. Des frais d'occupation. On appelle cela des Tiers. Comment crois-tu que Linden Lab gagne de l'argent ?

Twist : Tu devrais prendre des photos, Chas. C'est toi le photographe, après tout.

Chas : Comment dois-je procéder ?

Twist : Il y a un bouton Prendre une photo dans ta barre d'outils. Tu t'en sortiras.

Chas constata qu'il pouvait facilement enchaîner les clichés qu'il souhaitait, comme avec un véritable appareil, les charger dans son Inventaire puis les télécharger sur son ordinateur de bureau afin d'avoir une copie SL et une copie vie réelle de chacun.

Il prit des photos du corps sous différents angles, et de l'intérieur sens dessus dessous de la maison. Il en donna des copies à Twist et Doobie en les faisant glisser sur leurs AV.

Chas : Que diriez-vous d'aller jeter un œil à l'extérieur ?

Il cliqua sur la porte mais elle ne s'ouvrit pas.

Doobie : Les deux portes sont verrouillées.

Chas : Comment es-tu entrée, alors ?

Doobie sourit d'un air entendu.

Doobie : De la même manière que celle que nous allons employer pour sortir. Un vieux truc de griefer.

Twist : Tu le connais, Chas. C'est presque la première chose que je t'ai montrée.

Doobie escalada le plancher disloqué jusqu'à la porte et zooma, pivotant au plus près de celle-ci pour avoir une vue de l'extérieur. Chas fit de même et vit Doobie rezzer deux poseballs sorties de son inventaire sur la terrasse en bois.

Doobie : Clique sur la bleue.

Chas obéit et, instantanément, son AV apparut sur la terrasse, jambes écartées, bras tendus. Doobie cliqua sur la rose et son AV courut vers Chas, se jeta dans ses bras, croisa ses jambes dans son dos et ils firent deux tours complets avant d'échanger un baiser long et passionné.

Twist, qui les observait depuis l'intérieur, s'impatienta.

Twist : Dites, vous deux. Quand vous aurez fini, vous libérerez une poseball que je puisse sortir d'ici !

Ils se séparèrent et Twist se matérialisa sur la terrasse, s'extrayant prestement de l'animation. Chas se tenait debout, essoufflé.

Chas : Waouh ! Je ne m'attendais pas à cela.

Doobie Littlething sourit.

Doobie : Désolée. Ça s'appelle Étreinte Espérée. Les premières poseballs sur lesquelles j'ai pu mettre la main.

Twist : Ouais, bien sûr.

Les trois AV se tenaient debout et inspectaient les alentours. Des carillons éoliens asiatiques ajoutaient un accompagnement musical au son ambiant de SL et au fracas des vagues sur la plage. Des marches en bois descendaient jusqu'à un ponton où était amarrée une jonque équipée d'une voile rayée de rouge et de noir. Des torches brûlaient, fixées sur de grands poteaux stratégiquement placés pour éclairer le jardin à la nuit tombée. Des chaises longues avec des animations « bain de soleil » et « câlin » intégrées étaient disposées sur la terrasse et, sur le côté de la maison, un pont de bois enjambait un étroit cours d'eau et rejoignait une minuscule île sablonneuse ombragée par des palmiers inclinés. Des transats y étaient installés autour d'un feu de camp.

Une allée contournait la maison et menait à l'arrière. Là, amarré à un autre ponton, mouillait un yacht aux voiles rouges, entre les montants d'un grand torii, un portail japonais en bois. Des lanternes suspendues éclairaient une demi-douzaine de sièges et une table circulaire sur laquelle était disposée de la nourriture pour un pique-nique. D'autres marches montaient vers une autre terrasse, un autre portail japonais et une balancelle qui offrait une belle perspective sur la propriété. Des dunes de sable faisaient rempart et masquaient à la vue l'extrémité la plus éloignée de l'île. Elle était vide, encore inexploitée.

Chas suivit un chemin fait de lattes de bois qui contournait les dunes et descendit quelques marches vers une dernière terrasse. Des poseballs « danse lente » y étaient installées, tournées vers un troisième portail japonais qui encadrait sur l'horizon le point précis où le soleil se couchait. Il se demanda avec qui Maximillian Thrust avait bien pu danser dans la lumière rouge du crépuscule, ou bien peut-être avaient-elles été installées dans l'attente, ou l'espoir, d'une romance à venir.

Doobie : C'est une propriété magnifique.

Chas se tourna et vit Doobie et Twist qui descendaient les marches pour le rejoindre.

Chas : Que va-t-il arriver quand il faudra payer les prochains Tiers ?

Doobie : S'ils restent impayés, elle reviendra aux propriétaires du sim et tout ce que tu vois là retournera automatiquement dans l'Inventaire de Thrust.

Twist : Qui n'existe pas.

Doobie : Exact. J'imagine que cela signifie qu'ils seront simplement effacés du serveur des actifs. Perdus à jamais. Comme beaucoup de choses dans SL, rien ne dure très longtemps par ici. Quelqu'un d'autre va acheter l'île, et dans six semaines tu ne reconnaîtras plus rien.

Twist avança au bord de la terrasse et contempla le panorama de l'océan. Des îles lointaines s'étaient partiellement rezzées à l'horizon.

Twist : Ce que je ne comprends pas, c'est comment il a été possible de réellement « tuer » l'AV de Thrust. Je sais qu'on peut infliger des dommages aux avatars. Mais, habituellement, ce n'est pas permanent. Et je n'ai jamais entendu parler de quelqu'un qui soit effectivement capable d'en détruire un.

Doobie : Moi non plus.

Elle resta un instant silencieuse.

Doobie : Cependant, à l'évidence, quelqu'un l'a fait.

Chas : Et comment ?

Twist : Eh bien, s'il y a quelqu'un dans SL qui peut nous le dire, c'est Kuro.

Doobie : Qui ?

Twist : Gunslinger Kurosawa. Il fabrique quelques-unes des meilleures armes disponibles dans SL. C'est chez lui que nous avons trouvé le pistolet de Chas.

*

Kurosawa était assis derrière son bureau. Passablement agité, il consultait sa montre régulièrement, comme s'il était impatient de se débarrasser d'eux. Twist et Doobie étaient installés dans des fauteuils en cuir et Chas se tenait debout, dos à la fenêtre. Étonnamment, un faisceau laser du système de sécurité balayait la pièce et on entendait le chien de garde de Kurosawa aboyer en bas des escaliers.

Kurosawa réfléchissait en silence après qu'ils lui eurent appris qu'un programme était peut-être susceptible de détruire un AV.

Kurosawa : J'imagine que c'est possible. On entend

parler de choses incroyables. Mais je n'en ai jamais vu qui soit capable de faire ça.

Twist : Comment fonctionnerait-il, Kuro ?

Gunslinger Kurosawa laissa échapper un long soupir pensif.

Kurosawa : Comme le suggère Doobie, il s'agirait d'un programme sortant de l'ordinaire. Particulièrement sophistiqué. Bien au-delà de mes compétences de programmeur. La seule manière de détruire un AV pour de bon consiste à pirater le serveur central et à l'en effacer. Le cloner et créer des blessures par balles et du sang, ça, c'est juste pour le spectacle. Un peu d'humour de la part du programmeur.

Chas : Et c'est possible ? Je veux dire, que quelqu'un écrive un programme capable de pénétrer le serveur central ?

Kurosawa : En théorie, oui. Dans la pratique, c'est très compliqué, mais pas impossible. Dans ce monde, mon ami, presque tout est possible.

Twist : Donc, si le programme a réussi à pénétrer le serveur central de Linden Lab pour supprimer l'AV, on peut supposer qu'il est aussi capable d'effacer l'intégralité du compte, de ne rien laisser.

Kurosawa : Bien sûr. Une fois qu'on est dedans, on peut faire ce que l'on veut.

Chas : Ce qui expliquerait pourquoi il ne subsiste aucune trace de l'existence de Maximillian Thrust.

Twist : Cela veut également dire que celui qui l'a tué dans SL l'a probablement assassiné dans la vie réelle. On cherche un tueur qui vit dans les deux mondes.

Doobie interrompit subitement la conversation.

Doobie : Les gars, bien que tout ceci soit fascinant, je suis obligée de partir. Un rendez-vous avec un client. À plus.

Elle inclina la tête vers le coin supérieur gauche de son écran tout en sélectionnant un Repère et elle disparut.

*

De retour à l'agence, Twist se laissa choir dans le siège derrière son bureau et resta assis à regarder son écran l'air absent. Chas s'installa sur la chaise qui lui faisait face et croisa les jambes. Chacun était absorbé dans une réflexion silencieuse sur une question que ni l'un ni l'autre n'était sûr d'être prêt à aborder. Ce fut finalement Chas qui rompit le silence.

Chas : Qu'est-ce qu'on doit faire, Twist ?

Twist O'Lemon secoua la tête.

Twist : Je ne sais pas. Qu'est-ce que tu en penses ?

Chas : Je pense que si nous étions raisonnables, nous ferions passer tout ce que nous savons et nous laisserions les pros s'en occuper.

Twist : Mais ?

Chas soupira derrière son écran.

Chas : Eh bien, je ne nous vois pas en train de raconter à Laurel et Hardy que nous sommes détectives privés dans Second Life et que nous pensons que l'AV d'Arnold Smitts a été assassiné dans ce monde virtuel avant que quelqu'un ne le tue dans le monde réel.

Twist : Ouais, et que son AV a été abattu avec un pistolet virtuel qui, dans la foulée, a piraté le serveur de Linden et effacé son compte. Depuis que je suis assis là, j'essaie de me représenter tout ou partie de cette histoire comme la réflexion raisonnable d'une personne sensée. Ce que je veux dire, c'est que quand ils auront fini de rigoler et qu'ils nous demanderont si nous avons une preuve quelconque, qu'allons-nous dire ? Oui, bien sûr, il y a un cadavre et une scène de crime. Venez avec nous dans SL et on vous montrera.

Chas : Le service aurait vite fait de nous imposer une évaluation psychologique avant qu'on ait le temps de dire « Combien as-tu de primitives ? » Et tu sais quoi ? Je ne suis pas sûr de ne pas échouer.

Twist : On fait quoi, alors ?

Chas : Je pense qu'il faut qu'on s'occupe de cette affaire nous-même, Twist, jusqu'à ce que nous ayons quelque chose d'un peu moins virtuel et d'un peu plus concret. Et puis, quoi, tu voulais être détective privé, non ?

Twist : Hahaha, ouais. C'est excitant, hein ?

Chas : Effrayant, Twist. Je crois que c'est le mot que j'emploierais. Je préférerais que ce soit un peu moins réel et un peu plus virtuel.

Ils continuèrent à réfléchir en silence quand Twist changea brutalement de sujet.

Twist : Alors, parle-moi de Doobie Littlething.

Chas : Il n'y a rien à dire, Twist. Elle est danseuse au Séductions Inavouables.

Twist : Elle est plutôt maligne pour une simple danseuse. Elle a réussi à retrouver l'AV de Thrust sur cette île.

Chas : Elle connaît SL comme sa poche, c'est sûr. Cela fait trois ans qu'elle est là. Et elle est certainement intelligente. Elle m'a mis la pâtée aux échecs hier.

Twist : Vous jouiez aux échecs ? C'était avant ou après que tu l'emmènes dîner ?

Chas Chesnokov sourit.

Chas : Pourquoi ? Tu es jaloux, Twist ?

Twist : Comment pourrais-je l'être ? Je suis un mec, rappelle-toi.

Twist fit une pause.

Twist : Elle a dit qu'elle avait rendez-vous avec un client. Elle travaille dans quel secteur ?

Chas : Le sexe. Elle est escorte.

Twist : Ah. OK. C'est le cas de beaucoup de filles ici. Un moyen simple de gagner de l'argent. Il faut bosser dur, mais c'est sans risques. Contrairement à la vie réelle.

Chas : Twist… Comment ça fonctionne ?

Twist : Quoi ?

Chas : Le sexe dans SL. Je sais qu'il y a ces pose-balls, et j'ai vu Doobie avec un client. Mais ce ne sont que des personnages de dessin animé qui s'envoient en l'air. Le sexe virtuel, ça ne doit pas être que ça.

Twist O'Lemon sourit.

Twist : Tu veux une démonstration ?

Chas : Pas avec un homme, merci. Mais peut-être pourras-tu me montrer comment ça marche quand nous serons revenus dans la vie réelle.

Twist : Ouais, dans tes rêves.

Chas sourit, mais il savait qu'en réalité Janey aurait sauté sur l'occasion, même si Twist s'y refusait. C'était injuste de l'aguicher.

Twist : Au fait, tu as toujours ces trois millions de dollars qui s'affichent en haut de ton écran ?

Chas vérifia.

Chas : Oui.

Twist : Hummm. Tu devrais essayer de te déconnecter et de te reconnecter.

Il fallut trente secondes à Chas pour se délogger et se relogger. Il consulta son écran.

Chas : C'est toujours là.

Twist : Très étrange. En tout cas, surveille-le, Chas. Je suis sûr que c'est un bug ou une erreur quelconque, mais tu ne dois pas avoir envie de rester là avec trois millions de dollars dont tu ne connais pas la provenance.

Chas était pensif.

Chas : Non, non, en effet.

*

Quand il se fut déconnecté et après avoir repris conscience de son environnement, Michael vit qu'il avait manqué le coucher du soleil. Il faisait nuit quand il sortit sur la terrasse, un verre de vin à la main. Depuis qu'il avait ouvert cette première bouteille avec Angela, il avait décidé d'en boire le plus possible avant que la famille de l'ex-mari de Mona n'en prenne possession. Après tout, elle l'avait acheté pour ça, ce n'était pas un investissement.

Il savoura le pinot noir blanc, un millésime de la cave Ambullneo, près de Santa Maria, et laissa la vanille souple et soyeuse aux arômes de chêne glisser sur sa langue. Sur la péninsule, au-delà de Balboa Island, la grande roue et le musée de la Marine étaient entièrement illuminés, un lacis de néons. Le ciel était presque aussi noir et rempli d'étoiles que ceux qu'il avait vus dans Second Life et le bruit de l'océan reproduisait l'ambiance du monde virtuel. Un avion passa en rugissant au-dessus de sa tête, en provenance de John-Wayne Airport. Une chose que l'on n'entendait jamais dans SL.

Étrangement, cet univers l'avait complètement séduit, et Chas avait rapidement pris son autonomie. En revanche, il y avait au moins une chose que Michael et Chas partageaient, c'était un sentiment de malaise croissant vis-à-vis des similitudes entre les meurtres d'Arnold Smitts et de Maximillian Thrust. Michael savait qu'ils auraient dû prévenir la police à propos de ce qu'ils avaient découvert. Mais il savait aussi que Janey avait raison. Ils risquaient de se faire rembarrer.

Ses pensées furent interrompues par le téléphone qui sonnait dans son bureau. Il ferma les yeux et essaya de l'ignorer, comme il l'avait fait plusieurs fois lorsqu'il était connecté. Quand il se tut, le silence fut assourdissant et il n'eut plus la force de rester debout. Il apporta son verre jusqu'à son bureau et s'assit. Une lumière rouge clignotait imperturbablement, lui indiquant qu'il avait plusieurs messages. Il appuya sur un bouton pour écouter le premier d'entre eux et la voix de velours de monsieur Yuri de la banque de Californie du Sud se fit entendre.

« Monsieur Kapinsky, je tenais à vous informer que nous venons de recevoir un rapport d'estimation de votre propriété. Je crains que nous ne soyons obligés d'arrêter les frais. Dans l'état actuel du marché, la maison a été évaluée à 2,75 millions de dollars. Nous vendrons donc au premier enchérisseur qui s'approchera le plus de ce montant. Malheureusement, vous nous devrez encore 433 000 dollars. Je vous serais reconnaissant d'appeler ma secrétaire pour organiser un rendez-vous afin de discuter de la valeur actuelle de vos actions et de vos parts, ainsi que de celle de vos autres biens. Je vous souhaite une bonne soirée. »

Michael ferma les yeux. Ses mains se mirent à trembler. Il n'avait pas le courage d'écouter les autres messages. Le téléphone n'avait toutefois pas l'intention de le laisser en paix. Sa sonnerie stridente retentit une fois encore dans le bureau. Il ouvrit les yeux et attrapa le combiné.

« Allô ?

— Michael, où étiez-vous passé ? Vous n'avez pas eu mes messages ? J'ai essayé de vous joindre toute la soirée. » Discrètement, Michael prit une profonde inspiration. Sherri était la dernière personne sur terre qu'il avait envie d'entendre.

« J'ai été occupé, Sherri.

— Nous avons eu une offre pour la maison, Michael. Le couple de l'autre jour. »

L'espoir se raviva momentanément dans son cœur. « Dites-moi.

— Ils ont proposé 2,6 millions. Mais je crois que je peux les amener à 100 000 de plus. »

Michael eut l'impression de partir en tournoyant dans l'espace. Il n'y aurait pas de sursis de dernière minute. « Je ne contrôle plus rien, Sherri. La banque l'a évaluée à 2,75 millions. Et ils vont la vendre sans que j'aie mon mot à dire. » Il y eut un long silence dans lequel il sentit la colère qui courait sur la ligne.

« Nous avons signé un contrat d'exclusivité de trois mois, Michael. J'ai dépensé beaucoup d'argent en photographies, en matériel de promotion et en publicité. Et maintenant, il semblerait que vous n'êtes pas le propriétaire de la maison. Que c'est la banque. Vous n'étiez pas en droit de signer un tel contrat. Je veux des dédommagements, vous m'entendez ? Attendez-vous à avoir des nouvelles de mes avocats. »

Michael entendit le bruit d'un combiné que l'on raccrochait rageusement à l'autre bout de la ligne. Il prit une profonde inspiration et se servit un autre verre de vin. Peut-être allait-il avoir besoin d'ouvrir une deuxième bouteille.

CHAPITRE 20

La journée avait été longue. Michael avait passé presque tout l'après-midi au domicile d'une victime de viol, à photographier des preuves. Des traces de sang et de sperme, un couteau abandonné là par l'assaillant, les signes d'une lutte désespérée tout au long d'un supplice qui avait duré une heure.

Même si l'auteur du crime avait été appréhendé un peu plus tard en possession d'effets pris dans la villa de la victime, le viol n'était jamais facile à prouver. Commençait alors un long processus consistant à rassembler des preuves pour appuyer une condamnation. Michael n'avait pas besoin d'une autre motivation pour faire son boulot avec soin.

Un par un, il glissa les tirages sélectionnés dans des pochettes en plastique et les rassembla dans un classeur avant de retourner dans son box et d'imprimer des étiquettes pour chacun d'entre eux.

Une fois assis, il marquait toujours un arrêt pour s'absorber dans la contemplation de la photo de Mora dont le cadre était posé sur son bureau. Elle l'observait depuis un instant, figé dans le passé, fixant à la fois un futur d'où elle était absente et l'amant qui portait son deuil. Il se laissa captiver par ses yeux qui exprimaient l'amour, la faim qu'elle avait de lui. Il n'avait jamais été autant aimé et désiré qu'avec Mora.

À présent, il se sentait abandonné. Il restait quelque chose d'enfoui au fond de lui qu'il n'avait pas encore réussi à expulser. Il avait essayé de se raisonner de nombreuses fois. Il savait que ce n'était ni juste ni digne de lui, mais il éprouvait de la colère à son égard pour l'avoir laissé ainsi.

« Salut, mon petit. »

Il se retourna et vit Janey se glisser dans son box. Elle tira une chaise et s'assit à côté de lui. Elle avait un air de conspiratrice, les joues légèrement enflammées par l'excitation. Elle repoussa ses lunettes sur l'arête de son nez, glissa un regard au-dessus de la cloison du box pour vérifier si quelqu'un traînait à proximité puis se laissa retomber sur sa chaise avant de se pencher vers lui. Elle chuchota.

« Écoute. Cet argent sur ton compte.

— Oui, eh bien ?

— Il est réel. »

Michael la regarda, raide comme un mort. « Comment peux-tu savoir ça ? »

Elle jeta un coup d'œil par-dessus son épaule et se rapprocha encore de lui. « Écoute, il faut que tu me promettes de n'en parler à personne.

— Janey…

— Promets-moi, Mike.

— OK, je promets. »

Elle sourit. « J'ai un boulot à temps partiel.

— Seigneur, Janey, s'ils le découvrent, tu seras virée.

— Non, sans déconner ? Pourquoi crois-tu que je t'ai fait jurer le secret ?

— Et tu fais quoi ?

— Je travaille pour Linden Lab. »

Il la fixa, l'air incrédule. « Tu te fous de moi. Pourquoi ? »

Elle soupira. « Eh bien, je suppose que j'avais besoin d'une raison qui justifierait toutes les heures que je passe dans SL. Pour ne pas culpabiliser.

— Pourquoi culpabilises-tu ?

— Seigneur, Mike, je suis seule, tu sais. La dernière fois que quelqu'un m'a proposé un rendez-vous, c'était il y a près de deux ans. Et je ne rajeunis pas. Là, j'ai des amis, une vie sociale, une raison de me lever le matin. »

Il éprouva de la pitié pour elle. Elle méritait mieux que ça.

« Ne me regarde pas comme ça !

— En quoi consiste le boulot ?

— Je suis assistant de comptes dans SL. J'installe des comptes pour les gens et je m'occupe des éventuels problèmes qui surviennent. Et pour pouvoir faire ça, j'ai accès à la base de données.

— Salut, vous deux. » Une secrétaire du service administratif passa, une liasse de papiers à la main. Janey attendit qu'elle soit partie.

« J'ai effectué une période d'essai de six mois avant d'être accréditée. Je suis une employée digne de confiance à présent. » Elle reprit sa respiration. « Tout cela pour te dire, Mike, que j'ai pu examiner ton compte et voir d'où venait cet argent.

— Et ? »

Elle secoua la tête. « Je n'ai pas trouvé. Mais voilà le truc… » Elle baissa encore la voix. « C'est vrai, Mike. Pas d'erreur, pas de doute. Il y a trois millions de dollars bien réels sur ton compte. Et tu peux être sûr que quelqu'un, quelque part, va se mettre à leur recherche dans très peu de temps. »

Michael sentit le sang lui quitter le visage. Janey le fixa quelques instants, interloquée. Il vit le soupçon puis l'incrédulité dans ses yeux et il ne put soutenir son regard.

« Michael, dis-moi, cet argent est toujours sur ton compte, n'est-ce pas ? »

Il commença à paniquer. « Pas vraiment.

— Non. Soit il y est, soit il n'y est plus.

— Il n'y est plus. » Puis, il ajouta rapidement, « Mais je peux le récupérer.

— Mike ! » Elle avait presque crié. Elle lui agrippa le bras. À nouveau, sa voix n'était plus qu'un souffle. « Qu'est-ce que tu as fait ?

— La banque était sur le point de saisir la maison, Janey, et de me donner bien moins que la valeur du prêt et des arriérés de paiement. J'allais me retrouver sérieusement endetté.

— Tu as utilisé cet argent pour solder ton prêt immobilier ? » Elle semblait pétrifiée par ce qu'elle venait de comprendre.

« C'est provisoire. Comme un prêt de SL, jusqu'à ce que la maison soit vendue. Je le rembourserai après. »

Elle le fixa, les yeux grands ouverts, incrédule. « Seigneur, Mike ! Trois millions de dollars ! Tu ferais mieux de prier pour que la personne à qui ils appartiennent ne souhaite pas les récupérer rapidement. »

*

Michael regagna sa voiture sur le parking de la police de Newport Beach où elle avait cuit toute la journée. L'intérieur était encore chaud. Un vent frais arrivait de l'océan, agitant les feuilles tombantes des palmiers alignés au bord de la route. À l'ouest, le soleil virait au violet foncé et de longues bandes nuageuses gris rose s'accumulaient à l'horizon. Il s'assit, les deux mains sur le volant, et laissa sa tête reposer sur ses avant-bras.

Comment avait-il pu être aussi stupide !

Il avait agi sans réfléchir, dans un moment de désespoir, en parvenant à se convaincre que cet argent n'existait que dans un monde virtuel. Comment pouvait-il être réel ? Jusqu'à ce que le transfert soit exécuté et que son compte soit crédité de 3 183 637 dollars, sonnants et trébuchants. Il avait senti un frisson étrange le parcourir. Mais l'acte avait été réalisé. Quoi qu'il fasse, il y aurait toujours des traces du passage de cet argent sur son compte. Et même s'il l'avait immédiatement rapatrié dans Second Life, il subsistait une piste électronique qui conduisait directement de l'un à l'autre.

Il avait simplement fermé les yeux sur les conséquences, se racontant qu'il rembourserait quand la maison serait vendue, qu'il inventerait quelque chose quand l'inspecteur des impôts viendrait frapper à sa porte.

Pendant quelques instants, tandis qu'il sortait de la banque, il avait ressenti un sentiment de triomphe. La maison était à lui. Plus de prêt, plus d'arriérés. Pour une fois, monsieur Yuri était resté sans voix. Rien que pour ça, cela en valait presque la peine.

Il leva la tête et scruta la nuit qui tombait comme pour essayer d'y deviner son avenir. Il avait espéré suspendre la mise en vente jusqu'à ce qu'il puisse céder la propriété à sa juste valeur. Il comprenait à présent qu'il allait devoir pousser Sherri pour que la vente se fasse le plus rapidement possible, même au rabais, et remettre l'argent sur le compte dans SL. Il continuait à tenter de se raccrocher aux branches. Peut-être que le propriétaire des millions ne savait pas où ils étaient passés. Peut-être que personne ne les réclamerait. Il soupira et secoua la tête, atterré par sa propre naïveté. Et peut-être que si les poules avaient des dents…

Il quitta le parking, partit à droite dans Santa Barbara Drive puis à gauche sur Jamboree avant de tourner de nouveau à gauche aux feux suivants et de se diriger vers le centre commercial tentaculaire de Fashion Island.

Le parking qui faisait face au magasin Circuit City scintillait sous les lampadaires dans la chaleur du soir. Il se gara et, alors qu'il rejoignait les escalators et montait au niveau principal du centre commercial, les dernières lueurs du jour achevèrent de disparaître. Il y avait déjà la queue devant chez P.F. Chang's China bistro. Il passa devant les groupes qui attendaient leur table en discutant et entra chez California Pizza Kitchen pour récupérer sa pizza Cajun. L'odeur qu'elle dégageait vous mettait l'eau à la bouche. Poulet boucané et saucisse pimentée avec une sauce créole, des poivrons grillés rouges et jaunes et de la mozzarella. Ce soir, toutefois, il n'avait pas d'appétit et elle finirait sûrement sur le plan de travail de la cuisine, à refroidir, pendant qu'il ouvrirait une autre bouteille de la cave de Mora et ruminerait sur sa stupidité.

Quand il reprit les escalators, il vit, à l'autre bout du parking, deux silhouettes sombres affairées à côté de la porte de son 4×4. L'une d'elles semblait se pencher pour inspecter l'intérieur pendant que l'autre rejoignait l'arrière de la voiture et essayait d'ouvrir le hayon.

« Eh ! », cria Michael à pleins poumons. Il descendit les dernières marches deux par deux et manqua de tomber en atteignant le bas de l'escalator. Il traversa la route en courant, lâchant presque sa pizza quand une voiture klaxonna et dut, pour l'éviter, faire un écart dans un crissement de pneus. Il passa entre les palmiers en pots et déboucha sur le parking. Son 4×4 était là où il l'avait laissé. Il n'y avait personne autour. Il inspecta les alentours, le cœur battant, pour essayer d'apercevoir les silhouettes qu'il avait repérées du haut du tapis roulant. Mais tout était dégagé. Michael pivota sur lui-même quand une voiture démarra. Les faisceaux de ses phares balayèrent le bitume. Le véhicule manœuvra et il vit à l'intérieur un jeune homme et sa petite amie qui mangeaient des glaces et riaient.

Il franchit la distance qui le séparait de son 4×4 et en fit rapidement le tour. Il n'avait pas l'air endommagé. Il le déverrouilla avec la télécommande et se hissa à l'intérieur. Il déposa le carton de pizza sur le siège passager et laissa échapper un long soupir de soulagement. Au même instant, une main gantée de cuir surgit derrière sa tête et se plaqua sur sa bouche. Une poigne d'acier lui broya presque la mâchoire. L'odeur du cuir lui emplit les narines et il sentit le froid d'une lame appuyée contre son cou.

« Ne remuez pas le moindre putain de muscle, compris ? » Ce ne fut pas le timbre grave et éraillé de la voix dans son oreille qui l'empêcha de bouger. Il était simplement paralysé de peur.

L'ombre d'une autre main fit son apparition. Cette fois, il ne reconnut pas l'odeur du cuir. C'était quelque chose de médical. Il ne sut ce que c'était qu'au dernier moment, quand un tissu humide et chaud se posa sur son nez. Du chloroforme. Pas très original, mais très efficace. Il essaya de retenir sa respiration, de lutter contre la pression des mains qui le plaquaient en arrière. Mais il ne fallut pas longtemps avant que le poids qui lui écrasait la poitrine ne l'oblige à reprendre son souffle. Il s'étouffa, toussa et le monde s'évanouit.

CHAPITRE 21

Michael avait la sensation d'être enchaîné au fond de l'océan. Il n'arrivait pas à respirer, ou à bouger, mais il avait l'impression de flotter, comme s'il était sous l'eau. Il ne parvenait pas à ouvrir les yeux. Le besoin d'oxygène se faisant de plus en plus sentir, la pression qui s'exerçait sur sa poitrine devint presque insupportable. Il essaya d'aspirer de l'air par la bouche, mais quelque chose l'en empêchait. Et soudain, alors qu'il était proche de perdre la raison, il se mit à respirer par le nez. De fines et longues colonnes d'air qu'il envoya jusque dans ses poumons, hoquetant presque sous l'effort.

Ce fut comme si la chaîne qui le retenait venait de se briser. Il partit en tournoyant vers la surface. Toujours plus haut, cela semblait sans fin, quand finalement, il émergea. Il expira, mais il ne parvenait toujours pas à aspirer par la bouche. Il ouvrit les yeux. En grand. Mais il ne voyait rien. Il sentait les battements de son cœur contre ses côtes. Un bruit sourd qui lui envahissait la tête. Le grondement de la circulation de son sang lui emplissait les oreilles.

Lentement, alors qu'il recouvrait ses esprits, il comprit qu'il venait de reprendre conscience et non d'émerger à la surface de l'eau. Il était parfaitement sec, en dehors de la sueur qui coulait à grosses gouttes sur son visage. Il la sentait tomber depuis son menton. Il ne voyait rien pour la simple raison qu'il était plongé dans le noir. Un noir profond. Il était assis, les bras attachés dans le dos, les poignets ligotés à la chaise. Ses chevilles, elles aussi, étaient entravées par des liens qui lui coupaient la circulation et lui mordaient la chair. Il ne pouvait ouvrir la bouche parce qu'on avait plaqué de l'adhésif dessus.

Son souffle devint plus régulier et le rythme de son cœur s'apaisa. Il tendit l'oreille. Mais il n'entendit rien. Pas un son, hormis celui de sa respiration sifflante. Pourtant, il avait la sensation très nette de ne pas être seul. Une odeur, peut-être. Quelque chose dans l'air. La chaleur d'un autre corps.

Brusquement, il fut aveuglé. Une lumière blanche et froide. La douleur lui vrilla le crâne. Il plissa les yeux, tourna la tête autant que ses liens le lui permettaient. Des mains la lui saisirent par l'arrière et l'obligèrent à regarder devant lui. Ses pupilles se contractèrent et la scène commença à se matérialiser, comme un rez dans Second Life. Un bureau en acajou poli. Une lampe de bureau, braquée dans sa direction, pour qu'il prenne en plein visage l'éclat aveuglant de l'ampoule nue. Un homme était assis dans un fauteuil en cuir. Penché en avant, les avant-bras sur le dessus du bureau, il fixait Michael. Il y avait quelque chose, posé à plat devant lui, mais Michael ne parvenait pas à distinguer de quoi il s'agissait.

Il essaya d'avaler, mais sa bouche et sa gorge étaient si sèches que sa langue resta collée à son palais. Pendant un instant, il craignit d'être malade et commença à paniquer. L'homme fit un signe de la tête et quelqu'un tendit le bras pour lui ôter son bâillon. Il entendit le son de l'adhésif qui se décollait et sentit la piqûre des quelques poils qu'il emportait. Il aspira goulûment. La bile battit en retraite vers son estomac.

L'homme s'avança dans la lumière et Michael le vit clairement pour la première fois. Il portait un costume sombre ordinaire, une chemise blanche et une cravate rouge. Il était roux, le crâne assez large, les cheveux plaqués en arrière avec du gel. Sa peau était très pâle, très « non-Californienne », et parsemée de taches de rousseur. Michael lui aurait donné entre quarante-cinq et cinquante ans, mais il était assez corpulent et pouvait être plus âgé. Il était rasé de près, le visage luisant. Ses lèvres étaient extraordinairement pâles et ses yeux verts semblaient si froids que Michael pouvait presque les sentir sur lui, comme les extrémités de doigts glacés.

Michael commença à parler, mais l'homme lui fit signe de garder le silence en posant l'index sur ses lèvres. Puis il l'agita d'avant en arrière devant lui. Il inclina la tête.

« Contentez-vous d'écouter. »

Michael opina du chef.

« Vous êtes un voleur, monsieur Kapinsky. »

Michael fit mine de protester. L'homme pencha la tête de l'autre côté et leva un sourcil. Michael se tut.

« Vous êtes un voleur. Et un menteur. Vous avez volé plus de trois millions de dollars sur notre compte et, si je vous avais laissé faire, vous l'auriez nié, n'est-ce pas ? »

Comme il s'agissait d'une question, Michael s'imagina qu'on s'attendait à ce qu'il réponde. « Oui. Parce que je ne l'ai pas volé.

— Vous voyez ? Un voleur et un menteur. Qu'est-ce que je disais ? » Il leva à nouveau le doigt pour signifier à Michael de se taire. « Nous avons été passablement déconcertés quand cet argent a soudainement disparu de notre compte dans Second Life. Évaporé sans laisser de traces. Vous pouvez imaginer comment nous nous sentions. Près de trois millions deux cent cinquante mille dollars, ce n'est pas une petite somme, monsieur Kapinsky. Mais fort heureusement pour nous, nous avons toujours su exploiter la faiblesse humaine à notre avantage. Nous sommes passés maîtres dans l'art de soudoyer et de corrompre. En fait, c'est plutôt facile. Les gens sont si… corruptibles. Et corrompus. Nous n'avons donc pas eu de mal à trouver quelqu'un à San Francisco pour jeter un œil dans la base de données de Linden Lab et nous dire ce qui s'était passé. Comme vous pouvez le comprendre, nous ne souhaitions pas emprunter les canaux officiels. Moins on pose de questions, mieux c'est. »

Il se redressa un peu et joignit ses mains sur le bureau.

« Et qu'avons-nous découvert ? Que notre compte avait été effacé. Plus une trace. Et nos trois millions et quelque envolés, évaporés. Déconcertant, devez-vous penser. Et vous avez raison. Nous étions très déconcertés, et contrariés. Et notre ami de San Francisco est alors tombé sur une coïncidence extraordinaire. Une somme correspondant exactement à notre argent manquant – jusqu'à la dernière décimale – avait été créditée sur un autre compte le jour où le nôtre avait disparu. »

Un semblant de sourire se dessina sur son visage et adoucit ses traits.

« Maintenant, je ne sais pas comment vous voyez les choses, monsieur Kapinsky, mais pour ma part, je ne suis pas du genre à croire aux coïncidences. Il n'y a pas d'effet sans cause. » De nouveau, il s'avança dans la lumière, baissant la voix comme s'il partageait un secret. « Ce n'est pas fini. Avant même que nous ayons le temps de faire quoi que ce soit, l'argent s'était envolé encore une fois. Et le compte effacé. Presque sous nos yeux. Là encore, aucune trace de son existence et, par conséquent, aucun nom à mettre dessus. Vous l'imaginez, à ce stade, nous étions plus que déconcertés. »

Il pointa un doigt vers le plafond, noyé dans l'obscurité.

« Mais attendez. Une fois encore, la fortune nous a souri. Devinez quoi ? Le même montant a fait son apparition sur un autre compte. Le jour même de la disparition du second. Et savez-vous à qui appartenait ce compte, monsieur Kapinsky ? » Il leva la main. « Non, ne répondez pas. Nous savons tous les deux à qui il était. C'était le vôtre, monsieur Kapinsky. »

Il se cala contre le dossier du fauteuil.

« Très intelligent. Je dois vous avouer mon admiration. Professionnellement parlant. En revanche, d'un point de vue personnel, je suis carrément en rogne. Nous allons y venir. Il y a beaucoup de choses auxquelles nous allons venir, très prochainement. Mais, commençons par le commencement. »

Il allongea le bras pour saisir l'objet plat qui se trouvait sur le bureau et en souleva le capot. Quand il le fit pivoter, Michael vit qu'il s'agissait d'un ordinateur portable. L'écran était sorti de veille et affichait la page d'accueil de Second Life. Le logo œil/main de SL semblait se moquer de lui. L'homme hocha la tête et une silhouette sortit de l'obscurité. Le couteau de chasse qu'elle tenait à la main accrocha la lumière. Michael tressaillit quand la lame trancha les liens qui retenaient ses poignets et ses chevilles.

Le type roux se leva et fit le tour du bureau pour se placer devant. Il sortit d'une de ses poches intérieures une feuille de papier pliée et l'étala à côté du portable.

« C'est très simple, monsieur Kapinsky. Vous avez ici le nom d'un AV. Vous vous connectez et vous transférez notre argent sur son compte. C'est facile, et tout sera fini en une minute. »

Michael resta immobile sur sa chaise. Des mains se saisirent de lui par-derrière et le forcèrent à se lever. Il respirait difficilement, par à-coups, conscient que cette situation n'avait qu'une issue. « Je ne peux pas le faire », lança-t-il.

Un poing dur comme de l'acier trempé sortit de nulle part et s'enfonça dans son diaphragme. La douleur lui donna la nausée et lui coupa le souffle. Il se plia en deux et tomba à genoux. La même paire de mains que précédemment le remit sur pieds.

« “Je ne peux pas” ne fait pas partie de notre vocabulaire, monsieur Kapinsky. »

Michael secoua la tête, tentant désespérément de retrouver sa respiration pour essayer de parler. Finalement, il parvint à sortir ce qui ressemblait à un chuchotement forcé. « Je ne peux pas faire le transfert parce que l'argent n'est plus sur mon compte. »

Le visage de l'homme se figea. On aurait dit qu'il venait de voir la Gorgone et de se changer en pierre. « Montrez-moi. »

Michael fut poussé sans ménagement vers l'ordinateur. Tremblant, il saisit le nom et le mot de passe de son AV et Chas apparut, dans le décor familier du bureau de Twist. Si seulement il avait pu s'évader dans le virtuel, devenir Chas et échapper à cet enfer. L'homme roux se pencha pour consulter la somme en Lindens en haut à droite de l'écran. Il y avait moins de deux cents Lindens sur le compte de Chas. Il se tourna vers Michael qui devina une colère aveugle dans le vert glacial de ses yeux, contredite par le ton calme et régulier de sa voix.

« Vous feriez mieux de l'y remettre, alors.
— Je ne l'ai plus.
— Vous l'avez dépensé ? » Pour la première fois, il semblait incrédule.
« J'ai remboursé mon prêt immobilier. »
L'homme se pencha vers lui. Si près, que Michael pouvait sentir une odeur d'ail rassis dans son haleine. « Eh bien, il va falloir que vous en souscriviez un autre, vous ne pensez pas ? » Il arracha la feuille de papier du bureau et la fourra dans la poche du polo de Michael. « Je vous laisse vingt-quatre heures pile, monsieur Kapinsky. Si, passé ce délai, l'argent n'est pas sur le compte de cet AV, vous êtes un homme mort. »
Il fit demi-tour rageusement et referma le portable dans un claquement. La lumière traversa à nouveau le crâne de Michael, l'aveuglant encore avant qu'il ne s'évanouisse, et la douleur avec lui.

CHAPITRE 22

La douleur revint en premier. Une migraine lancinante qui lui donnait l'impression d'avoir la tête prise dans un étau. Il sentit à l'arrière de son crâne une autre sorte de douleur. Aiguë, persistante, insidieuse. Les yeux encore fermés, il se passa la main sur la nuque et trouva du sang séché et collant qui avait coulé d'une plaie au cuir chevelu. Une autre douleur se réveilla dans son ventre. Là où le poing s'était enfoncé. Puis les picotements autour de sa bouche, provoqués par l'adhésif qui le bâillonnait et que l'on avait arraché sans ménagement.

Il ouvrit finalement les yeux et même la lumière des lampadaires de la rue lui fit mal.

Complètement désorienté, sans la moindre idée d'où il se trouvait, il commença à reconnaître l'intérieur de son 4×4 et comprit qu'il était assis sur le siège conducteur. L'habitacle était envahi par une odeur de nourriture froide. Il tourna la tête et vit le carton de pizza là où il l'avait laissé, sur le siège passager. Il vérifia l'heure. Il était plus de vingt et une heures. Plus de deux heures de son temps lui avaient échappé.

Le souvenir de ce qui s'était produit pendant ce laps de temps prenait lentement forme dans son esprit et avec lui revint la peur. Une peur qui le pétrifiait, qui le gardait rivé sur son siège. Vingt-quatre heures pour trouver plus de trois millions de dollars. Seigneur ! Il ne voulait même pas y penser.

Il scruta l'extérieur à travers le pare-brise sans réussir à se repérer. Une rue bordée d'arbres. Un parking. Il finit par apercevoir, à côté d'un passage couvert conduisant au port de plaisance, l'auvent familier d'Offshore West Inc, face au cabinet de son dentiste. Il tourna la tête et vit, à l'étage, les fenêtres du cabinet Stanley Armbruster et de sa salle d'attente. La pensée incongrue qu'il ne pourrait plus se payer les services de Stanley lui traversa l'esprit. Non pas que cela ait beaucoup d'importance. Demain, à la même heure, il serait probablement mort.

Il se força à s'asseoir et sentit son estomac lui remonter dans la gorge. Il tâtonna fébrilement pour trouver la poignée de la portière, l'ouvrit en grand et se pencha au dehors pour expulser la bile qui lui envahissait soudainement la gorge. Il releva la tête et vit un couple de passants qui le regardait, horrifié et fasciné. La fille détourna rapidement le regard, mais le jeune homme, gêné, se sentit obligé d'adresser un signe de tête à Michael. À son tour, Michael lui rendit son salut. La fille tira son amoureux par le bras et l'entraîna dans le tunnel qui menait au port de plaisance.

Michael apercevait les lumières des restaurants du front de mer et entendait les rires et les discussions des convives. Épuisé, il referma péniblement la portière de son 4×4. Il se sentait complètement déconnecté du monde extérieur, disloqué et seul. Il ferma les yeux et se demanda ce qu'il allait bien pouvoir faire.

*

Quand il fut revenu à la maison de Dolphin Terrace, ses courbatures et ses douleurs s'étaient transformées en une gêne sourde. Une profonde dépression lui occupait l'esprit, suivie de près par la peur qui ne le lâchait pas. Il appuya sur la télécommande placée sur le pare-soleil et la porte du garage se souleva. Il se gara, coupa le moteur et s'extirpa du véhicule, le carton de pizza à la main. Devant la porte de la buanderie, il appuya sur le bouton pour refermer le garage et entra dans la maison.

Il chercha l'interrupteur sur le mur et l'actionna. La pièce resta dans le noir. Michael jura et descendit à tâtons les marches conduisant à la cuisine en se cognant dans les casseroles et les poêles suspendues à des crochets sur le mur à sa gauche. Une idée de Mora pour les avoir sous la main sans qu'elles encombrent la cuisine. Elles résonnèrent dans le silence de la maison. Il y avait d'autres interrupteurs au pied des marches. Aucun n'actionna la lumière. La maison restait obstinément plongée dans le noir. Et, pour la première fois, Michael se sentit en danger dans sa propre demeure.

Le clair de lune et les reflets des lampadaires qui provenaient de Balboa Island illuminaient suffisamment la cuisine et le salon pour qu'il puisse se repérer. Il avança jusqu'au bar en marbre noir de la cuisine et y posa le carton de pizza. Les fusibles se trouvaient à l'autre bout de la maison. Pendant un instant, il se demanda pourquoi la lumière du garage avait fonctionné. Puis, il se souvint que l'électricien avait branché la porte et l'éclairage du garage sur un tableau électrique indépendant.

Il resta à proximité du bar et tendit l'oreille. Il n'y avait pas un bruit, pas même le bourdonnement du réfrigérateur. À l'autre bout du couloir, il vit que les lumières de l'aquarium étaient éteintes elles aussi.

La maison était complètement privée d'électricité. Un avion passa, moteurs rugissant dans l'air chaud de la nuit et, après son passage, le silence retomba dans la maison.

Malgré le silence, sans savoir pourquoi, Michael avait le sentiment de ne pas être seul. Une intuition ? Une odeur inhabituelle dans l'air, ou un son qu'il percevait sans en avoir conscience ? Il attendit jusqu'à ce que ses yeux se soient accoutumés à l'obscurité et il commença à remonter le couloir à l'avant de la maison. Normalement, la cour aurait dû être éclairée, mais elle était, elle aussi, plongée dans le noir. Pas un mouvement, pas un bruit. Les fusibles étaient dans une chambre, au bout d'un couloir dont le mur qui donnait sur la cour était entièrement vitré. Il le suivit, passa devant la porte ouverte de sa chambre, faisant simplement une brève halte pour écouter, avant de poursuivre, à pas de loup, sur la moquette épaisse. Il grimpa les trois marches au bout du couloir et, s'éloignant du peu de clarté qui filtrait de la cour, il s'enfonça un peu plus dans l'obscurité.

Il en était certain à présent, il avait senti quelque chose. Quelque chose de familier. Un parfum suspendu dans l'air, une senteur musquée discrète, presque sucrée. Il y avait quelqu'un, il en était convaincu. Toute douleur avait disparu, seule subsistait la peur qui avait envahi son corps et son esprit, évacuant tout le reste. Il entendit un son. Une respiration. Courte et rapide. Il retint la sienne pour écouter plus attentivement et reconnut le frottement d'une chaussure sur la moquette.

Il tendit le bras pour toucher le mur et retrouver ses repères puis le longea prudemment, centimètre par centimètre, en direction de la porte de la chambre. La boîte à fusibles était encastrée dans le mur, juste après l'embrasure. Il vit qu'elle était ouverte et, alors qu'il posait la main sur le chambranle, il entendit le claquement d'un interrupteur et la maison fut inondée de lumière.

« Surprise ! » Janey se tenait devant lui, tout sourire, vêtue d'un bustier rouge vif et de bas résille, les cheveux remontés, pris dans des nœuds en soie rouge.

« Seigneur, Janey ! » les jambes de Michael manquèrent de se dérober. « Qu'est-ce que tu fous ? ! »

Elle semblait trouver cela extrêmement drôle. « Tu voulais savoir comment fonctionne le sexe dans Second Life. Je me suis dit que j'allais m'habiller en Doobie Littlething et te faire une démonstration grandeur nature.

— Putain de merde ! J'ai failli avoir une crise cardiaque ! » Il repartit dans le couloir d'un pas rageur. Janey trottinait derrière lui sur ses talons hauts, comme une équilibriste.

— Oh, allez, Mike. C'était une blague. Où est passé ton sens de l'humour ? »

Il lui lança en grognant par-dessus son épaule. « Janey, cela n'aurait pas été drôle, même au moment le plus opportun, et ce n'est pas le moment le plus opportun.

— Allez, Mike, c'était quand même un tout petit peu drôle, non ?

— Non ! » Il fit demi-tour. « D'abord cette mise en scène macabre chez toi. Et maintenant ça. D'où sors-tu que c'est amusant d'effrayer les gens, Janey ? »

Elle fronça les sourcils et l'examina avec attention. « Qu'est-ce que tu as fait à ta bouche ? »

Il entra dans sa chambre et alluma la lumière au-dessus du miroir. Ses lèvres étaient entourées d'un rectangle de peau rouge et irritée. Il tâta l'endroit et sentit les résidus d'adhésif du ruban avec lequel on l'avait bâillonné coller à ses doigts. Puis, il entendit Janey avoir un haut-le-cœur.

« Oh, mon Dieu, Mike, que t'est-il arrivé ? Tu as du sang partout sur ton col et sur ta nuque. »

Il se tourna vers elle et tendit ses mains ouvertes. « Ouais, et peut-être as-tu envie de regarder les brûlures que les cordes ont laissées sur mes poignets. J'en ai probablement sur les chevilles également. »

Elle le dévisagea, incrédule, ne sachant quoi dire. « Je ne comprends pas.

— J'ai été drogué, ligoté, bâillonné, battu et menacé par une bande de malfrats qui pensent que j'ai volé leur argent. »

Elle mit sa main devant sa bouche. « Oh, mon Dieu, Mike. Les trois millions ?

— Trois millions, cent quatre-vingt-trois mille dollars, et des poussières.

— Qu'est-ce qu'ils ont dit ?

— Qu'ils me tueraient si je ne les avais pas remboursés dans vingt-quatre heures. »

Il s'engagea dans le couloir en la bousculant et partit en direction de la cuisine.

« Eh bien, rembourse-les.

— Comment ? J'ai utilisé l'argent pour solder le prêt de la maison.

— Prends un autre prêt. »

Le rire de Michael était totalement dénué d'humour. « Janey, la banque s'apprêtait à saisir la maison parce que je n'étais pas capable d'assurer les paiements. Ils ne vont pas me consentir un autre prêt alors que je ne peux toujours pas me le permettre.

— Dans ce cas, va voir les flics.

— Pour leur dire quoi ? Que j'ai pris de l'argent qui ne m'appartenait pas et que je l'ai dépensé. En plus, si je vais tout dire aux flics, ces types me tueront, c'est sûr. Tu n'étais pas là, Janey. Ces gars ne rigolent pas. Et je ne doute pas une seule seconde qu'ils me descendront. »

Il sortit du coton de l'armoire à pharmacie, le passa sous l'eau froide et commença à s'essuyer la nuque.

« Attends, laisse-moi faire. » Janey prit le coton et nettoya délicatement le sang sur sa peau et dans ses cheveux, remontant progressivement vers l'entaille sur son crâne.

Il grimaça de douleur. « Aïe.

— Reste tranquille ! » Elle versa du désinfectant sur le coton et l'appliqua sur son cuir chevelu.

Il bondit. « Seigneur, Janey ! Ça fait mal ! »

Mais elle le tint plaqué fermement. « Ne fais pas ta chochotte. » Puis, « Donc, qu'est-ce que tu comptes faire ?

— D'une manière ou d'une autre, il faut que je récupère l'argent et que je fasse ce transfert. Même si j'ai la désagréable impression qu'ils me descendront de toute façon.

— Un transfert ?

— Ils veulent que je transfère l'argent sur un autre compte dans SL. » Il plongea la main dans sa poche et en extirpa le papier froissé que l'homme aux cheveux roux y avait fourré. « C'est le nom de l'AV pour lequel ils veulent que je fasse le transfert.

Elle lui arracha le papier de la main et lut le nom. « Balthazar Bee. Ah ! Ils ne sont pas aussi malins qu'ils le pensent, Mike. Ils viennent de faire leur première erreur. Amène-toi. »

Le temps qu'il tourne la tête, elle avait déjà remonté la moitié du couloir, se dandinant toujours sur ses talons ridicules. Il se dit qu'elle avait l'air parfaitement grotesque dans cette tenue. Ses fesses et sa poitrine qui débordaient de son bustier, ses collants à trous, et le maquillage tartiné sur ses lèvres et ses paupières. Il savait bien qu'elle l'avait fait exprès. C'était une blague, pas une tentative de séduction. Il l'observa qui passait en chancelant devant l'aquarium et ne put retenir un sourire moqueur. Malgré tout, il était content qu'elle soit là et de ne pas affronter cette situation seul.

Quand il entra dans son bureau, elle était déjà en train de se connecter à Second Life. Il resta debout derrière elle et vit Twist rezzer dans les locaux de l'agence. Janey ne se préoccupa pas de son avatar et ouvrit la fenêtre de recherche. Elle entre le nom de Balthazar Bee. Il n'y en avait qu'un. Le profil ne proposait ni photographie ni description. On y apprenait cependant que cet AV n'était né que six mois auparavant. Janey fit naviguer son curseur jusqu'à la fenêtre des Groupes et se figea.

« Putain », souffla-t-elle.

Michael, qui n'avait toujours pas remis la main sur ses lunettes de vue, se pencha en avant. « Qu'y a-t-il ?

— Il n'y a qu'un seul groupe, et devine lequel. »

Michael sentit les pulsations de son cœur lui remonter dans la gorge, lui bloquant presque la respiration. « Virtual Realty », lut-il. « C'est le groupe par lequel passait Arnold Smitts pour ses transactions immobilières. »

Janey se tourna vers lui, blanche comme un linge. « Oh mon Dieu, Mike. Tu as volé trois millions de dollars à la mafia. »

CHAPITRE 23

Le peu de clarté lunaire qui subsistait encore semblait avoir disparu. La nuit était noire comme l'ébène, le ciel était constellé de minuscules joyaux de lumière qui s'offraient à leur regard depuis des millions d'années-lumière dans le passé. Face à l'immensité intemporelle du cosmos, Michael se sentait peu de chose et ses problèmes paraissaient plus qu'insignifiants. Pourtant, il savait que le lendemain, lorsque le soleil se lèverait et que les douze premières heures des vingt-quatre qui lui avaient été accordées seraient écoulées, ces problèmes allaient occuper toutes ses pensées et lui paraîtraient bien moins insignifiants.

Janey leur versa un autre verre de syrah et reposa doucement la bouteille sur les dalles de pierre de la terrasse. Les silhouettes des palmiers se balançaient dans la brise, découpées par les lueurs de l'île en contrebas, pendant qu'un yacht remontait le chenal au moteur, laissant dans son sillage des éclats de lumière.

« Cet argent a dû quitter le compte de Smitts quand son AV a été détruit, puis transféré sur un autre compte. On a ensuite viré le fric sur le tien avant de l'effacer. »

Michael secoua la tête. « Mais pourquoi quelqu'un aurait-il fait cela ? Ils ne savaient pas que j'étais fauché et susceptible de le dépenser ? »

Janey éclata de rire. « Ce doit être une erreur, Mike.

L'argent devait être destiné à quelqu'un d'autre. Quelqu'un s'est trompé en tapant un nom ou un numéro, et il a atterri sur ton compte. »

Se dire qu'il s'agissait d'une erreur n'améliora pas l'humeur de Michael. Il resta assis, accroché à son verre, déjà partiellement engourdi par le vin, et il se sentit glisser un peu plus profondément dans la dépression. « Ils doivent certainement penser que je l'ai tué.

— Qui ?

— Smitts. S'ils croient que je suis responsable du vol de l'argent, ils doivent être persuadés que je l'ai tué aussi.

— Et c'est le cas ?

— Ah. Ah. Ah.

— Où étais-tu la nuit du meurtre, Mike ?

— Je faisais du pole dance chez Minsky.

— Non, je suis sérieuse. Où étais-tu ? »

Il se tourna pour lui faire face. « J'étais ici.

— Seul ?

— Oui.

— Super alibi.

— Je n'ai pas besoin d'alibi, Janey.

— Eh bien, si quelqu'un a décidé de te mettre ce truc sur le dos, il va t'en falloir un. »

En dépit de la douceur de la soirée, un frisson le parcourut. « Tu penses qu'on essaie de me piéger ?

— Je n'en sais rien. Et de toute façon, cela n'a pas d'importance. Qu'il s'agisse d'un piège ou d'une effroyable erreur, tu es sacrément dans la merde. »

Michael s'enfonça un peu plus dans sa chaise et prit une longue gorgée de vin. « Je te remercie pour ces paroles de réconfort. »

Ils restèrent assis un moment en silence. Michael tourna la tête et observa Janey. Elle semblait totalement perdue dans ses pensées. Mais il avait besoin de changer de sujet, de s'ôter de l'esprit ces idées qui tournaient indéfiniment dans sa tête.

« Alors, parle-moi du sexe dans SL.

— Pardon ?

— Tu es bien venue pour cela, non ? »

Elle pivota sur sa chaise et le regarda comme s'il était fou. Puis, elle sourit et secoua la tête. « Que veux-tu savoir ?

— Comment on fait.

— Pourquoi ?

— Simplement par curiosité.

— Seigneur ! Les mecs ! Il peut se passer n'importe quoi d'autre, vous ne pensez qu'à ça. Tu envisages de t'y essayer avec Doobie Littlething ?

— Non, absolument pas.

— Son AV est plutôt sexy.

— Janey, tu as l'intention de m'expliquer ou tu comptes me faire mariner ? »

Elle se redressa. « OK. Mais, tu sais, c'est très simple. Il y a un paquet de boutiques qui vendent des lits de sexe, des tapis de sexe, des trucs dans ce genre-là. Et tout est fourni avec des animations intégrées. Un menu apparaît sur ton écran et tu peux choisir parmi un certain nombre d'animations. S'embrasser, se câliner, dormir ou faire l'amour. En général, plus le choix est important, plus c'est cher. Tu as la position du missionnaire, la fellation, la levrette, elle dessus, lui dessus, gay, lesbien, tu as l'embarras du choix. Habituellement, tu as deux poseballs. Mais il peut y en avoir trois ou plus, si tu es pervers. » Elle sourit. « Tu as juste à sauter sur la poseball et ton AV s'anime en fonction de l'acte que tu as choisi.

— Donc, ce ne sont que des personnages de dessin animé en train de forniquer. Pas très marrant.

— Eh bien, ce n'est pas tant ce que tu fais que ce que tu dis pendant que tu le fais. En cela, le sexe dans SL est très semblable au sexe dans la vie réelle. Presque tout se passe dans la tête. Les meilleurs amants sont ceux qui parviennent à évoquer les images les plus saisissantes et à exciter leurs partenaires. Bien sûr, dans SL l'acte lui-même ne se déroule que dans ton imagination, et au travers de l'animation de ton AV. Pendant… Eh bien, pendant que tu te masturbes dans la vie réelle. »

Michael souffla entre ses lèvres serrées pour exprimer son dégoût. « Ça doit être plus amusant sous la douche. »

Janey se mit à rire. « Seulement si tu n'y es pas seul. » Ils redevinrent silencieux et Janey vida le reste de la bouteille dans leurs verres. « Qu'est-ce qui cloche chez moi, Mike ? »

Il la regarda, surpris. « Il n'y a rien qui cloche chez toi, Janey.

— Alors, pourquoi personne ne s'intéresse à moi ?

— Je suis sûr qu'on s'intéresse à toi.

— Je suis sûre du contraire. Et si jamais c'était le cas, ils sont super discrets. Les seuls mecs qui s'intéressent à moi sont dans Second Life.

— Mais tu es un homme dans Second Life ! »

Elle éclata de rire. « C'est bien ce que je veux dire. J'en suis à fréquenter les clubs gays. C'est le seul moyen que j'ai trouvé pour choper un mec. J'ai eu quelques expériences intéressantes. »

Elle détourna les yeux et son regard se perdit dans le vide. Il en profita pour la reconsidérer. Elle n'était pas laide. Simplement banale. Et il y avait beaucoup de filles banales qui trouvaient un homme. Elle ne manquait pas non plus de personnalité, mais il pensait qu'il y avait chez elle quelque chose de profondément asexué. Elle serait toujours la meilleure copine, jamais la petite amie, parce que, d'une manière ou d'une autre, on ne la voyait jamais ainsi. Elle ferait toujours partie de la bande. Il se sentit soudain profondément triste pour elle. Il avait perdu Mora, mais au moins ils avaient eu une histoire. À sa connaissance, Janey n'avait jamais été avec quiconque. « N'importe quel type serait heureux d'avoir une copine comme toi, Janey. » Et il était parfaitement sincère.

Elle se tourna vers lui. Il vit de la douleur dans ses yeux quand elle l'interrogea sur le seul sens qu'il n'avait pas donné à sa phrase. « Toi, par exemple ? »

Il fut incapable de soutenir son regard. « Tu sais bien que je n'ai pas passé le cap de Mora. Et j'en suis loin. »

Un petit sourire triste se dessina sur ses lèvres et elle se replongea dans la contemplation du cosmos et de sa solitude.

CHAPITRE 24

Le soleil s'étirait en quartiers sur le tapis crème à poils longs de la chambre avant de zigzaguer en motifs aléatoires sur les plis des draps. Michael le sentait chauffer sa jambe nue. Il roula sur lui-même pour consulter son réveil. Neuf heures passées.

Il manqua de tomber du lit. Le monde avait déjà commencé à tourner. Il perdait du temps. Pieds nus, il traversa le tapis en hâte jusqu'aux portes coulissantes de sa penderie et s'arrêta net. Il dut s'appuyer contre le mur, à deux doigts de l'évanouissement. Il ressentait pleinement les effets des mauvais traitements qu'il avait subis la veille. Et les deux bouteilles de vin descendues avec Janey n'arrangeaient en rien la douleur qui lui enserrait la tête. Cependant, un mélange puissant de peur et d'adrénaline le poussait à aller de l'avant et à affronter la lumière froide du jour.

Il choisit un jean propre, un polo crème et une paire de chaussures bateau en cuir marron. Pas le temps de prendre une douche. Il se brossa les dents et se coiffa sommairement. Pendant quelques secondes, il fit une pause pour s'imprégner de la vue sur l'île et la péninsule, depuis sa chambre à coucher, au-delà du miroir d'eau. C'était cette lumière qu'il aimait. Si claire, si lumineuse. Les palmiers toujours en mouvement, même lorsque de la mer soufflait la brise la plus douce. Cet endroit allait vraiment lui manquer. Si jamais il vivait assez pour que quoi que ce soit puisse lui manquer.

Dans la cuisine, il décrocha le téléphone et sélectionna le numéro de Sherri dans le répertoire. Pendant que la sonnerie retentissait à l'autre bout de la ligne, il vit le carton de pizza qu'il avait posé sur le bar de la cuisine la veille sans y toucher et se dit qu'une part, même froide, serait la bienvenue. Il souleva le couvercle et constata qu'il ne restait que deux morceaux. Pendant une seconde, il demeura interloqué à les regarder. Était-il sûr de ne pas avoir mangé le reste et de l'avoir oublié ? Soudain, il comprit. Les bâtards qui l'avaient enlevé la veille. Ils avaient bouffé sa pizza ! C'était le bouquet. Il se sentit envahi par l'indignation. À cet instant, Sherri décrocha et lui évita de débiter un flot d'injures.

« Oui, Michael. » À l'évidence, grâce à la présentation du numéro, elle savait que c'était lui et l'accueillit d'un ton glacial.

« Sherri, la maison est à moi. Plus de prêt. Si vous m'en obtenez trois millions et demi avant… », il réfléchit quelques instants, « avant que les banques ne ferment ce soir, je vous donne quinze pour cent. » S'il avait au moins une promesse de paiement, peut-être ne le tueraient-ils pas ?

Il entendit son excitation à l'autre bout du fil. « Je peux avoir ça par écrit ?

— Douze heures, Sherri. » Il raccrocha. Il n'y croyait pas vraiment, mais il ne fallait négliger aucune option.

*

Hal Bender était assis derrière son bureau, face à Michael, et le regardait d'un air perplexe, le sourcil levé.

« Trois millions et demi, Michael ? Vous avez perdu la raison ? »

Michael le fixa avec un mélange de haine et de mépris. Seul le désespoir l'avait conduit ici. Bender travaillait depuis sa somptueuse maison, perchée à flanc de colline, au-dessus de Newport. Son étude surplombait le port, la vue incontournable pour les habitants aisés de cette ville riche de Californie du Sud. Et c'était précisément grâce à ces habitants que Bender avait construit sa fortune, en gérant leurs investissements, parfois avec bonheur, parfois non. Mais jamais à son désavantage.

« Dommage que Mora ne vous ait pas répondu la même chose quand vous l'avez persuadée de souscrire ce prêt. »

Bender serra les lèvres. Il avait été le conseiller financier de Mora pendant les bonnes et les mauvaises périodes. Surtout les mauvaises. Michael lui avait retiré la gestion de ses derniers investissements après son décès. Mais aujourd'hui, il avait ravalé sa fierté et fait le trajet jusqu'à la maison sur la colline. S'il y avait quelqu'un qui savait rassembler trois millions rapidement, c'était Hal Bender.

« Cela a toujours été un investissement risqué, Michael. Si cela avait rapporté, cela aurait rapporté énormément. Emprunter sur la valeur de la maison était la seule solution dont elle disposait pour obtenir l'argent. Et si je ne me trompe, à l'époque, elle était un peu aux abois. Au bout du compte, c'est elle qui a pris la décision, pas moi. »

Michael évita de répondre.

« Pour quoi en avez-vous besoin ?

— Pour rembourser une dette. »

Bender sourit. « Déshabiller Pierre pour habiller Paul ?

— Quelque chose comme ça.
— Et où en êtes-vous avec la maison ?
— Elle est à moi. Elle peut servir de garantie. »
De nouveau, Bender leva un sourcil. De surprise, cette fois-ci. Toutefois, même s'il se demandait comment Michael s'était débrouillé pour rembourser le prêt, il n'allait pas poser la question. « Quand en avez-vous besoin ?
— Ce soir. »
Ce coup-ci, ses deux sourcils se levèrent simultanément. « Vous plaisantez !
— Je n'ai jamais été aussi sérieux. »
Bender secoua la tête. « Je pourrais probablement vous trouver les trois millions un quart. Mais pas pour ce soir. Si vous voulez une somme d'argent pareille et aussi rapidement, il vous faut aller voir des gens qui ne posent pas de questions. Des gens qui vous demanderont des taux d'intérêt si élevés que vous serez pris à la gorge avant même que l'encre de votre signature ait fini de sécher au bas du contrat. Des gens qui s'empareront de votre maison sans le moindre scrupule à la minute où sonnera l'heure de rembourser, et qui vous réduiront les rotules en bouillie quand vous ne pourrez pas payer les intérêts.
Michael avait la bouche à ce point sèche qu'il éprouvait des difficultés à avaler. « Et comment puis-je entrer en contact avec ce genre de personnes ? »
— Doux Jésus, Michael, dans quoi vous êtes-vous fourré ?
— Disons simplement qu'il s'agit d'une question de vie ou de mort. Littéralement. » Il marqua une pause pendant laquelle les deux hommes se jaugèrent du regard dans un silence prudent. « Alors ?
— Alors quoi ?

— Comment puis-je entrer en contact avec ce genre de personnes ? »

Bender eut un petit rire qui se transforma en hoquet. Il secoua la tête négativement. « Michael, je n'en ai pas la moindre idée. »

*

Michael descendit les marches qui menaient à la porte d'entrée de Bender, traversa un luxuriant jardin semi-tropical et attendit que l'ouverture du portail se déclenche. Le soleil était haut dans le ciel et il en sentit la chaleur sur sa peau. Il ferma les yeux quelques instants. Quand il les rouvrit, il aperçut une berline Lincoln noire garée de l'autre côté de la rue. Deux types vêtus de costumes sombres y étaient installés et ne faisaient aucun effort pour dissimuler le fait qu'ils le surveillaient. Le chauffeur sourit et lui adressa un petit signe de la main par la vitre ouverte. Son passager tira sur une cigarette et braqua sur Michael un regard sombre et inexpressif.

Michael s'éloigna, la poitrine serrée par la peur, comme au début d'un arrêt cardiaque. Apparemment, ils n'avaient pas l'intention de le perdre de vue jusqu'à ce qu'il ait effectué le transfert. Les jambes tremblantes, il regagna son 4×4 et grimpa sur le siège conducteur. Il n'avait nulle part où s'enfuir. Nulle part où se cacher. Il était clair à présent qu'il ne parviendrait pas à réunir l'argent à temps.

La seule solution qui lui restait était de tenter de découvrir qui avait tué Smitts, et pourquoi.

CHAPITRE 25

Stan Laurel leva un regard surpris quand Janey posa sur son bureau une tasse en plastique pleine de café chaud et sucré. Michael s'installa face à lui dans le siège de Hardy, et but une gorgée de la sienne. Il fixait Laurel, le regard juste au-dessus du sommet de l'écran de l'ordinateur de l'inspecteur. La surprise de Laurel se mua en méfiance. « Qu'est-ce que vous voulez, tous les deux ?

— Rien », répondit Janey. « Juste causer de quelques dossiers. On allait se chercher des cafés à la machine et nous t'avons vu assis là, abandonné, avec la tête de quelqu'un à qui un peu de caféine ne ferait pas de mal.

— Pour sûr, ça n'est pas de refus. Quelle matinée. Le dossier Brockman ? Le type qui a cambriolé le musée ? Le procès devait démarrer ce matin, et on s'est fait renvoyer sur le banc de touche.

— Merde, pourquoi ? » Janey posa une fesse sur le rebord de son bureau.

« Quelqu'un a oublié de lui lire ses droits.

— Non ! Qui ? »

Laurel braqua son regard sur son économiseur d'écran et but une gorgée de café. La tasse tremblait entre ses doigts osseux.

« Stanley, non, pas toi ! »

La paume de sa main s'abattit en claquant sur le bureau. « Putain, j'étais sûr de l'avoir fait. Je le fais toujours. C'est comme respirer. Ça sort naturellement, sans y penser.

— Et il a été libéré ? », demanda Michael.

« Oui. Et je suis sérieusement dans la merde.

— Eh bien, il va te falloir une rasade de quelque chose de plus costaud dans ce café.

— Oui, il manquerait plus que cela ! Me faire choper à picoler pendant le service. Je me retrouverai à la porte avec une demi-retraite avant d'avoir le temps de dire ouf. »

Décontractée, Janey tendit le cou pour voir quel était le dossier posé devant lui. « Toujours sur le cas Mathews ?

— Celui-là et une vingtaine d'autres. »

Janey se tourna vers Michael. « Tu te souviens de cette affaire, Mike ? C'est celle qui m'a donné l'idée pour ta fête de bienvenue. Une jeune femme touchée en pleine poitrine. On était sur la scène de crime cet après-midi-là. Un appartement qui donnait sur le port de plaisance.

— Je me souviens. » L'image floue de la fille, les membres écartés, allongée sur le lit, lui revint, mais il éprouvait des difficultés à dissimuler son impatience et à paraître naturel. Le temps filait et ils avaient besoin de plus d'informations.

Janey revint à Laurel. « Alors… des avancées ?

— Rien. Que dalle. En revanche, l'histoire est intéressante. Son père est Jack Mathews, le promoteur immobilier. Il est propriétaire de cette grande île, dans la baie. D'après la rumeur, il est mourant et elle aurait dû récupérer l'héritage. Il y a un frère aussi, mais apparemment, il ne s'entendait pas bien avec le vieux. Il est absent du testament. Pas un dollar pour lui.

— Bon mobile pour un meurtre, en tout cas », avança Janey.

Laurel grommela. « À ceci près qu'il était à New York quand la fille a été tuée.

— Et du côté d'Arnold Smitts, rien de neuf? », hasarda Michael, l'air de rien.

« Non. Idem. C'est Ollie qui s'est occupé de celui-ci. On a du mal à déterminer un mobile. Et en plus, vous n'avez rien déniché sur place. » Il avala une autre gorgée de café. « Putain, ça fait du bien. Il y a tout de même une similitude intéressante.

— Comment cela? », l'interrogea Michael en se laissant aller contre le dossier de sa chaise avec une nonchalance feinte.

« Eh bien, vous savez qu'il était dans cette connerie de Second Life – le premier point de chute sur Internet pour les âmes en peine et les losers? »

Janey se dandina sur place. « Ouais.

— Et que son compte a été effacé de la base de données?

— Ollie nous en a touché deux mots, en effet », confirma Michael.

Du revers de la main, Laurel frappa le dossier posé devant lui. « Même bordel.

— Tu veux dire que la fille Mathews était aussi dans SL? », demanda Janey en fronçant les sourcils.

« Absolument. Et aucune trace dans la base de données, comme pour Smitts.

— C'est une sacrée coïncidence », s'étonna Michael.

« En fait, oui et non. Déjà, à quel point les gens de Linden Lab sont-ils scrupuleux quant à la gestion de leur base de données? Peut-être que c'est un joyeux bordel. Ollie a fait quelques recherches. Apparemment, il y a près de quatorze millions de personnes inscrites sur Second Life. Cela représente environ la moitié de la population de la Californie. Ce n'est donc pas totalement bizarre que deux victimes de meurtre soient également inscrites sur Second Life. »

Janey se leva et, en se tournant, heurta de la main la tasse de Laurel, renversant son contenu sur ses cuisses. Il se dressa d'un bond, jurant sous l'effet de la douleur provoquée par la brûlure du café. « Nom de Dieu !

— Oh, Stanley, je suis désolée. Laisse-moi t'accompagner aux toilettes. Je vais t'aider à t'essuyer. »

Tout en s'épongeant avec une serviette en papier, Laurel la fusilla du regard. « Certainement pas ! Seigneur, Janey ! Putain d'empotée que tu es ! Bordel ! » Et il partit à toute allure en direction des toilettes.

Janey adressa un petit sourire narquois à Michael. « Décidément, je renverse toujours des trucs. » Son sourire s'évanouit immédiatement. « C'est quatorze millions dans le monde, Mike, pas seulement en Californie. Ce n'est pas une simple coïncidence. » Elle se pencha au-dessus du bureau de Laurel, faisant mine de nettoyer la flaque de café qui gouttait sur le sol, et ouvrit le dossier Mathews pour y jeter un coup d'œil. « De quoi avons-nous besoin ? »

Michael se leva, retrouvant espoir à la perspective d'un nouvel élément. « Le nom de son AV. Les groupes dont elle était membre. L'adresse de son père. Cela devrait suffire. »

Janey le regarda avec un air de conspiratrice et baissa la voix. « On va jouer aux détectives dans la vie réelle, aussi ?

— Quoi qu'il en coûte, Janey. »

Elle sourit. « Parfait. J'ai toujours voulu être flic. »

Elle tourna le dossier vers elle pour prendre quelques notes rapides et déplaça la souris de Laurel de quelques millimètres. L'économiseur d'écran disparut, révélant une scène familière. Un centre commercial grouillant de monde, des AV allant et venant, examinant des Skins accrochées sur le mur du fond. Au premier plan, un avatar, grand, élancé, séduisant, se tenait debout, la tête inclinée. Une étiquette indiquait qu'il se nommait Phat Botha et affichait Absent. Pendant un instant, Janey resta muette. Puis, « Seigneur ! », chuchota-t-elle. « Tu as vu ça ? »

Michael fit le tour du bureau. Il scruta l'écran sans comprendre où elle voulait en venir. « C'est Second Life », finit-il par dire.

Le visage de Janey se fendit d'un large sourire. Elle agita la souris avec la main et Phat Botha revint à la vie. « Premier point de chute sur Internet pour les âmes en peine et les losers, hein ? Ce foutu hypocrite est aussi dans Second Life. »

*

Les Mathews n'encourageaient pas particulièrement les visites. Leur îlot se trouvait presque au milieu de la baie, à mi-chemin entre les îles Balboa et Lido. Il n'y avait pas de pont, pas de route, et ils ne fournissaient pas de transport maritime pour les visiteurs occasionnels. Michael et Janey durent louer une embarcation à Bayshore Drive et traverser le chenal en zigzaguant entre les yachts à l'ancre et les énormes bateaux à moteur qui entraient et sortaient du port. Les mouettes tournoyaient en criant au-dessus de leurs têtes. Janey aperçut, debout sur le ponton, deux silhouettes en costume sombre qui les observaient. Elle plissa le front.

« Qui sont ces types ? Tu les connais ?

Michael passa la barre d'une main à l'autre et jeta un rapide coup d'œil en arrière. Il soupira. « J'imagine que ce sont les enflures qui ont mangé ma pizza. Ils surveillent leurs trois millions. »

Janey pâlit un peu. « Oh, merde. Vraiment ? » Elle gloussa. « En tout cas, ils doivent bien être obligés d'admettre que tu les as semés, à moins qu'ils puissent marcher sur l'eau.

— Ils vont certainement m'attendre à côté du 4×4. Ils savent que je ne peux pas aller bien loin sans lui. »

La demeure des Mathews occupait plus des deux tiers de l'île. C'était une villa italienne en pierre de style classique, à deux étages, avec des terrasses à colonnes. Le mur arrière plongeait droit dans l'eau. Les côtés et l'avant étaient entourés de pelouses magnifiques, impeccablement entretenues, cachées des regards des plaisanciers par des remparts végétaux constitués de palmiers et d'arbustes en fleurs. Au-delà des pelouses, un ponton en bois peint en blanc s'étendait devant la propriété, suffisamment grand pour accueillir simultanément deux bateaux de quinze mètres. Une courte jetée flottante, à laquelle était amarrée une demi-douzaine de barques agitées par la houle, en partait à angle droit. La bannière étoilée pendait mollement sur son mât. La brise en provenance de l'océan était tombée et l'air ondulait sous l'effet de la chaleur, accompagnant le bourdonnement des insectes.

Michael guida leur bateau de location jusqu'à l'un des mouillages du ponton et Janey débarqua d'un bond pour l'arrimer à un anneau de métal fixé aux planches. Une vedette ambulance y était déjà amarrée et plusieurs bateaux de plus petite taille s'entrechoquaient et grinçaient contre ses flancs, tirant doucement sur leurs attaches. En remontant le ponton, ils croisèrent deux médecins qui poussaient un brancard en direction de l'ambulance. Sur le chariot, une silhouette imposante était allongée sur le ventre, recouverte d'un drap blanc. Sur la pelouse, les personnes attroupées commencèrent à se disperser. Michael repéra une petite femme, de type latino, assez âgée, vêtue d'une robe noire à liseré blanc. La bonne. Il pressa le pas pour la rejoindre.

« Excusez-moi. »

Elle se tourna vers lui. Elle avait les traits tirés et les yeux rougis.

« Je cherche Jack Mathews. »

Elle inclina la tête en direction du chariot que l'on poussait sur la passerelle pour l'embarquer dans la vedette ambulance. « Vous le ratez de peu. »

Michael jeta un coup d'œil en arrière, l'air consterné. Janey arriva à sa hauteur. « Qu'est-ce qui se passe ?

— On dirait que monsieur Mathews vient juste de nous quitter.

— Oh. »

Un jeune homme se détacha du groupe qui se dirigeait vers la maison et s'approcha d'eux.

Il devait avoir l'âge de Michael et portait un pantalon gris parfaitement coupé ainsi qu'une chemise blanche à manches courtes, le col ouvert. Sa peau était lisse et uniformément bronzée et ses cheveux châtain clair laissaient apparaître des mèches blondies par l'eau de mer. Il avait des dents d'un blanc éclatant et son regard était dissimulé par de grosses lunettes de soleil enveloppantes.

« Puis-je vous aider ? » Bien qu'il soit à plus d'un mètre de distance, Michael sentit son haleine chargée d'alcool.

« Nous appartenons au service de la police scientifique d'Orange County », répondit Michael. « Nous espérions nous entretenir avec Jack Mathews au sujet du meurtre de sa fille.

— Eh bien… » Le jeune homme serra les lèvres pensivement. « Vous auriez pu tomber à un meilleur moment.

— C'est ce que je constate.

— Cela veut-il dire que vous avez du nouveau au sujet de l'assassin de Jennifer ?

— Je crains que non.

— Alors, de quoi désiriez-vous lui parler ?

— Je vous demande pardon, mais vous êtes… ?

— Richard Mathews. » Il balaya les alentours du regard et fit un vague geste de la main en direction de la maison. « Le fils de Jack. Ce qui fait de moi le propriétaire de tout ça. Par défaut, en tout cas. »

Michael sentit l'amertume profonde de son ton.

Janey ajouta, « Nous ne vous aurions pas dérangé en un moment pareil si nous avions su. »

Mais Richard ne semblait pas dévasté par le deuil. « Pouvez-vous me dire pourquoi vous êtes ici dans ce cas ?

— Nous nous intéressons à l'implication de votre sœur dans Second Life. »

Il les dévisagea derrière l'abri de ses lunettes de soleil. « Second Life, hein ? Alors, j'imagine que vous êtes au courant de toute cette sordide petite histoire ?

— Oui », répliqua Michael qui n'avait pas la moindre idée de ce qu'était cette histoire, ni même à quel point elle pouvait être sordide.

Richard ôta ses lunettes et cligna des yeux. « J'imagine qu'à présent, de toute façon, l'argent est hors de ma portée. En tout cas pour le moment. Entrez, je vous en prie. »

Michael et Janey échangèrent des regards interrogateurs tandis que Richard Mathews les précédait en haut d'une courte volée de marches passant sous un porche, vers l'entrée principale. Janey haussa les épaules et fit une grimace. Elle n'en savait pas plus que lui. Ils suivirent le jeune héritier de la fortune Mathews dans un immense salon meublé d'antiquités françaises du XVIIIe siècle disposées autour de tapis orientaux inestimables. Il alla droit vers le bar et se servit un verre de whisky écossais.

« Je ne vous en propose pas. Je sais que vous ne buvez pas pendant le service. » Il se tourna vers eux et avala une gorgée. « Ça a vraiment dû l'emmerder de se dire que j'allais hériter, vous savez.

— Il n'y a pas d'autres membres de la famille ? », demanda Janey.

— Ma mère est morte il y a des années. Mon père était complètement gaga de Jennifer et il me considérait comme un alcoolique et un fainéant. » Il sourit. Un petit sourire amer. « Ce n'est pas ce que j'avais l'intention de devenir. Je n'ai pas démarré comme cela. Mais c'est amusant de constater comment, au bout du compte, on semble se conformer à ce que les autres attendent de vous. » Il but une autre gorgée de whisky. « Et il va falloir que je vende la maison. Juste pour payer les droits de succession. Et j'imagine que le reste de l'argent sera bloqué. En tout cas le temps nécessaire pour que soit établie la légitimité de l'héritage. »

Michael essaya de conserver une expression neutre, pour ne pas révéler son ignorance. « De quel argent s'agit-il, monsieur Mathews ? »

— Du cash se trouvant sur le compte Second Life de Jennifer, bien sûr. Ce fichu fric qu'il voulait cacher à tout le monde. Surtout à moi. » Il s'approcha d'une fenêtre en sirotant son whisky. Il leur tournait le dos, peut-être pour dissimuler sa colère et sa déception. Mais le ton de sa voix trahissait ses sentiments. « Elle m'en a parlé, voyez-vous. Pour me mettre le nez dedans. Elle a toujours eu ce côté méchant. Tel père, telle fille. Aucune thérapie, même la plus onéreuse, n'aurait pu supprimer chez elle ce sale petit trait de caractère. Elle savait que cela me foutrait en rogne. Papa planquant de l'argent pour elle sur un compte secret, pour qu'elle n'ait pas à payer d'impôts dessus. Très malin. Et d'un certain point de vue, je ne le lui reproche pas. On paie des impôts toute sa vie. Plusieurs fois. Et il faut encore en payer quand vous êtes mort. » Il se retourna pour leur faire face et ils virent la douleur et la jalousie dans son regard. « Mais nous aurions dû avoir des parts égales. Nous sommes de la même chair. »

Il vida son verre d'un trait.

« Bref, dites-moi. Puisqu'elle s'y est toujours refusée. Combien avait-il réussi à mettre de côté en dollars Linden avant qu'elle ne soit assassinée ? »

Michael le fixa. Pour la première fois, les graines de la compréhension commençaient à germer dans son esprit. « Je n'en ai aucune idée.

— Vous devez bien savoir combien il y a sur son compte, non ?

— Il n'y a pas d'argent, monsieur Mathews », expliqua Janey. « En réalité, il n'y a même pas de compte. Pas la moindre trace. »

*

Ils traversèrent le chenal en silence jusqu'au quai du loueur. Le soleil dansait sur la houle provoquée par le ballet incessant des dizaines de bateaux de toutes tailles qui entraient et sortaient du port. La brise s'était à nouveau levée et Michael sentit le vent chaud tirailler sa chemise. Il ferma les yeux quelques instants et tourna son visage vers le ciel pour apprécier la caresse du soleil.

« Eh, je préférerais que tu te concentres sur la route, monsieur le pilote. »

Michael ouvrit les yeux et se tourna vers Janey. « Quelqu'un est en train de descendre des gens pour leur argent, Janey. De l'argent dont personne ne soupçonne l'existence, planqué sur des comptes dans Second Life. De l'argent dont la disparition ne sera signalée par personne puisqu'il ne devrait pas être là.

— Deux hirondelles ne font pas le printemps, monsieur Kapinsky.

— Hein?

— On n'a que deux meurtres, Mike. C'est tout.

— Dont on est au courant. Il pourrait y en avoir d'autres.

— Et alors, que comptes-tu faire?

— Retourner dans SL et tenter de retrouver l'avatar de Jennifer Mathews.

— Tu penses qu'il y a un autre AV mort, comme Maximillian Thrust?

— C'est possible.

— Et où cela va-t-il nous mener?

— Aucune idée. Mais que puis-je faire d'autre? Celui qui les a tués doit toujours y être, ainsi que dans la vie réelle. Il y a forcément quelqu'un, quelque part, qui sait quelque chose. Tu as les renseignements qu'on a notés sur son compte? »

Elle sortit une feuille de papier pliée de sa poche arrière et la lui tendit. Il coinça la barre contre sa hanche et la déplia. Le nom de son AV était Quick Thinker et elle faisait partie de plus d'une dizaine de groupes.

« Il faut que je retourne bosser », annonça Janey. « Si l'après-midi est tranquille, je verrai ce que je peux trouver sur Mathews et Smitts côté vie réelle. Si quelque chose les lie, en dehors de SL. »

Michael hocha la tête. « Merci, Janey. » Mais il ne débordait pas d'optimisme. Il vérifia l'heure. Dix-huit heures sur les vingt-quatre s'étaient définitivement envolées. Les secondes, les minutes, les heures filaient comme du sable entre ses doigts. Si, dans les six heures, il ne parvenait pas à mettre la main sur ce tueur dans Second Life, lui aussi serait mort. Il leva les yeux et vit ses deux gardes du corps qui l'attendaient sur le ponton. Costumes sombres et lunettes de soleil, intentions meurtrières.

CHAPITRE 26

Chas se connecta à SL et rezza dans les bureaux de l'agence de détectives Coup du Sort. Bizarrement, cela le rassurait d'être de retour dans ce monde virtuel. Un sentiment d'évasion, de sécurité, même s'il n'était qu'illusoire. La sérénité du poisson qui se déplaçait sans interruption d'un côté de l'aquarium à l'autre était, d'une certaine manière, réconfortante, comme si, en dépit de son essence éphémère, ce monde offrait aussi une sorte de pérennité. Dans la peau de Chas, il se sentait plus optimiste, convaincu qu'il pourrait en faire bien plus dans ce monde-ci qu'à l'extérieur.

Il consulta sa liste d'amis et vit que Doobie était en ligne. Il lui envoya un IM.

IM : **Chas** : Salut, Doobs. J'ai besoin d'un coup de main.

Presque immédiatement, il reçut un téléport pour le Zen Beach Store à Bahia Tiki. Il accepta et rezza sur une promenade en bois installée entre des maisons sur une vaste plage de sable. Doobie était là, les bras croisés. Elle lisait un panneau apposé sur une immense villa en teck surmontée d'un toit de chaume. Un auvent en tissu rouge dominait l'entrée principale. Le panneau disait : P. Cana House (République dominicaine). Juste au-dessous figurait une liste de fonctionnalités.

Cheminée. Modification et Copie. 103 prims. Stores ajustables. Porte sécurisée.

Doobie : Qu'est-ce que tu en penses ?

Chas : Qu'est-ce que je pense de quoi ?

Doobie : La maison. Elle ne coûte que 2300 Lindens. Il y a une super terrasse pour se prélasser.

Chas : Tu as l'intention de l'acheter ?

Doobie : Bien sûr, pourquoi pas ?

Chas : Et que vas-tu en faire ?

Doobie : Y habiter, cette question. L'endroit où je vis ne me plaît plus. Et le terrain supportera bien quelques prims de plus. Ce serait un changement positif.

Elle se tourna vers une malle de voyage à demi enterrée dans le sable à côté du panneau. Le texte qui flottait au-dessus disait, Barbade/Mobilier P. Cana.

Doobie : Un ensemble complet de meubles pour 2600 de plus. Je suis diablement tentée.

Chas : J'ignorais que tu avais une maison ici.

Doobie : Il y a beaucoup de choses que tu ne sais pas à mon sujet, Chas Chesnokov.

Une fois qu'elle eut fini de rezzer, il prit le temps de l'observer. Elle portait un des plus minuscules bikinis que l'on puisse imaginer. Le haut et le bas étaient reliés par une série de chaînettes dorées. Elle était juchée sur des talons aiguilles qui lui donnaient une démarche extraordinairement sexy et claquaient à chacun de ses pas, comme si elle marchait sur des dalles de terre cuite, même lorsqu'elle évoluait sur le sable. Sa chevelure sombre parcourue de mèches rouges tombait en cascade sur ses épaules musclées et sa peau semblait plus luisante et tannée que dans son souvenir.

Doobie : Viens, allons jeter un coup d'œil à l'intérieur. Tu me diras en quoi je peux t'être utile tout en visitant. Oh, et si je ne réponds pas immédiatement, c'est que ma bouche est pleine de café. Ce n'est pas évident de boire et de taper simultanément.

Chas : Sans blague, Doobie, je pourrais dévaliser un Starbucks sur-le-champ ! Je n'ai pas eu ma dose aujourd'hui.

Doobie : Je ne t'imaginais pas du type Starbucks, Chas.

Chas : Je suis accro, Doobs. Il y en a un sur l'île, juste en dessous de là où j'habite. J'y suis tous les matins. Et maintenant, pour les habitués, il y a le wifi gratuit. Pas d'excuse pour ne pas être connecté.

Ses yeux suivirent le balancement de ses hanches tandis qu'elle escaladait les quelques marches qui menaient à la terrasse. Des plantes en pots et des chaises longues multicolores parsemaient la surface en bois. Doobie alla droit à l'intérieur. Des fougères et des fleurs poussaient dans un parterre arrondi cerné par un muret en pierre et un palmier s'élevait et passait à travers une ouverture aménagée dans le toit du hall d'entrée.

À droite, des murs en bambou ouvraient sur une chambre et, vers la gauche, sous des arcades en bois, sur une salle à manger. D'autres arcades conduisaient à un salon où des canapés et des fauteuils étaient assemblés face à un feu brûlant dans un foyer en pierre.

Doobie : Qu'est-ce que tu en penses ?

Chas : C'est chouette. Mais un peu sombre. Ce serait plus sympa si le bois était plus clair.

Doobie se tourna dans sa direction.

Doobie : Tu as raison, Chas. Cela ne m'aurait probablement pas effleuré l'esprit jusqu'à ce que j'achète ce putain d'endroit et que je me mette à déprimer une fois installée. Alors, raconte-moi ce qui t'arrive.

Chas : Je suis dans la merde, Doobs. Une sacrée merde.

Doobie : Ça a un rapport avec le meurtre de Maximillian Thrust ?

Chas : Thrust était l'AV d'un comptable nommé Arnold Smitts dans la vie réelle. Il travaillait pour la mafia.

Doobie : Oh, mon Dieu, Chas.

Chas : Il devait blanchir ou dissimuler de l'argent pour eux. Il y avait plus de trois millions de dollars sur son compte quand il a été effacé. L'argent a été transféré deux fois. La seconde, il a atterri sur mon compte par erreur. Le problème, c'est que ses employeurs pensent que je l'ai volé.

Doobie : Alors, rends-leur le fric.

Chas : Je ne peux pas. Je l'ai utilisé pour solder le prêt de ma maison.

Il y eut un long silence.

Doobie : Je me demande pourquoi les mots gravement et stupide me viennent à l'esprit.

Chas : Je sais, je sais, je sais. J'étais coincé financièrement, Doobs. Mais l'argent n'est pas perdu. Simplement investi dans ma maison. Le problème, c'est qu'ils veulent le récupérer ce soir, et je ne vois pas comment je vais y parvenir.

Doobie : Et que crois-tu qu'ils vont faire ?

Chas : Oh, ils ont été très clairs à ce sujet, Doobs. Ils vont me tuer.

Doobie : Oh-Mon-Dieu !

Chas : Seulement, il y a un truc intéressant. Smitts n'est pas le seul dans Second Life à s'être fait descendre pour son argent. Une jeune femme du nom de Jennifer Mathews a été assassinée le lendemain du meurtre de Smitts. Son père se servait de son compte pour planquer du fric et échapper aux impôts. Et ce fric a lui aussi disparu.

Doobie : Il n'a pas atterri sur ton compte ?

Chas : Non, pas cette fois-ci. Je me disais que si je réussissais à retrouver son AV et à déterminer ce qui, peut-être, la liait à Maximillian Thrust, cela pourrait nous mener au tueur dans SL.

Doobie : Et dans la vie réelle.

Chas : Exactement.

Doobie : Il y a peu de chance que ça marche, Chas.

Chas : Je sais. Mais qu'est-ce que je peux faire d'autre ? Doobs, est-ce que tu acceptes de m'aider ? Il y a peut-être un AV mort quelque part, comme celui de Thrust. On pourrait trouver un indice. Je ne sais pas. Je n'ai que ça comme espoir.

Doobie : Quel était le nom de son AV ?

Chas : Quick Thinker.

Doobie : Hmmm. À l'évidence, elle n'avait pas l'esprit assez rapide. Laisse-moi faire une recherche.

Chas : C'est impossible. Son compte a été effacé. Comme celui d'Arnold Smitts.

Doobie : Tu connais des groupes auxquels elle appartenait ?

Chas : Quelques-uns.

Il égrena ceux qu'il avait notés dans le dossier avec Janey.

Chas : DJ Badboy's Fans, MANO-SAV INC, Pink Parts, SL's Black Label Society, Le Forum BDSM…

Doobie : Ça, c'est intéressant.

Chas : Quoi donc ?

Doobie : Le Forum BDSM. Je connais un paquet de gens qui en font partie. Je vais voir ceux qui sont en ligne en ce moment et leur envoyer quelques IM.

Chas : Ça marche.

Tandis que l'AV de Doobie se mettait en automatique et passait par toute une série de poses songeuses pendant qu'elle rédigeait et envoyait ses IM, Chas en profita pour explorer la maison. Dans la salle à manger, une longue table en acajou ancien, surmontée par trois abat-jour en rotin tressé, était installée sur un tapis orange vif. Des fenêtres munies de stores équipaient la façade et le côté de la maison. La chambre possédait trois baies vitrées et un grand lit coloré surplombé par un toit incliné en chaume.

Chas jeta un coup d'œil vers Doobie pour voir si elle le regardait. Mais elle était totalement absorbée et il en profita pour cliquer sur le lit, espérant faire apparaître le menu des animations sexuelles. Rien ne se passa. En le survolant avec sa souris, il apprit qu'il s'agissait d'un simple lit Barbade. Il fut passablement déçu. Janey avait excité sa curiosité.

Doobie : On est vernis.

Chas revint dans le salon.

Doobie : Une des filles du groupe BDSM la connaissait plutôt bien. Apparemment, elle avait l'habitude de danser dans un boui-boui appelé le Club des Femâles Déjantées.

Chas : Femâles ?

Doobie Littlething soupira.

Doobie : Femme. Mâle. Ce sont des transsexuels, Chas.

Chas : Mais ce n'était pas une transsexuelle. Enfin, pas que je sache.

Doobie : Cela n'a pas d'importance. Certaines personnes aiment interpréter un rôle dans SL. Et, parfois, plus c'est extrême, plus ils apprécient. C'est assez simple pour une fille d'acheter un pénis et de jouer le rôle d'une femâle. Après tout, c'est le fantasme qui compte, pas la réalité. Attends…

Il vit sa tête pivoter de droite à gauche, regardant

vers le haut puis le bas de l'écran, suivant les déplacements de son curseur.

Doobie : Très bien, j'ai obtenu un téléport pour le club. Je t'en envoie un quand j'y suis.

Et elle disparut. Cette fois-ci dans une explosion de lumière colorée irradiant autour d'un centre. Le scintillement s'était à peine effacé qu'il recevait déjà le TP. Il accepta immédiatement et fut aspiré dans le continuum espace-temps de Second Life qui, quelques secondes plus tard, le déposa dans une galerie marchande consacrée au sexe, juste devant le Club des Femâles Déjantées. Pendant que la galerie rezzait autour de lui, il vit un magasin vendant des DVD XXX sous l'enseigne Les Garçons deviendront des Filles. Un autre s'appelait Trou du Cul. En face de ce dernier, une boutique de vêtements vendait des Culottes de Star pour femmes à grosse poitrine avec une bite. Devant l'entrée du club, un poster collé au mur représentait une femâle voluptueuse, penchée vers l'avant et exposant ses fesses à la vue de tous. *Club des Femâles Déjantées ouvert 24h/24, 7 jours sur 7. Nous vous proposons une atmosphère sympathique et amicale, nos filles sont merveilleuses, larges d'esprit. N'hésitez pas à entrer pour faire notre connaissance.*

Doobie ne l'avait pas attendu et était déjà à l'intérieur. Chas la suivit. Il passa entre deux colonnes bleues et à travers un voile transparent qu'il franchit sans ressentir de résistance. Il se retrouva dans une vaste pièce carrée au plafond lambrissé. Au centre, une piste de danse recouverte de poseballs émettait des flashs colorés presque aveuglants.

De l'autre côté de la salle, des tabourets étaient alignés devant deux scènes assez basses qui flanquaient un bar central. Les clients, assis, reluquaient des femmes, en apparence du moins, qui se laissaient glisser avec des poses lascives le long de barres de pole dance étincelantes. Des pots bleus, destinés à recevoir les pourboires, étaient placés à côté de chaque danseuse et la plupart d'entre elles étaient plus ou moins déshabillées. Chas rejoignit Doobie devant l'une d'elles et reçut immédiatement un IM.

IM : **Doobie** : MDRMDR. Je me suis déjà fait brancher une demi-douzaine de fois. Ils sont tellement déçus quand je leur apprends que je n'ai pas le matériel requis entre les jambes. C'est la fille qui connaissait Quick.

Chas leva le regard vers la danseuse. Son nom était Lashing Vollmar. Elle portait un haut noir à manches longues qui couvrait à peine sa poitrine, le short en jean le plus moulant qu'il lui ait été donné l'occasion de voir et des chaussures rouges dotées de talons vertigineux. Sa chevelure auburn était en partie retenue en arrière par un nœud et des mèches tombaient en cascade de part et d'autre de ses lunettes de soleil d'un orange criard.

IM : **Doobie** : En revanche, il va falloir que nous lui donnions de l'argent pour la convaincre de descendre et de nous accorder quelques minutes. Tu en as ?

IM : **Chas** : J'avais trois millions et quelque il y a peu. Mais là, il ne me reste que deux cents.

IM : **Doobie** : Eh bien, cela devrait nous payer cinq minutes de son temps.

Chas versa ses derniers deux cents Lindens dans le pot à pourboires de Lashing et se connecta pour un IM à trois avec Doobie et la danseuse. Il jeta un coup d'œil en hauteur et vit que Lashing venait d'ôter son haut et son opulente poitrine virtuelle se balançait librement tandis qu'elle se laissait glisser le long de la barre et tournait sur elle-même pour leur faire face.

IM : **Lashing** : Merci, mon chou.

Chas fut embarrassé.

IM : **Chas** : Je n'avais pas l'intention de vous faire enlever votre haut.

IM : **Doobie** : MDRMDR !

IM : **Lashing** : Pour la totale, c'est cinq cents. Tu veux voir ma queue ?

IM : **Chas** : Non ! Nous voulons discuter.

IM : **Lashing** : Hahaha. Parler coûte cher. Surtout pour une partie à trois. Vous êtes des coquins vous deux !

IM : **Doobie** : Combien ?

IM : **Lashing** : Cinq cents de mieux.

Doobie Littlething soupira. Chas entendit une caisse enregistreuse quand Doobie versa la somme dans le pot de Lashing.

IM : **Doobie** : Tu me revaudras ça, Chas. OK, ma mignonne. Parle-nous de Quick.

IM : **Lashing** : Eh bien, je ne suis pas vraiment la mieux placée pour ça.

IM : **Chas** : Nom de Dieu ! On vient de vous lâcher sept cents Lindens.

IM : **Lashing** : Oh là, mon lapin, ne retrousse pas tes manches tout de suite ! Tu en as pour ton fric, non ? Regarde.

Chas leva les yeux de la boîte de dialogue et vit que Lashing ne portait rien d'autre qu'une paire de leggings en cuir noir savamment découpé à l'entrejambe et au niveau des mollets. Entre ses jambes se dressait un énorme pénis en érection.

IM : **Chas** : Oh-Mon-Dieu !

IM : **Doobie** : MDRMDRMDR ! Alors, Lashing, qui devrions-nous interroger au sujet de Quick ?

IM : **Lashing** : Une fille appelée Raika Spirit. Une autre danseuse.

IM : **Doobie** : Une femâle ?

IM : **Lashing** : Seulement dans SL, chérie. Dans la VR, c'est une femme. Comme Quick.

IM : **Chas** : La plupart des danseuses sont en fait de vraies femmes ?

IM : **Lashing** : Quelques-unes. C'est plus facile pour trouver du boulot. Il y a trop de concurrence dans les clubs hétéros. Et, dans SL, c'est tellement simple de se payer un accessoire supplémentaire.

IM : **Doobie** : Et toi ?

IM : **Lashing** : Oh, moi je suis pur jus, mon cœur. SL et vie réelle. Pourquoi ? Tu es intéressée ? Pour mille cinq cents, je peux te proposer une heure en ma compagnie dans une de nos loges.

IM : **Doobie** : Hahaha. Non, merci, Lashing. Même si l'expérience est tentante.

Lashing Vollmar sourit avec douceur et lança un baiser à Doobie. Chas ouvrit sa fenêtre de recherche et saisit le nom de Raika Spirit.

IM : **Chas** : Raika est en ligne. Je lui envoie un IM.

IM : **Lashing** : Non, laissez-moi lui parler d'abord. Je ne veux pas qu'elle pense que je vous ai raconté n'importe quoi. Attendez…

Pendant plusieurs minutes, Chas et Doobie assistèrent en silence au show de Lashing qui tournoyait autour de sa barre, pointant son postérieur nu dans leur direction, avant de pivoter sur elle-même et de se pencher en arrière pour dresser son érection vers le plafond. Un attroupement important s'était constitué autour d'eux et tout le monde regardait. Aucune des autres danseuses n'en montrait autant que Lashing.

IM : **Lashing** : Bon, Raika n'est pas sûre de vouloir vous parler. Quick et elle sont bonnes amies.

IM : **Doobie** : Étaient, Lashing.

IM : **Lashing** : Étaient quoi ?

IM : **Doobie** : De bonnes amies. Quick est morte. Dans SL et dans la vie réelle.

IM : **Lashing** : Oh-Mon-Dieu ! Deux secondes…

Elle revint à eux bien plus rapidement que la première fois.

IM : **Lashing** : Elle est chez elle. Voici un Repère.

Des fenêtres de Repères apparurent sur leurs écrans.

IM : **Lashing** : Avant que vous partiez… Dites-moi. Qu'est-il arrivé à Quick ?

IM : **Chas** : Elle a été assassinée, Lashing.

CHAPITRE 27

Raika Spirit vivait dans une maison japonaise rectangulaire faite de fenêtres et de panneaux coulissants construite autour d'une cour centrale avec un jacuzzi et un jardin de fleurs. De façon plutôt sinistre, cela rappelait à Chas la maison de Dolphin Terrace. Même si, par bien d'autres aspects, les lieux étaient assez différents. Située dans un parc boisé luxuriant constitué d'arbres à feuillage caduc, elle baignait dans la tranquillité d'un arboretum dissimulé derrière un mur de briques et de hautes haies. L'endroit était venteux et la végétation se balançait sous la caresse de la brise. Pour accéder au jardin, ils devaient passer sous une arche en brique sur laquelle était accroché un panneau annonçant : *Ralentissez !!! Changement de Région.* Chas remarqua une petite secousse quand ils passèrent d'une région à l'autre. Il leva les yeux et vit Raika qui les attendait, debout au sommet des escaliers.

Raika : Entrez.

Elle les conduisit dans l'aile est de la maison, divisée en trois pièces par des panneaux coulissants. La porte se referma derrière eux dans un glissement. Ils passèrent devant un bouddha posé sur une bibliothèque, des plantes en pots, quelques chaises, et la suivirent dans une pièce d'angle dont les fenêtres donnaient sur l'arboretum et l'océan au-delà. Une longue table basse bordée de nattes pour s'agenouiller était orientée vers le centre de la maison. Il y avait une bouteille de saké posée dessus et plusieurs coupes en porcelaine.

Pendant un instant, Raika resta immobile, comme si elle réfléchissait à son prochain mouvement, et Chas se dit qu'elle était extrêmement séduisante. Elle avait des cheveux roux, longs et ondulés, attachés au niveau de la nuque, tombant en crinière dans son dos. Elle portait un jean serré et un gilet croisé couleur crème qui mettait en valeur sa poitrine. Son visage était fin, avec un menton presque pointu et des yeux d'ambre pénétrants qui clignaient continuellement derrière de longs cils.

Elle traversa le tapis sur la pointe de ses pieds nus et s'agenouilla sur un shogi.

Raika : Prenez place.

Chas s'agenouilla dos à la fenêtre et vit, par un panneau partiellement entrouvert, de l'eau qui dévalait une succession de blocs de roche à l'intérieur d'un jacuzzi carré en marbre. Le bruit de la cascade résonnait doucement dans le silence de la maison.

Raika : Dites-moi que ce n'est pas vrai.

Chas : J'aimerais que ce soit le cas.

Raika : Je n'arrive pas à y croire. C'était ma meilleure amie dans SL. Je ne comprenais pas pourquoi je n'avais plus de ses nouvelles. Nous échangions des IM tous les jours. Et quand la Grille était HS, on chattait sur Skype. Que s'est-il passé ?

Chas : Quelqu'un l'a abattue, Raika. Nous pensons qu'elle a été assassinée pour lui dérober une grosse somme d'argent qui se trouvait sur son compte dans SL. Vous savez quelque chose à ce sujet ?

Raika : Non. Je ne savais pas grand-chose de sa vie réelle. Si ce n'est que l'argent ne semblait pas être un problème. Elle avait une maison gigantesque dans SL, à côté d'une île appelée Revere. Elle l'avait achetée, avec un terrain immense. Dieu sait ce qu'elle devait payer comme loyer. On y passait beaucoup de temps quand nous ne travaillions pas. La plage est fabuleuse. Il y a un petit groupe d'îles au loin et un volcan en activité. C'était vraiment chouette, vous savez. Les gens passaient dire bonjour. On buvait un verre de vin, on discutait.

Doobie : Où l'avez-vous rencontrée ?

Raika : Au club. Elle y dansait depuis un moment et j'étais la nouvelle. Les types, enfin, les filles, bref... ils étaient un peu barrés, vous voyez ce que je veux dire ? Sympas, mais bon, le troisième sexe. Nous, les vraies filles, il fallait qu'on se serre les coudes. Quick m'a prise sous son aile. Elle m'a emmenée m'acheter des fringues, des skins, des animations. C'est grâce à elle que je suis comme je suis.

Il y eut un long silence.

Raika : Je... Je n'arrive toujours pas à y croire. Je pouvais tout lui dire, vous savez. Et elle ne me jugeait jamais. Seigneur, j'avais quelques relations plutôt difficiles dans le coin, et elle était toujours là pour ramasser les morceaux. Je ne sais pas comment je vais survivre sans elle.

Chas : L'avez-vous déjà entendue parler d'un type appelé Maximillian Thrust ?

Raika : Non, pas que je me souvienne. Un de ses clients, peut-être.

Doobie : Clients ?

Raika : Elle travaillait aussi comme escorte, en plus de danser au club des Femâles et dans deux autres clubs hétéros. Elle adorait cet univers du sexe virtuel. Jouer à la salope. Vous voyez ce que je veux dire ? Elle ne faisait pas cela pour l'argent. Ça l'éclatait.

Chas : Avait-elle un petit copain ? Ou des amis très proches ?

Raika : Elle avait beaucoup d'amis. C'était une fille populaire. Mais elle ne semblait pas désireuse d'avoir une relation sérieuse dans SL. Pas de petit copain à ma connaissance.

Chas : Vous a-t-elle donné l'impression d'avoir peur de quelque chose, ou d'être troublée ces derniers temps ?

Raika : Dans la vie réelle ?

Chas : Dans les deux.

Raika : Pas vraiment. Elle m'a toujours paru sûre d'elle. Rien ne la décontenançait.

Doobie : Vous pourriez nous donner un Repère pour nous rendre à sa maison sur Revere ?

Raika : Je vous y emmène si vous le souhaitez.

Il y eut une pause.

Raika : Oh, mon Dieu. Je viens de regarder dans mon dossier de Repères. La maison de Quick. J'ai cliqué dessus si souvent. Chaque fois que j'étais déprimée. Chaque fois que j'allais bien et que je voulais le partager. J'imagine que ce sera ma dernière visite. Que va-t-il advenir de sa maison et de ses affaires ? Je suppose que tout retournera dans son Inventaire quand la location expirera.

Doobie : Il n'y a pas d'Inventaire, Raika. Le compte a été effacé. Tous ses biens seront simplement supprimés du serveur.

Raika : Ah, merde. Quel dommage. Elle a de chouettes trucs.

Elle se leva.

Raika : Je vous envoie un TP.

*

Comme dans la vie réelle, Quick Thinker vivait dans une maison de maître. Une bâtisse immense qui occupait un coin entier sur une île d'Emelia Bay, près de la côte de Revere. L'eau d'une énorme cascade courait sur les rochers lissés par l'érosion et terminait sa course dans une petite anse derrière la maison. Le ponton s'étendait à perte de vue et une terrasse sur le toit occupait l'espace de deux courts de tennis. La plage qui faisait face à l'ouest était parsemée de palmiers inclinés entre lesquels étaient disposés tables, chaises et transats. La fumée et les étincelles d'un feu de camp s'élevaient en tourbillonnant dans le ciel clair. À l'autre bout de la propriété se dressait un toboggan bleu avec un toit plat sur lequel on trouvait des animations de danse. Au-delà, la fumée du volcan restait suspendue dans les airs au-dessus de l'île, comme un nuage sinistre et menaçant.

Raika cliqua sur la porte d'entrée en bois qui devint transparente. Ils franchirent le seuil et pénétrèrent dans un salon au sol couvert de marbre où des canapés et des fauteuils étaient disposés autour d'une grande cheminée. Des rais de lumière colorée filtraient à travers une haute fenêtre en verre teinté placée au-dessus du manteau.

Sur les murs rouge et brun étaient accrochées des reproductions d'œuvres d'impressionnistes célèbres des XIXe et XXe siècles. Dans le hall d'entrée, deux poseballs étaient installées à côté d'une baignoire de style romain, encastrée dans le sol en marbre : Lèche m, Lèche f. Leur fonction paraissait évidente.

Le hall débouchait sur un autre salon tout aussi immense dont les fenêtres en arcades laissaient voir des jardins ombragés par des palmiers. Il y avait une autre cheminée et, sur le mur au-dessus, un cadre ovale dans lequel s'affichait une séquence animée de Quick.

Raika : C'est elle. Oh-Mon-Dieu. Je crois que je vais me mettre à pleurer.

Chas regarda la totalité du diaporama. Il était composé d'une demi-douzaine de photos, des portraits en gros plan, en pied, un nu sur la plage. Elle était grande, blonde, et superbe comme beaucoup d'autres femmes dans SL. Chas avait vu son cadavre, bras et jambes écartés sur le lit. Il savait qu'en réalité ses cheveux étaient courts et bruns et qu'elle avait un visage carré et banal. De toute façon, la mort effaçait toute beauté des traits d'une victime. Quick, pensa-t-il, ressemblait à ce que Jennifer aurait souhaité être.

Un escalier en colimaçon montait jusqu'à une chambre à coucher somptueuse. Le lit trônait sur une estrade haute de trois marches. Des flammes dansaient dans une cheminée. Les fenêtres donnaient sur la mer et des baies vitrées coulissantes permettaient d'accéder à la terrasse sur le toit. Aucune trace de cadavre. L'AV mort de Quick n'était pas là.

Un clic sur une dalle dans le mur les téléporta au rez-de-chaussée.

Chas : Il n'y a rien ici.

Raika : Vous espériez trouver quoi ?

Doobie : Un corps.

Raika : Je ne comprends pas.

Chas : Nous sommes quasiment certains que son AV a été tué dans SL avant ou après qu'elle a été assassinée dans la vie réelle. Il doit y avoir un corps quelque part.

Raika : Peut-être au Bordel.

Doobie : Au quoi ?

Raika Spirit sourit avec tristesse.

Raika : C'est le nom qu'elle donnait à l'endroit où elle emmenait ses clients. Une petite maison, sur l'île principale. Elle l'a décorée comme un vrai bordel. Velours rouge. Velours noir. Des draps de soie, du mobilier sexe et plus de poseballs qu'on ne peut en trouver dans un sex-shop. Vous voulez y aller ?

*

Ils survolèrent Revere à la suite de Raika qui dépassa la scène de Lost Frontier et le centre commercial Emelia. Sous deux arbres gigantesques, dont les branches soutenaient des plateformes et des bungalows qui surplombaient la scène, ils passèrent au-dessus d'une galerie d'art à ciel ouvert, franchirent un cours d'eau et se posèrent devant une petite maison carrée de deux étages en grès aux fenêtres aveugles. Raika les conduisit de l'autre côté du bâtiment où une clôture en bois couverte de lierre bordait la propriété. Elle cliqua sur la porte qui coulissa.

De l'intérieur, les fenêtres étaient transparentes. On apercevait le cours d'eau et la galerie un peu plus loin. Des canapés de sexe et des fauteuils de danse érotique meublaient le rez-de-chaussée. Un équipement appelé Machine à Donner du Plaisir par Derrière faisait penser à un instrument de torture. Au-dessus, s'affichaient en vert les mots Pompe et Attache. Des tapis blancs et épais couvraient le sol et une série de poseballs proposaient une gamme infinie de positions sexuelles. Une rampe montait à l'étage où se trouvait un grand lit avec des draps de soie noirs. Des oreillers blancs étaient entassés contre le mur.

Quick y était étendue, comme dans la vie réelle, encore connectée à sa poseball, dans la position du missionnaire, jambes écartées, un simple trou noir au milieu de sa poitrine nue. Le sang avait éclaboussé les oreillers et le mur derrière le lit. Les draps en étaient imbibés, comme s'il était encore frais et humide. La lumière dessinait des taches blanches sur la scène.

Raika eut un haut-le-cœur.

Raika : Oh-Mon-Dieu ! Oh-Mon-Dieu ! Comment est-ce possible ? Oh, ma pauvre Quick ! Je ne peux pas voir ça.

Chas : Je vous demande juste deux minutes, Raika, s'il vous plaît. Je veux que vous me disiez si vous remarquez quelque chose d'inhabituel. Qui ne devrait pas être là. Tout ce qui pourrait nous donner un indice sur qui a fait cela.

Raika domina son envie de fuir et inspecta la pièce du regard. Elle finit par secouer la tête.

Raika : Je suis désolée. Je n'y vois presque rien tellement je pleure dans la vie réelle. C'est horrible. Mais je ne remarque rien de… Tout a l'air normal. À part Quick. Je peux partir maintenant, s'il vous plaît ?

Doobie : Vas-y, chérie.

Dans un scintillement lumineux, Raika s'en alla faire son deuil dans SL et pleurer dans la vie réelle. Chas et Doobie restèrent silencieux pendant plusieurs minutes à contempler l'AV mort puis Chas prit une série de clichés, les rangea dans un dossier de son Inventaire et en envoya une copie à Doobie.

Ils sortirent ensuite sur une longue terrasse dont la vue donnait sur un petit lac et un groupe de maisons sur la rive opposée. Des dauphins s'amusaient dans l'eau et le vent ramenait à eux les cris des mouettes qui glissaient loin au-dessus de leurs têtes.

Chas : C'est une impasse. Il n'y a rien qui la relie à Thrust. Et rien dans la vie réelle qui la rapproche de Smitts.

Doobie : Et à part le corps, on n'a pas grand-chose à se mettre sous la dent ici.

Chas : À moins que quelque chose te saute aux yeux. Tu en as vu plus que moi dans SL.

Doobie examina les lieux une deuxième fois.

Doobie : Rien d'évident.

Chas s'adossa à la rambarde et fixa la surface de l'eau. Le découragement l'envahissait de nouveau. Il n'avait pas progressé. Ni pour récupérer les trois millions un quart ni pour découvrir qui avait assassiné Smitts et Mathews.

Chas : Je crois que je vais me déconnecter.

Doobie : Que vas-tu faire ?

Chas : Je n'en ai pas la moindre idée. Mais pour l'instant je suis coincé. Et le temps file. Je ne peux pas me le permettre.

Doobie : Tu sais, étrangement, tu disposes de plus de temps ici que là-bas. Dans Second Life, tu disposes de trois jours avant que le gong sonne dans la vie réelle. Et tu peux en faire plus en trois jours qu'en six heures.

Chas : J'imagine…

Doobie : Il faut que tu te vides la tête. Tu seras plus lucide. Pour ça, il n'y a rien de mieux qu'une partie d'échecs.

Comme il ne répondait pas…

Doobie : Ça te dirait de jouer ?

Chas soupira. Il se souvint des parties avec Mora. Il s'y était lancé à corps perdu et cela avait donné un sens au reste de sa vie qui, à présent, lui manquait cruellement.

Chas : Oui, Doobs. J'aimerais bien.

CHAPITRE 28

La lumière rose du couchant nimbait l'atmosphère. Ils jouaient depuis un bon moment et le soleil ne semblait pas plus bas à l'horizon.

Chas : Le soleil ne se couche jamais ici ?

Doobie : Je n'en suis pas sûre. Je sais que la nuit tombe dans d'autres parties de l'île, mais toutes les fois où je suis venue sur la terrasse pour jouer aux échecs, le soleil est en train de se coucher.

Les colonnes qui les entouraient renvoyaient la lumière chaude de la mer en contrebas et, sur l'échiquier, chaque pièce semblait soulignée d'ambre. Sur le conseil de Doobie, Chas avait effectué un zoom arrière et ajusté son point de vue de manière à voir leurs deux AV, face à face, avec la lumière du soleil couchant qui dansait sur la surface changeante de l'océan.

Doobie avait encore changé de tenue. Une longue robe noire, sans manches, avec un décolleté plongeant. Sa peau luisait comme de l'ivoire. Elle avait ramené ses cheveux sur le haut de son crâne. Pendant un moment, Chas oublia le jeu et l'examina attentivement. Il avait déjà vu des AV plus glamour dans le peu de temps qu'il avait passé dans SL. Mais Doobie avait quelque chose de différent. Il y avait une beauté dans son visage, une sérénité qui allait au-delà des pixels animés de son AV. Même s'il ne comprenait pas pourquoi, la personnalité de Doobie modifiait la perception qu'il avait de son apparence. Il suivit du regard la ligne pleine et parfaite de la courbe de sa bouche. L'arc de sa lèvre supérieure, son nez légèrement retroussé, ses yeux marron clair. La minuscule tache de naissance en forme de cœur en haut de sa joue, juste sous son œil droit. Il se dit qu'elle était vraiment ravissante. Et que s'il avait été un homme seul à la recherche d'une compagne, il se serait peut-être arrêté sur elle. Il était seul, il ne pouvait pas le nier, mais la femme qu'il avait vraiment aimée était perdue et il doutait d'en trouver une autre un jour.

Doobie : Chas...

Chas : Oui ?

Doobie : C'est à toi de jouer.

Il baissa les yeux vers l'échiquier et vit qu'elle avait déplacé son cavalier en C6. Mais il eut à peine le temps d'évaluer les conséquences de son coup.

Doobie : Je te sens triste, Chas.

Il leva les yeux. Comment pouvait-elle ressentir quoi que ce soit à travers l'éther ? Il la connaissait depuis très peu de temps et leurs échanges n'avaient pas été intimes.

Chas : Comment fais-tu pour te rendre compte que je suis triste ?

Doobie : C'est dans le ton.

Chas éclata de rire.

Chas : J'ai un ton ?

Doobie : Oui. On en dit beaucoup sur nous-mêmes à travers la manière dont on construit une phrase, la longueur d'une pause, la rapidité d'une réponse. Je suis devenue sensible à ces choses-là dans SL. C'est la seule vraie façon pour moi de jauger les gens. On ne peut quasiment jamais croire ce qu'ils disent : l'homme qui se fait passer pour une jeune lesbienne sensible ; le gigolo des night-clubs qui est en réalité un vieux bonhomme décrépit. Alors, on trouve d'autres moyens pour deviner la vérité.

Chas : Et qu'as-tu deviné à mon sujet ?

Doobie : Que tu es encore jeune, peut-être la trentaine. Que tu as connu une tragédie dont tu ne t'es pas encore remis. Et il y a eu quelque chose dans un échange avec Twist qui m'a conduit à penser que tu venais de reprendre le travail après une longue absence. Une maladie, peut-être. Aussi, que tu es plus aisé que la plupart des photographes de la police scientifique, mais que tu as toujours des problèmes financiers.

Chas resta sans voix. Qu'elle ait réussi à en déduire autant à son sujet avec si peu lui paraissait terrifiant.

Doobie : Je suis tombée juste ?

Chas : Pas très loin en tout cas. Tu es peut-être douée pour les déductions.

Il sourit.

Chas : Tu sais, j'ai passé des mois en analyse, et je ne pense pas que mon psychiatre m'aurait mieux résumé que tu ne viens de le faire. En vérité, c'est à cause d'elle que je suis ici. Des séances de thérapie de groupe dans SL.

Doobie : C'était un décès ? La tragédie. Quelqu'un est mort ?

Chas : Mon épouse.

Doobie : Oh. Quand ça ?

Chas : Un peu plus de six mois.

Doobie : Comment est-ce arrivé ?

Chas : Une maladie très brève. Un cancer. Quand elle a été repérée, cette saloperie était déjà trop avancée pour être traitée. Elle a été emportée en une dizaine de jours. Suffisamment longtemps pour que je la voie souffrir et endurer chaque moment de son agonie. Pas suffisamment toutefois pour que nous ayons le temps de nous dire adieu. Pas vraiment. Pas correctement. J'étais encore sous le choc quand elle est partie, comme si on me l'avait enlevée en l'espace d'une seconde.

Doobie : Tu n'as donc pas fini tes adieux.

Chas : Je suppose.

Doobie : Parce que tu sais que quand ce sera fait, elle sera partie pour de bon.

Chas resta silencieux pendant de longs moments. Il n'avait jamais vu les choses sous cet angle. De toutes les heures de thérapie qu'il avait subies, il n'avait jamais songé que son problème puisse être aussi simple. Angela l'avait seulement encouragé à parler. Et il avait dû se répéter un nombre incalculable de fois, à ressasser encore et toujours les mêmes sujets.

Chas : Je ne suis pas sûr d'être encore capable de le faire, Doobie. Après si longtemps.

Doobie : Rends-toi sur sa tombe, Chas, tu fermes les yeux et tu l'imagines en face de toi. Le plus nettement possible, comme si tu allais pouvoir la toucher. Et c'est ce que tu fais en pensée. Tu tends le bras pour sentir la chaleur de sa peau au bout de tes doigts. Tu les laisses glisser avec légèreté le long de sa joue, tu prends son menton dans ta main et tu tournes son visage vers toi. Tu te penches pour l'embrasser. Avec tendresse. Avec tout l'amour que tu as éprouvé et que tu ressens encore pour elle. Ensuite, tu la prends dans tes bras et tu la serres contre toi, et tu laisses les larmes couler sur tes joues. Il ne faut pas en avoir honte. Enfin, quand tu es prêt, place tes lèvres près de son oreille et chuchote-lui, adieu mon amour. Et laisse-la partir, Chas. Laisse-la partir.

De l'autre côté de l'écran, au-delà des pixels et des images, il sentit les larmes rouler sur ses joues. Il lui fallut quelques minutes avant de recommencer à taper.

Chas : On dirait que tu parles en connaissance de cause, Doobie.

Après un long silence, un nouveau texte apparut.

Doobie : On envoie nos troupes à l'autre bout du monde réel, Chas, et c'est parfois si compliqué de comprendre pourquoi. Des jeunes hommes, certains ont à peine l'âge de voter, beaucoup d'entre eux n'ont pas encore le droit de boire. Et ils n'ont certainement aucune idée des circonstances qui poussent les politiciens à les envoyer au front. Alors, la plupart meurent sans savoir pourquoi. Loin de chez eux et de ceux qui les aiment.

Chas : Qu'est-il arrivé ?

Doobie : Ce n'était même pas un combattant, Chas. Fournitures et stock. Au moins, il n'était pas dans une zone à risque. Je ne m'inquiétais pas trop.

Chas : Vous étiez mariés ?

Doobie : Fiancés. On devait se marier à la fin de son affectation.

Doobie Littlething secoua la tête en se rappelant le moment où ils étaient venus lui annoncer la nouvelle.

Doobie : L'ironie, c'est qu'il n'a pas été tué par l'ennemi. C'était un accident. Un putain d'hélicoptère qui transportait des officiers du camp de base en direction de l'aéroport. Il y a eu un problème moteur et il s'est écrasé. Dix-huit jeunes hommes. Tous morts. Dans cet espace de temps infime dont tu as parlé tout à l'heure. Et je n'arrive pas à passer à autre chose. Je suis tombée enceinte lors de sa dernière permission. Je me disais, au moins, qu'il me restait quelque chose de lui.

Chas attendit. Il savait qu'il n'y avait rien à dire, pas de question à poser. Ce qu'elle avait à lui dire viendrait en son temps.

Doobie : J'ai fait une fausse couche à six mois.

Chas : Oh, Doobs.

Il aurait aimé pouvoir tendre la main et la toucher. Pour la première fois dans Second Life, il se sentit diminué. Limité, frustré.

Doobie : Je n'ai pas non plus eu la chance de lui dire adieu, jusqu'à ce que je m'agenouille sur l'herbe de sa tombe et que je les prenne tous les deux dans mes bras pour leur dire qu'un jour je serai de nouveau avec eux. Et je les ai laissé partir.

Un autre long silence. Chas commença à taper.

Chas : Tu sais, Doobs, les gens n'arrêtent pas de me dire, « Tu rencontreras quelqu'un d'autre ». Mais je ne parviens pas à l'imaginer. Et toi ?

Doobie : Non. Moi non plus. Je n'y suis jamais parvenue et je n'y arriverai jamais.

Chas : Jamais, c'est très long.

Doobie Littlething sourit.

Doobie : C'est vrai.

Chas : Bon, j'en déduis donc que tu es une Américaine, n'est-ce pas ?

Doobie : Oh, c'est à ton tour de deviner des choses à mon sujet.

Chas : Tu as dit, ils envoient nos troupes.

Doobie : Bien joué, monsieur Détective.

Chas : Et j'imagine que comme tu es connectée à peu près aux mêmes heures que moi, tu es plutôt sur la côte Ouest ? Pacifique ?

Doobie Littlething sourit mais resta silencieuse.

Doobie : Je suis toujours étonnée de constater dans Second Life à quel point les gens sont intéressés par la vie réelle des autres mais ne souhaitent pas se dévoiler.

Chas : C'est dans la nature humaine, Doobs. Les gens sont simplement des gens, dans la vie réelle ou dans SL. Nous sommes pareils.

Doobie : Pas nécessairement.

Chas : Vraiment ?

Doobie : Le monde réel est devenu si compliqué, Chas. C'est de plus en plus difficile d'être nous-mêmes, de nous exprimer librement. SL fait tomber les conventions. Et ce n'est pas le plus paradoxal. Dans un monde où la réalité est virtuelle, totalement surnaturelle, cela nous est plus facile de laisser s'exprimer ce que nous sommes vraiment. Si tu passes du temps ici, tu t'en rendras vite compte.

Ils restèrent assis en silence. Chas se concentra à nouveau sur l'échiquier, et se mit à dérouler encore et encore une suite de déplacements dans son esprit qui, à chaque fois, aboutissait à la même issue. Il déplaça son fou.

Chas : Échec et mat.

Doobie fixa l'échiquier et l'étudia pendant de longues minutes. Enfin, elle releva la tête et Chas vit l'animation de son sourire découvrir ses dents.

Doobie : Tu m'as distraite.

Chas : Tu t'es distraite toute seule.

Doobie : Tu as triché.

Chas : Non. Je t'ai battue dans les règles.

Doobie : Grrrr !

Chas : Hahaha. Cela faisait longtemps que je n'avais pas battu quelqu'un aux échecs.

Doobie : Avec qui jouais-tu avant de commencer à jouer contre toi-même ?

Chas : Mora.

Doobie : Ta femme ?

Chas Chesnokov hocha la tête.

Chas : Je crois que je l'ai battue deux fois. Mais c'était au tout début, juste après lui avoir appris à jouer.

Doobie : Tu lui as appris à jouer et ensuite tu la laissais te battre ?

Chas : Oh, je ne la laissais pas me battre. Elle me battait, tout simplement. À chaque fois.

Doobie : Un exemple supplémentaire de la supériorité innée des femmes sur les hommes. La seule raison qui explique que tu m'aies battue aujourd'hui, c'est que je n'accordais pas toute mon attention au jeu.

Chas : Oui, oui, oui. Tu sais qu'à partir de maintenant tu vas devoir me compter parmi tes prétendants possibles.

Doobie : Oh, allons bon. Et pourquoi donc ?

Chas : Tu m'as dit, la dernière fois, que tu ne pourrais jamais tomber amoureuse d'un homme qui ne te battrait pas aux échecs.

Doobie : Oui, et bien, c'est une question de respect, non ? Mais, bien sûr, cela ne serait valable que si j'étais effectivement à la recherche d'un homme. Ce qui n'est pas le cas.

Chas : Tu n'en as pas besoin. Tu as autant d'hommes que tu veux.

Doobie : Pour le sexe et l'argent, oui. Mais pour tout le reste, c'est zone interdite. Je ne suis pas dans ce jeu pour nouer une relation, Chas.

Il se sentit déçu. Surprenant, pensa-t-il. Comment vivre une relation dans un monde qui n'existait qu'entre son esprit et un écran d'ordinateur ? Mais il ressentait en lui ce vide immense qui avait besoin d'être comblé. Et il l'aimait. Sans rime ni raison. Il réfléchit quelques instants.

Chas : Un pénis, c'est dur à acheter ?

Doobie : MDRMDR. Eh bien, ce n'est pas quand on l'achète que c'est dur. C'est uniquement quand ton partenaire le touche.

Chas : Ah. Ah. Ah. Tu vois ce que je veux dire.

Doobie Littlething observa Chas avec intérêt.

Doobie : Tu souhaites vraiment acheter un pénis ? Pour quoi faire ?

Chas : Simple curiosité.

Doobie : Hin hin. Ne bouge pas. Je t'envoie un téléport.

*

Chas émergea d'un ciel nocturne dans un paysage d'hiver. Des flocons tombaient tout autour de lui et la neige s'amoncelait sur les toits des chalets serrés autour d'une place couverte de sculptures de glace et de bonhommes de neige. Des gens discutaient en petits groupes. Un IM tinta sur son écran.

IM : **Doobie** : À l'intérieur.

Chas pivota sur lui-même et se retrouva face à l'entrée d'un magasin tentaculaire en pierre surmonté d'un toit en bois, haut et très incliné. Deux affiches géantes encadraient l'accès. C'est chaud ! LES TÉTONS X_3 ! SPÉCIAL ANAL. Un peu plus loin, il y avait une photographie d'un couple faisant l'amour affublée de la légende : Xcite ! L'équipement sexe haut de gamme. Il avança dans la neige en direction de l'entrée.

Des ouvertures en arcades menaient à différentes parties du magasin. Non-humains. Garçons. Filles. Augmentations. Chas passa devant un feu qui crépitait dans un foyer ouvert et franchit l'arche conduisant au rayon des garçons. Les murs étaient couverts de descriptions des différentes versions du pénis Xcite dont le slogan était La Bite X_3 Sculptée. Il y avait des pénis avec des piercings, des texturés de diverses couleurs, en cage ou ceinturés de rubans. Certains étaient déjà équipés de préservatifs et pouvaient changer de couleur.

Doobie s'impatientait à côté d'une bannière présentant le Kit de Démarrage du Mâle qui incluait une Bite Sculptée, des tétons X_3, un panneau de contrôle ATH et un tee-shirt du Club « Xcite Me » offert.

Doobie : Tu peux devenir un vrai mâle pour à peine 1 200 Lindens. Ça m'a l'air pas mal.

Chas : Qu'est-ce que tu en sais ?

Doobie Littlething émit un petit claquement réprobateur avec la langue.

Doobie : Utilise ton imagination. Tu l'achètes, oui ou non ?

Chas : Je n'ai pas d'argent.

Il entendit une caisse enregistreuse résonner et vit que Doobie venait de lui virer 1 200 Lindens.

Doobie : Tu m'en dois 2 200 maintenant, Chas. Et comme j'ai l'intention de protéger mon investissement, il va falloir que je veille à ne pas te laisser tomber entre les griffes de la mafia. MDR.

Chas : Très drôle.

Doobie : Allez, achète-le.

Elle attendit un moment.

Doobie : Ça y est ?

Chas : Oui.

Doobie : OK. Je suppose qu'il vaut mieux que je te montre comment cela fonctionne.

Chas : Ici ?

Doobie : Bien sûr que non, idiot. Chez moi. Je t'envoie un téléport.

*

Michael fut soudain arraché à un autre monde, une autre dimension, une autre personne et atterrit brutalement dans la vie réelle.

Son téléphone sonnait.

Il parvint à décoller son regard de l'écran et du mur de pénis sculptés et consulta l'afficheur de l'appareil qui se trouvait sur son bureau. C'était le portable de Janey. Plusieurs sonneries avaient dû retentir avant qu'il ne prenne conscience de l'appel, tant il était investi dans son personnage de Chas. Il hésita à répondre, habité par une excitation étrange et l'envie de savoir où allait mener cette relation sexuelle entre Chas et Doobie. Toutefois, Janey ne l'appellerait pas si elle n'avait pas quelque chose à lui dire. Il décrocha mais il n'entendit que la tonalité. Elle avait raccroché.

« Merde ! »

CHAPITRE 29

La maison de Doobie se trouvait au bord d'une plage qui s'étirait le long d'un littoral banal. La mer d'un côté, des montagnes qui s'élevaient sur les trois autres pour se préserver des voisins. Des promenades en bois s'entrecroisaient sur la plage et conduisaient à des espaces retirés – une île minuscule sous une cascade à laquelle on accédait par un pont voûté ; un arbre mort équipé d'une balançoire, au milieu d'herbes hautes et de fleurs jaunes. Au-dessus d'une autre chute d'eau, une plateforme accueillait deux chaises, orientées pour profiter de la vue. Derrière le bâtiment, une terrasse à deux niveaux donnait sur un lagon privé, niché entre les collines.

La maison, cernée de toutes parts de palmiers languissants, était une villa de bord de mer à deux étages avec un toit de chaume et une piscine encastrée dans une terrasse en bois.

Chas s'y arrêta. Bercé par le son apaisant des carillons éoliens en bambou agités par la brise de mer, il contemplait au loin un bateau à demi immergé. L'écho des vagues parvenait jusqu'à lui.

Chas : C'est magnifique, ici. Pourquoi veux-tu changer de maison ?

Doobie se tenait dans l'embrasure de la porte.

Doobie : Quand j'ai fait l'acquisition de ce terrain, il était vide. Il n'y avait que la plage et les montagnes.

J'ai acheté ou fabriqué tout ce qui se trouve ici. J'ai conçu la petite île, installé les vagues, planté les arbres, les plantes et les fleurs, construit la terrasse, créé les chutes d'eau.

Chas : La vache ! Je n'aurais pas su par où commencer. Ça a dû te demander des siècles.

Doobie : Deux semaines.

Chas : C'est tout ?

Doobie : Eh bien, quand je ne danse pas, que je ne baise pas, que je ne chasse pas le griefer, qu'y a-t-il d'autre à faire ? Deux semaines dans SL, c'est long.

Chas : Alors pourquoi veux-tu changer ?

Doobie : Parce que je m'ennuie. J'aime construire. Tu verras, c'est comme cela que ça se passe, ici. Dès que quelqu'un finit quelque chose, il recommence. Parfois de zéro. SL est vraiment une échappatoire, Chas. Pour oublier une vie malheureuse. Il te faut une raison d'être ici, de t'évader. Alors tu n'arrêtes jamais. Faire, refaire, changer. L'excuse parfaite pour laisser filer sa vie.

Chas se tourna vers elle. Debout dans l'ouverture de la porte, les bras croisés, elle l'observait. Rien n'avait varié dans son apparence mais les mots de Doobie étaient emplis d'amertume et de regret. Chas perçut de la tristesse dans son expression.

Elle changea soudainement d'humeur.

Doobie : Bon, on doit encore faire de toi un homme.

Il la suivit à l'intérieur. Elle grimpa quelques marches et le conduisit dans sa chambre dont l'entrée était masquée par une sorte de filet. C'était une pièce simple, avec un lit et une douche. La fenêtre offrait une vue sensationnelle sur le lagon. Quelques images accrochées au mur : le soleil couchant avec l'épave du bateau au premier plan ; Doobie à demi nue se douchant sous l'une de ses cascades ; un groupe d'amis autour d'un feu de camp ; un portrait de Doobie en tenue de combat camouflage, son pistolet à côté de la tempe, pointé vers le ciel. Sa tête était penchée et elle lançait un regard dangereux à l'objectif par-dessous ses sourcils.

Elle lui fit face.

Doobie : Bon, déshabille-toi.

Chas : Pardon ?

Doobie : Allez. Ne sois pas timide. Je ne te vois pas rougir d'où je suis.

À contrecœur, Chas ôta ses vêtements et se retrouva totalement nu face au regard expert de son mentor sexuel. Il jeta un coup d'œil à l'espace vacant entre ses jambes et ressentit un manque.

Doobie : OK. Maintenant, il faut que tu fixes ton pénis.

Chas trouva le dossier Xcite dans son Inventaire et se le fit glisser dessus. Soudain, une énorme boîte sur le côté de laquelle était affiché un phallus démesuré apparut sur sa tête et se mit à suivre ses mouvements.

Doobie : MDRMDR ! PTDR !!! Ce n'est pas avec un pénis géant sur le crâne que tu vas arriver à quoi que ce soit, Chas.

Chas : Que s'est-il passé ?

Doobie : Quand j'aurai fini de rire, je devrais pouvoir t'aider. J'ai tendance à oublier que tu es vraiment un petit nouveau. Il faut d'abord ouvrir le dossier, Chas.

Chas était extrêmement embarrassé et, en même temps, heureux qu'elle ne puisse le voir rougir de l'autre côté de l'écran. Quand il détacha la boîte de son crâne, il commença à apprécier le comique de la situation. Une fenêtre apparut sur son moniteur. Doobie lui faisait passer quelque chose. Il cliqua pour accepter et une photographie le représentant avec un pénis géant sur la tête s'afficha sur son écran.

Chas : Hahahaha. OK. Je me suis ridiculisé. Allez, Chas, essaie encore.

Cette fois-ci, il suivit les instructions de Doobie pour faire apparaître sa Bite Sculptée Xcite 3 et un pénis au repos incroyablement réaliste se matérialisa entre ses cuisses. Avec l'aide de Doobie, il dénicha un panneau de contrôle lui permettant de changer la couleur de la peau pour l'accorder à la sienne et d'afficher un ATH sur son écran. Soudain, son pénis se mit à se dresser.

Chas : Que s'est-il passé ?

Doobie : Je l'ai touché. J'ai juste cliqué dessus avec ma souris, et bingo, te voilà prêt pour l'action. Suis-moi.

Elle le mena jusqu'au lit. Deux poseballs se matérialisèrent.

Doobie : Clique sur la bleue.

Il s'exécuta et fut propulsé sur le lit, allongé sur le dos, nu, son pénis en érection dressé vers le ciel. Doobie était pelotonnée contre lui et lui caressait la poitrine. Dans la fraction de temps qu'il avait fallu pour qu'ils se retrouvent dans cette position, elle s'était mis entièrement nue.

Doobie : Tu as déjà pratiqué le cyber sex, Chas ?

Chas : Tu sais bien que non.

Doobie : Alors, laisse-moi te guider. Lentement.

Ils changèrent soudain de position et se retrouvèrent assis sur le lit, dans les bras l'un de l'autre, à s'embrasser.

Doobie : Sens mes lèvres contre les tiennes, Chas. Je les entrouvre légèrement et ma langue se glisse dans ta bouche, cherchant la tienne. Mes mains courent sur ton dos et te serrent contre moi, mes seins appuient sur ton torse.

Chas ressentit une excitation sexuelle inattendue au creux de son ventre.

Doobie : Je te sens contre ma cuisse. Chaud. Dur. Mmmm. Tu as bon goût, Chas.

C'était donc ainsi que cela fonctionnait. Chas risqua sa première réplique.

Chas : J'entrouvre ma bouche et je sens tes lèvres collées aux miennes. Chaudes et humides. Ta langue m'envoie une décharge tout le long du corps.

Il ressentit d'abord un léger embarras mais son excitation continuait d'augmenter et il n'y accorda plus d'importance. Son imagination prit le contrôle. Les yeux mi-clos, il voyait chaque geste, ressentait chaque caresse. La sensation d'être réellement aux côtés d'une femme était si intense qu'il aurait presque pu croire qu'elle se trouvait bel et bien là. C'était la première fois depuis le décès de Mora qu'il s'adonnait à quelque chose qui ressemblait à du sexe et il avait l'impression qu'une digue venait de céder. Les sentiments, les émotions et les désirs qu'il avait contenus si longtemps s'échappaient en un torrent incontrôlable.

Étape par étape, Doobie contrôlait le déroulement physique de l'acte sexuel. Quand il se vit entrer en elle, son imagination était à un tel régime qu'il eut l'impression que c'était réel. Dans le même temps, Doobie le provoquait et l'excitait par la parole et il répondait presque involontairement.

Un ting brisa sa concentration et un IM apparut sur son écran.

C'était Jamir Jones. Le gecko. Chas se rappela soudain qu'il avait pris l'argent de Jamir et de Roger, 500 Lindens, et qu'il n'avait encore rien fait pour les gagner. Son excitation sexuelle déclina rapidement tandis que, comme un mauvais rêve, lui revenait à l'esprit l'image des deux geckos sur le plancher du bureau de Twist.

IM : **Jamir** : Salut, Chas. Juste un petit IM, comme nous sommes sans nouvelles. Du neuf sur Nevar Telling ? Roger est très impatient, mais je lui ai dit que vous étiez dessus.

Chas commença à se sentir nerveux.

Chas : Doobie, je suis désolé. Ce sont les geckos.

Doobie : Quoi ?!

IM : **Chas** : Salut, Jamir. Je devrais avoir du nouveau très bientôt. Je suis justement en route pour Sandbox Island.

IM : **Jamir** : Oh. Bien. Je savais que nous pouvions compter sur vous, Chas. Nous attendons de vos nouvelles. Nous restons en contact.

Chas : Merde !

Il se déconnecta de sa poseball et se leva sur le lit. Son érection déclina rapidement, faute d'excitation.

Doobie : Qu'est-ce qui se passe ?

Chas : Il faut que j'aille sur Sandbox Island, Doobs. M'occuper d'un griefer.

Doobie se leva.

Doobie : Vraiment ! Eh bien, il vaut mieux que je t'accompagne. Ça craint là-bas.

CHAPITRE 30

Chas était juché au sommet d'une bouteille de ketchup géante et observait les lieux, une cinquantaine de mètres en contrebas. Une immense plaine sablonneuse scintillait dans le lointain qui achevait de rezzer. De la fumée s'échappait d'un tank au rebut. Plusieurs véhicules blindés gisaient entremêlés après un affrontement sans merci. Un avion de combat de la Seconde Guerre mondiale avait le nez planté dans le sable. Le vent charriait l'écho de cris de lutte et Chas aperçut des silhouettes qui plongeaient et filaient les unes autour des autres dans le ciel au-dessus de lui, au rythme des coups de feu accompagnés de flashs lumineux et de fumée. Ils se trouvaient sur Sandbox Island. Doobie se tenait derrière lui, entièrement harnachée, les bras croisés sur la poitrine, souriant par anticipation. Elle était prête pour l'action.

Doobie : Tout ce qui se passe ici n'est que temporaire. Tu peux faire à peu près n'importe quoi. Construire ou rezzer ce qui te chante. Le serveur balaie l'île toutes les cinq heures et efface tout. Tout disparaît. Des griefers viennent essayer leurs nouvelles armes sur d'autres griefers, expérimenter des moteurs de spam en boucle qui se dupliquent jusqu'à faire planter une région. Des gangs y règlent leurs comptes. C'est un lieu dangereux et anarchique, Chas. L'équivalent dans SL d'un endroit comme la Somalie. Si ce Nevar Telling traîne par ici, alors ce n'est pas quelqu'un de fréquentable.

Chas : Je croyais que toi aussi tu y venais, de temps en temps.

Doobie Littlething sourit.

Doobie : Seulement pour m'entraîner au tir.

Chas l'avait mise au courant du dossier et elle était excitée, d'une façon que Chas trouvait presque malsaine, à l'idée d'une confrontation avec Telling.

Doobie : On va survoler l'île. Tu prends le côté ouest. Je vais à l'est. Garde un œil sur ton radar. Si Telling apparaît dessus, envoie-moi un IM.

La bouteille géante de ketchup se situait sur la pointe nord de Sandbox Island. Ils décollèrent donc vers la droite et la gauche, en direction du sud, à la recherche du griefer. Moins d'une minute plus tard, le nom de Nevar Telling apparut sur le radar de Chas. Il ne se trouvait qu'à soixante-dix mètres.

IM : **Chas** : Je l'ai, Doobie.

IM : **Doobie** : Envoie-moi un téléport.

Une fraction de seconde plus tard, elle volait à côté de lui, pivotant à trois cent soixante degrés.

IM : **Doobie** : Là. Près de cet immeuble dévasté.

Elle piqua en laissant une traînée de fumée derrière elle. Chas partit à sa poursuite mais ne parvint pas à tenir la distance. Tandis qu'il approchait du bâtiment et se posait au sol, il vit Doobie, arme à la main, face à un type au faciès préhistorique, vêtu d'un jean et d'un tee-shirt déchiré orné de deux impacts de balles sanglants. L'étiquette au-dessus de sa tête confirmait qu'il s'agissait de Nevar Telling. Pieds nus, mal rasé, chauve, une cigarette fumante au coin de la bouche. Son bras gauche était entièrement couvert de tatouages et l'un de ses yeux était rouge vif.

Au moment où Chas toucha le sol, Telling décolla comme une flèche, en tournant sur lui-même. Doobie partit immédiatement à sa poursuite en tirant un coup de feu dont la fumée s'évanouit lentement dans l'obscurité. Chas tendit le cou pour essayer de les apercevoir, mais ils avaient disparu. Il se dit qu'ils devaient utiliser une sorte d'ATH de vol accéléré. Il était incapable de les suivre. Il inspecta les alentours.

Le bâtiment à côté de lui était une ruine, les murs grêlés d'impacts de balles. Des volutes de fumée blanche s'élevaient de l'intérieur et un tas de pneus brûlait devant ce qui autrefois avait dû servir d'entrée. Des véhicules abandonnés gisaient çà et là, évoquant des carcasses d'animaux en décomposition.

Soudain, Chas sursauta. Un dragon orange et vert se tenait perché sur une potence incandescente. La créature le fixait, ses yeux clignaient avec arrogance. D'après son étiquette, il s'appelait Devil Davis.

Chas : Salut.

Devil : Salut.

Chas : Vous êtes un ami de Nevar Telling ?

Devil : Non. Certainement pas. En aucun cas. Pourquoi cela vous intéresse-t-il, monsieur le détective privé ?

Chas : Ça m'a traversé l'esprit, comme vous êtes là tous les deux.

Devil : Cela ne veut rien dire.

Chas : Non. Je désirais juste discuter avec lui, c'est tout.

Nevar : À propos de quoi ?

Chas pivota sur lui-même et se retrouva face à Telling le Néandertalien. Son bras droit tendu tenait une arme à l'aspect inquiétant, braquée à deux centimètres du visage de Chas. Ses lèvres se retroussèrent, laissant apparaître une bouche pleine de dents cassées et pourries. Une grimace plus qu'un sourire. Chas jeta un rapide coup d'œil aux alentours, mais Doobie n'était pas là.

Nevar : C'est pas grave de toute façon. Je vais te cramer la cervelle.

Instinctivement Chas tenta de se protéger. Il ne pouvait rien faire d'autre. Brusquement, Telling se retrouva prisonnier de l'une des cages de Doobie, un enchevêtrement de métal noir si serré qu'il ne pouvait plus bouger.

Nevar : Qu'est-ce que c'est que ce bordel ?

Doobie atterrit à côté d'eux, tout sourire. Elle tenait son arme pointée en l'air.

Nevar : Espèce de salope. Je te dérezze ce truc en une minute et tu ne m'attraperas jamais.

Doobie : On ne dit jamais jamais, Nevar.

Elle se tourna vers Chas.

Doobie : Je te laisserai le plaisir de faire sauter la tête vide de ce bâtard fini, Chas. En revanche, il ne te reste qu'une quarantaine de secondes pour lui poser tes questions.

Nevar : Des questions ? Quelles putains de questions ?

Chas : À propos de mes clients Jamir Jones et Roger Showmun. Tu dois te souvenir de les avoir menacés, perché sur l'aile de leur jet privé, l'autre jour.

Nevar : Oh, eux ? Qu'est-ce qu'ils veulent ?

Doobie : Ton temps est presque épuisé, Chas.

Chas : OK.

Il cliqua sur l'ATH rouge de son pistolet et dégaina son arme.

Nevar : Seigneur, tu n'as tout de même pas l'intention de me tirer dessus avec ça ?

Chas : Eh bien, peut-être que je ne le ferai pas. Mais il va falloir me promettre que tu vas laisser Roger et Jamir tranquilles à l'avenir.

Nevar : Eh, tout ce que tu veux, mec. C'était que des paroles, tu vois ? Rien de sérieux. Putain, si tu me descends avec ça, je suis un AV mort.

Doobie : Qu'est-ce qui te fait croire ça ?

Nevar : C'est bien Chesnokov, hein ? Chas Chesnokov. C'est ce que dit son étiquette, à moins que ce ne soit une sorte de réplicant.

Chas : Non, tu as bien affaire à l'original.

Nevar : Ouais, c'est le Super Flingue que tu as là, non ? Programmé pour tuer. Pirater le serveur et m'effacer.

Chas : Je ne vois pas de quoi tu parles. Je voulais discuter des geckos.

Doobie : Deux secondes. Qu'est-ce que tu sais à propos de ce Super Flingue, Nevar ?

Le ton de Nevar Telling était cassant.

Nevar : Tout le monde connaît le Super Flingue. C'est une putain de légende. Il peut tuer un AV, supprimer un compte. Depuis que Wicked a disparu il y a trois mois, des rumeurs circulent sur qui détient l'arme.

Doobie : Wicked ?

Nevar : Wicked Wilson. Un putain de génie. C'est Wicked qui a écrit le programme. Un truc de rêve, mec. Ou de cauchemar. Mais il est parti. C'est de l'histoire ancienne. Personne ne sait ce qui lui est arrivé. Il s'est peut-être descendu lui-même.

Chas : Qu'est-ce qui te fait croire que je suis au courant de ce truc ?

Nevar : C'est ce qui se dit, beau gosse. T'en parlais à Gunslinger hier. On dit que tu sais où est le flingue. Quant à moi, je pense que tu l'as justement dans ta sale petite pogne moite. Alors, je ne tente pas ma chance.

La cage disparut.

Chas : Ne bouge pas.

Nevar : Eh, mec, t'inquiète. J'irai nulle part tant que tu pointeras ce truc sur moi.

Chas : Jure-moi que tu vas foutre la paix à Jamir et Roger.

Nevar : Mec, si ces geckos veulent venir voler dans mon espace aérien, dis-leur qu'ils sont les bienvenus. Ils ont ma bénédiction.

Chas : OK.

Il agita son pistolet.

Chas : Dégage.

Telling ne se le fit pas dire deux fois. Il fila comme une balle et disparut en quelques secondes.

Devil : Chouette flingue, Chas.

Chas se tourna vers le dragon.

Devil : 1911A1 Custom de Gunslinger, c'est cela ?

Chas : Oui, en effet.

Devil : C'est ce que je pensais. Ce trou du cul ne distinguerait pas un Super Flingue d'une sucette. MDR. Bon, merci pour la distraction. À un de ces jours.

Il déploya ses ailes vertes et nervurées et décolla en faisant battre l'air.

Doobie semblait pensive. Chas se demanda s'il s'agissait de l'animation ou s'il transposait cette impression sur un AV inexpressif. D'une façon ou d'une autre, il lui apparaissait de plus en plus clairement que SL vous touchait au-delà des apparences.

Doobie : Il me semble, Chas, que nous devrions refaire une petite visite chez ton ami Gunslinger Kurosawa.

*

Debout dans la cour, au milieu des papiers et de la fumée qui s'échappaient du brasero, ils attendaient Gunslinger. Son IM disait qu'il les retrouverait chez lui. Quelques soldats en treillis et lunettes noires leur passèrent devant et entrèrent dans la boutique, leurs talkies-walkies bourdonnant et crachotant des bribes de paroles déformées par les ondes. Ils se placèrent en rang le long du champ de tir et canardèrent Ben Laden chacun leur tour.

Chas avait presque terminé l'IM qu'il préparait pour Twist. Il lui faisait un compte rendu du dossier des geckos, l'informant qu'ils avaient versé 500 Lindens de plus en apprenant que Nevar Telling ne les importunerait plus.

Cela faisait plusieurs minutes que Doobie était silencieuse. Absorbée par la recherche et les IM, elle essayait de connecter les moindres informations qu'elle pouvait récolter dans SL au sujet de Wicked Wilson. Elle finit par sortir du mode Occupé et se tourna vers Chas.

Doobie : Il semblerait que Wilson était une espèce de geek informaticien dans la vie réelle. Personne ne sait qui il était vraiment, mais il était connu dans SL au sein de la communauté des griefers. Un génie du vandalisme. Le genre d'esprit vicieux qui concocterait le pire virus informatique et le lâcherait sur le monde sans crier gare. Jusqu'à sa disparition, il tenait un magasin qui vendait des armes très sophistiquées et des systèmes de surveillance. C'était La Mecque des griefers. Et les militaires et les flics étaient aussi des habitués des lieux.

Chas fit un mouvement de tête en direction des soldats dans le magasin de Gunslinger.

Chas : Tu veux dire, comme ces types ?

Doobie : Ouais.

Chas : Je ne savais pas qu'il y avait des flics et des soldats dans SL.

Doobie : Oh, ce ne sont pas des vrais, Chas. Juste des moutons qui jouent aux machos.

Une lumière se mit à scintiller au-dessus d'eux et Gunslinger Kurosawa atterrit, un genou à terre. Il se releva et consulta sa montre.

Kurosawa : Salut les amis, que puis-je faire pour vous ?

Doobie : Eh bien, pour commencer, tu pourrais apprendre à fermer ta gueule.

Chas intervint rapidement.

Chas : Ce que veut dire Doobie, Kuro, c'est que tout SL semble au courant que nous avons discuté du Super Flingue avec toi hier.

Kurosawa : Ouais, eh bien, vous savez, c'est difficile de garder un secret par ici.

Doobie : Pourtant, tu as bien réussi à garder pour toi l'histoire de Wicked Wilson et de son Super Flingue.

Gunslinger Kurosawa haussa les épaules.

Kurosawa : Il n'y a rien de secret à propos de Wicked. Tout le monde le connaissait.

Chas : Et le Super Flingue ?

Kurosawa : Une rumeur. Rien d'autre.

Chas : Qu'est-il arrivé à Wicked ?

Kurosawa : Personne ne le sait. C'est un mystère complet. Un jour il était là, le lendemain, il s'était évaporé. Et comme personne ne connaissait son identité dans la vie réelle, il n'y avait aucun moyen de savoir ce qui s'était passé. Quand le loyer de son magasin a expiré, il a été effacé, avec tout ce qui s'y trouvait. Un sacré gâchis. Il y avait du beau matériel là-dedans.

Doobie : Tu penses donc que Wilson aurait été capable d'écrire le genre de programme que tu nous as décrit hier ?

Kurosawa : S'il y avait une personne capable de le faire, c'était Wicked.

Chas : Et tu crois que ce Super Flingue existe vraiment ?

Kurosawa : C'est possible. On entend des racontars au sujet d'AV qui se sont fait zapper et remplacer par leur cadavre. Rien de sûr. Mais la rumeur persiste.

Chas : Contrairement à Wicked Wilson.

Il se tourna vers Doobie.

Chas : Imagines-tu qu'il serait possible que quelqu'un l'ait tué avec son propre flingue et l'emploie maintenant pour dégommer des AV pleins aux as et piquer l'argent qui se trouve sur leur compte ?

Kurosawa : Je ne sais pas comment on peut faire ça, Chas. C'est impossible de prendre quelque chose à un AV, à moins qu'il ne te le donne.

*

Pour la seconde fois de l'après-midi, la sonnerie du téléphone rappela brutalement Michael à la réalité. Il s'arracha à Chas, Kuro et Doobie. L'appel venait d'Angela. Il décrocha le combiné.

« Bonjour, Angela. Comment allez-vous ?

— Bonjour, Michael. Je vous passe un coup de fil rapide pour vous avertir que je suspends tous mes rendez-vous des prochains jours. Je les reprogrammerai quand j'en aurai l'occasion. Désolée pour le désagrément.

— Il y a un problème, Angela ?

— Un décès, Michael. Il n'y a pas d'explication à la mort et elle ne respecte aucun calendrier, aucun agenda.

— Je suis désolé, Angela. En tout cas, en ce qui me concerne, ne vous gênez pas pour moi.

— Bien, merci, Michael. Je vous rappelle. »

Ce n'est que quand elle eut raccroché qu'il vit la lumière rouge qui clignotait sur le récepteur, lui indiquant qu'il avait un message. Il appuya sur le bouton et écouta l'annonce d'accueil avant d'entendre la voix de Janey, stridente, bafouillant presque sous l'effet de l'excitation.

« Michael, où es-tu, bon Dieu ? Je crois que j'ai trouvé. Le lien entre Arnold Smitts et Jennifer Mathews, dans la vie réelle et dans SL. On l'avait devant nous depuis le début. Ça explique même pourquoi l'argent a atterri sur ton compte. » Il entendit son soupir de frustration. « Oh, Seigneur, ça me tue que tu ne sois pas là. Il y a quelqu'un que l'on doit à tout prix voir ensemble. Ça ne peut pas attendre. Appelle-moi dès que possible. »

Michael appuya sur le bouton de rappel. La sonnerie retentit quatre fois avant qu'il ne bascule sur la messagerie de Janey. Il raccrocha.

« Merde ! »

CHAPITRE 31

Chas et Doobie étaient assis dans des fauteuils dans le bureau de Twist et regardaient le petit train qui filait au loin. Aujourd'hui, il ne transportait pas de godemichés géants.

Chas : C'est vraiment rageant de ne pas savoir ce que Twist a découvert.

Doobie : En tout cas, ça avait l'air prometteur.

Chas était sceptique.

Chas : Je n'arrive pas à m'imaginer comment il a pu tomber sur quelque chose qui nous lie tous les trois – Smitts, Mathews et moi. Et que ce lien existe dans SL et dans la vie réelle.

Doobie : Eh bien, il y a de fortes chances pour qu'il rappelle.

Chas : J'espère. Peut-être aurais-je dû lui laisser un message et la prévenir à propos du Super Flingue.

Il y eut un moment de silence.

Doobie : La prévenir ?

Chas retint son souffle un instant. Il venait de se trahir. Cela ne servait plus à rien de faire durer le simulacre.

Chas : OK, je suis découvert. Twist n'est pas vraiment un mec, Doobs. Twist est une fille avec qui je travaille au service de la police scientifique. Elle s'appelle Janey. Désolé de te l'avoir caché. Elle n'est un homme que dans SL.

Doobie : Ce n'est pas grave, Chas. En vérité, je m'apprêtais à te demander de me donner ton nom dans la vie réelle. Je sais déjà ce que tu fais et où tu travailles. Mais cela pourrait être utile que je connaisse ton nom.

Chas : Pourquoi ?

Doobie Littlething soupira.

Doobie : Ce n'est pas très plaisant à dire, Chas, mais s'il t'arrive quelque chose, tu ne penses pas qu'il faudrait que quelqu'un au courant de toute l'histoire aille voir la police ?

Chas : Merci pour cette réconfortante perspective, Doobs.

Ils restèrent silencieux quelques secondes.

Doobie : Alors ?

Chas : Je te dirai mon nom à une condition.

Doobie : Laquelle ?

Chas : Que tu me donnes le tien. Après tout, nous avons presque couché ensemble cet après-midi. Nous sommes assez intimes.

Doobie : J'ai fait plus que presque coucher avec un tas d'hommes, Chas, et je n'ai donné mon vrai nom à aucun d'entre eux.

Chas : Oui, mais pas un seul ne t'a battue aux échecs.

Doobie : C'est exact.

Elle sembla y réfléchir quelques instants.

Doobie : OK. Toi d'abord.

Chas : Michael Kapinsky.

Doobie : Et une adresse ?

Chas : Je vis à Corona Del Mar, Newport Beach, Californie, Doobs. Je ne t'en dirai pas plus. Oh, et je suis sur liste rouge, tu ne me trouveras donc pas dans l'annuaire. À toi.

Doobie : Gillian MacCormack.

Chas : Écossaise ?

Doobie : Irlandaise. Et Française. Sacré mélange, hein ? Et avant que tu demandes, tu n'es pas tombé loin pour ce qui est de l'endroit où je vis.

Chas : Californie ?

Doobie : Vers le nord. Une petite ville appelée Auburn, près de Sacramento. De là on se rend facilement à Napa et Sonoma.

Chas : Tu es une amatrice de vin ?

Doobie Littlething sourit.

Doobie : J'en ai un verre à la main à l'instant même, Chas. Mais il va falloir que je le finisse et que je parte.

Chas : Oh. Des obligations dans la vie réelle ?

Doobie : Non, dans SL. Je dois être sur scène dans deux heures pour faire du pole dancing au club. Si je n'y vais pas, je serai virée. Si toutefois tu as besoin de moi, envoie-moi un IM. OK ?

Chas : Pas de problème.

Et elle partit.

*

Michael se laissa aller dans son siège et contempla le soleil qui commençait à descendre vers l'ouest. Dans quelques heures, le délai serait écoulé, gâché, perdu. Il allait devoir affronter le châtiment de la mafia.

Il essaya à nouveau de joindre Janey sur son téléphone portable et raccrocha quand il entendit la messagerie. Il appela le bureau. Quelqu'un lui apprit qu'elle était rentrée chez elle car elle ne se sentait pas bien. Il prit un air soucieux. Ce devait être un prétexte pour partir. Il essaya tout de même de la joindre chez elle.

« Bonjour, ici Janey. Soit je ne suis pas là soit je suis vraiment trop occupée pour vous parler. Laissez-moi un message et si vous êtes quelqu'un que j'aime bien, je vous rappellerai peut-être. »

Cette fois-ci, Michael décida d'en laisser un. « Janey, c'est Michael. Où es-tu passée, bon sang ? Rappelle-moi. Que tu m'aimes bien ou pas. » Il raccrocha et resta assis, le regard perdu dans le vide. C'était exaspérant. Pourquoi ne l'avait-elle pas rappelé ? Il se leva, tourna en rond dans son bureau avant de sortir sur la terrasse. Il prit une profonde inspiration. Telles que les choses lui apparaissaient à présent, soit Wicked Wilson était le meurtrier, soit on l'avait supprimé à cause de son flingue. Et quiconque l'avait en sa possession l'utilisait pour tuer des AV et récupérer leur argent. De l'argent qui n'aurait pas dû être là. De l'argent dissimulé ou volé. Il s'agissait donc de quelqu'un ayant accès à ce genre d'information. En revanche, il ne comprenait toujours pas pourquoi le tueur avait versé trois millions sur le compte de Chas. À moins que ce ne soit réellement une erreur.

Et Janey qui annonçait avoir trouvé une connexion, quelque chose qui liait Smitts, Mathews et Chas. Plus il en savait, plus il était perdu.

Son ordinateur émit un petit tintement et il revint s'installer devant son écran. Chas se prélassait dans le bureau de Twist, croisant et décroisant les jambes. Il venait de recevoir un IM.

*

Chas ouvrit la boîte de dialogue. L'IM émanait d'un certain Dionysus Winestock.

IM : **Dionysus** : Bonjour, j'ai besoin de votre aide pour savoir si ma compagne me trompe.

Chas soupira. Il avait suffisamment de problèmes sans s'occuper de ceux de quelqu'un d'autre. D'un autre côté, qu'allait-il bien pouvoir faire en attendant que Janey rappelle ? Il était pris au piège dans une situation qui lui échappait, quelque part entre les mondes réel et virtuel. Il sentait désespérément qu'il aurait dû faire quelque chose, mais il ne savait pas quoi. Et l'illusion de sécurité que lui procurait SL était bien plus forte que la peur qui l'attendait dans la vie réelle. Il y trouvait du réconfort.

IM : **Chas** : De quoi s'agit-il, Dio ?

IM : **Dionysus** : J'ai besoin d'un bon détective privé.

IM : **Chas** : J'en suis un. En quoi puis-je vous être utile ?

IM : **Dionysus** : Eh bien, je pense que mon épouse SL est un peu volage. Toutefois, il faut que vous sachiez que nous sommes échangistes.

IM : **Chas** : Échangistes ?

IM : **Dionysus** : Ouais. Nous échangeons nos partenaires sexuels. Parties à deux, à trois, partouze, la totale. Nous sommes membres d'un club appelé l'Échangiste.

IM : **Chas** : Dans ce cas, pourquoi vous inquiétez-vous de la fidélité de votre femme ?

IM : **Dionysus** : Je me fiche qu'elle couche avec d'autres, Chas. Ce que je ne supporte pas, c'est l'aventure romantique, les mensonges. J'ai juste besoin de confirmer mes soupçons. Nous fréquentons un autre couple du club. Ce sont de bons amis. Nous avons fait des parties ensemble. Je crois qu'elle me trompe avec lui.

Si Chas avait pu se gratter la tête, il l'aurait fait. Le sexe était autorisé, pas les histoires d'amour.

IM : **Chas** : Est-ce que vous lui en avez parlé ?

IM : **Dionysus** : Je l'ai même prise en flagrant délit grâce à un système de surveillance. Elle me dit que cette histoire est terminée. Je veux en être sûr. Le type s'appelle Crompton Nightly. Lui et son épouse SL, Tab, habitent un appartement à Shyland.

IM : **Chas** : Vous pensez que c'est là que lui et votre femme se retrouvent ?

IM : **Dionysus** : Non. Trop risqué. Ils doivent louer des alcôves privées au club et, comme elle sait que je suis au courant, ils utilisent peut-être des AV alternatifs.

IM : **Chas** : Vous avez une idée du nom de leurs alts ?

IM : **Dionysus** : Pour Crom, je ne sais pas. En revanche, je suis presque certain qu'elle s'appelle Icy Fizzle.

IM : **Chas** : Et vous attendez quoi de moi ?

IM : **Dionysus** : Une preuve. Une photographie. Ou, mieux, le log d'une conversation. Je sais que ce ne sera pas évident s'ils communiquent uniquement par IM.

IM : **Chas** : Pouvez-vous me faire entrer dans le club ? Comment s'appelle-t-il, déjà ?

IM : **Dionysus** : L'Échangiste. Non. Il faut déposer une demande. Et il faut être en couple pour pouvoir en devenir membre.

Chas réfléchit une minute, se concentrant sur ce dont Twist et lui allaient avoir besoin pour commencer à travailler sur le dossier.

IM : **Chas** : OK, écoutez, pourquoi ne me préparez-vous pas une note ? Mettez par écrit tout ce qui vous semble utile. Tous les noms. Où votre femme se connecte. Les Repères du club et de toutes les personnes concernées. Laissez la note sur mon profil et je l'étudierai. Je vous recontacte si nous pensons pouvoir faire quelque chose pour vous.

Dionysus Winestock soupira.

IM : **Dionysus** : Oui, j'imagine que je n'ai pas d'autre choix. Je suis assez impatient de régler cette histoire et de passer à autre chose. Vous voyez ce que je veux dire ?

IM : **Chas** : Bien sûr, Dio. Il faut d'abord que j'en discute avec mon associé, nous reviendrons vers vous dès que possible.

IM : **Dionysus** : OK. J'attends votre IM. Salut.

Chas créa une note pour Twist où il copia sa conversation avec Dionysus. Deux minutes plus tard, il reçut celle de Dionysus avec les informations qu'il lui avait demandées. Avant qu'il ait le temps de la lire, une fenêtre bleue se mit à clignoter sur son écran. Twist O'Lemon était en ligne. Il eut l'impression que son cœur venait d'arrêter de battre.

Twist rezza dans le bureau. Une silhouette grise, tout d'abord, qui gagna en définition avant de se tourner vers Chas.

Twist : Salut.

Chas : Où étais-tu passé, bon sang ? J'ai appelé non-stop depuis que tu m'as laissé ce message.

Twist : Eh, calme-toi, Chas, tout va bien, je suis là. Qu'est-il arrivé ?

Chas : Rien du tout ! Je tourne en rond depuis ton appel.

Twist : Non, je te parle de l'enquête dans SL.

Chas : Rien qui ne puisse attendre, Twist.

L'impatience de Chas était palpable.

Chas : Tu disais que tu avais trouvé des connexions entre Smitts et Mathews, dans SL et dans la vie réelle.

Twist O'Lemon soupira.

Twist : Ouais. En fait, c'était une voie sans issue. Désolé, Chas. Je ne voulais pas te donner de fausse joie.

Twist resta silencieux un long moment pendant lequel les espoirs brisés de Chas laissèrent progressivement place au désespoir.

Twist : Je suis en train de lire ton IM au sujet des

geckos. Bon travail. Tu es vraiment allé sur Sandbox Island ? J'espère que tu étais bien armé.

Chas : Tu t'en es assuré.

Twist : MDR. En effet. Bref, dis-moi ce que tu as trouvé dans SL à propos de la fille Mathews.

Chas : Pas grand-chose, je le crains. Elle était danseuse dans un club femâles et dans plusieurs autres clubs hétéros. Elle travaillait aussi comme escorte. Elle possédait une maison immense, et un autre endroit, plus petit, qu'elle appelait le Bordel. C'est là où elle recevait ses clients. C'est aussi là que j'ai découvert son AV, mort.

Twist : Oh. Tu l'as vraiment trouvée, alors ? Il y avait des indices sur ce qui avait pu se passer ?

Chas : Elle s'est fait descendre. Il y avait du sang partout. Mais rien d'autre. Aucune trace du tueur. Nous n'avons rien découvert d'intéressant sur les lieux.

Twist : Nous ?

Chas : Ouais, Doobie et moi.

Twist : Oh, oui, Doobie.

Chas : Alors, dis-moi, qu'as-tu trouvé qui t'a fait penser qu'il y avait un lien entre Smitts et Mathews ? Et moi, d'ailleurs.

Twist, debout devant lui, passa par toute une gamme d'animations mais ne répondit pas. Chas attendit. Une trentaine de secondes s'écoula.

Chas : Twist ? Tu es toujours avec moi ?

Twist : Pardon, Chas. Je répondais à des IM. Il ne s'est rien passé d'autre pendant mon absence ?

Chas fit un effort pour ne pas se mettre à hurler. Twist semblait se désintéresser totalement de sa situation. Il glissa les deux notes concernant le dossier Dionysus sur l'AV de Twist et attendit qu'il confirme la réception.

Chas : Ce type m'a contacté juste avant que tu te connectes. Il veut qu'on chope sa femme en flagrant délit.

Twist : Je suis en train de les lire.

Puis…

Twist : Hahaha. Des échangistes amoureux. Il y a comme une contradiction. Allons voir ça.

Chas : Au club échangiste ?

Twist : Bien sûr. Je ne suis jamais allé dans ce genre d'endroit. Ça peut être intéressant.

La tension qui tenaillait Chas monta de plusieurs crans. Non seulement la piste de Twist sur la connexion Smitts-Mathews n'avait rien donné, mais il ne semblait absolument pas concerné. Il secoua la tête, exaspéré, ne sachant pas quoi faire. Sa recherche du tueur dans SL et dans la vie réelle était dans l'impasse. À contrecœur et en soupirant intérieurement, il se força à répondre.

Chas : J'imagine.

Twist : OK, envoie-moi un téléport du Repère et je te retrouve là-bas.

*

L'Échangiste se trouvait à Zurich City. Chas rezza sur le sol en marbre d'un hall spacieux une poignée de secondes avant Twist. Les fenêtres donnaient sur les rues du vieux Zurich. Il y avait deux portes conduisant toutes deux vers l'extérieur. Au centre de la pièce se dressait une grande boîte constituée de prises de vue de l'intérieur du club. Au dessus, un texte en lettres jaunes invitait le lecteur : *Touchez cette boîte pour obtenir des informations sur le club l'Échangiste.*

Chas cliqua et reçut instantanément une note décrivant les activités et les équipements du club.

Club l'Échangiste – Le sexe avec élégance.

L'Échangiste est un club exclusif, sur invitation, destiné aux hommes et aux femmes ouverts d'esprit, sans préjugés, qui apprécient leur sexualité et souhaitent explorer le sexe intime et en groupe dans un cadre élégant et raffiné.

Ici, vous trouverez une salle de bal romantique, une salle d'« activités de groupe », de magnifiques pièces privatives pour les couples ou les groupes réduits, un drive-in années 1950 avec des films, la télévision, et un holodeck pouvant recréer vingt-cinq scènes. Évidemment, tous sont dotés des meilleurs sex toys dernier cri !

Au sol, on pouvait lire sur un rectangle vert, *Se téléporter au club l'Échangiste.* Chas fit un clic droit dessus et sélectionna Se Téléporter. Mais il se contenta de pivoter sur lui-même.

Twist : Le système doit vérifier si tu es membre du club ou pas.

Chas regarda autour de lui. Sur un mur, un diaporama affichait en boucle des images d'hommes et de femmes nus dans diverses positions sexuelles. En dehors des deux portes de sortie, il ne semblait y avoir aucun moyen d'entrer ou de quitter le club.

Chas : Comment va-t-on faire ?

Twist : Cette pièce n'est qu'une espèce d'accueil. Je parierais que le club lui-même, les diverses salles et le holodeck sont en fait des loges en altitude.

Chas : Cela veut dire qu'il n'y a aucun moyen d'y entrer sans Repère.

Twist : Bien sûr qu'il y a un moyen. Nous allons voler. Tu as une Plume de Vol ?

Chas : Qu'est-ce que c'est ?

Twist : C'est un accessoire qui te permet de voler

tout droit à la verticale. Ça mesure ton altitude et tu peux faire du vol stationnaire une fois arrivé.

Chas reçut une offre de Twist pour une Plume de Vol. Il l'attacha à sa main gauche. Twist cliqua sur la porte principale et sortit dans la rue. Chas le suivit.

Face à eux, un bâtiment de granit à trois étages avec une arcade à colonnades au rez-de-chaussée s'élevait vers le ciel. Plus loin dans la rue, un édifice carré arborait le drapeau suisse et de hauts immeubles de bureau cernaient des pelouses vertes et bien entretenues. Tout était désert. Chas leva les yeux et vit qu'il y avait quatre autres étages au-dessus de l'entrée de l'immeuble dont ils venaient de sortir. L'enseigne indiquait qu'il s'agissait du Savoy Hotel. Il n'y avait rien de visible dans le ciel.

Twist : Suis-moi.

Il décolla, droit vers le ciel, en tournant sur lui-même. Chas plaqua ses bras contre ses flancs et le suivit. La cité s'éloignait sous ses pieds. Il vit les tours jumelles de la cathédrale, un énorme bâtiment carré surmonté d'une étrange construction en dôme. Il aperçut la mer au loin avant de traverser la couche nuageuse et de foncer dans le bleu.

À trois cents mètres d'altitude, il passa à côté d'un immeuble gris et carré flottant dans le ciel. De hautes fenêtres étaient percées à intervalles réguliers et un balcon en faisait le tour. Il manqua de s'écraser contre Twist qui s'était arrêté et flottait juste au-dessus.

Chas : Il n'y a pas de portes. Je ne vois pas bien comment entrer.

Twist : Eh bien, nous n'en avons pas vraiment besoin. On peut jeter un coup d'œil en restant ici.

Twist O'Lemon sourit.

Twist : Un vieux truc de griefer pour entrer et sortir d'un bâtiment.

Chas : Je sais. Ce doit être la première chose que tu m'as montrée.

Twist : Exactement. Bon, allons jeter un œil à l'intérieur.

Twist se laissa tomber sur le toit et Chas fit de même. Il zooma sur le côté du bâtiment et pivota pour basculer son point de vue au-delà du mur, vers l'intérieur du club. Il se retrouva face à une immense pièce, haute de plafond. Le sol était couvert d'une épaisse moquette verte à motifs sur laquelle étaient disposés des tapis chinois et persans. Plusieurs lits, un canapé et une profusion de poseballs de sexe meublaient le lieu. Des peintures érotiques décoraient les murs et, au centre de la pièce, huit coussins bordaient un grand cercle de couleur bordeaux. Huit membres du club l'Échangiste, entièrement nus, quatre hommes, quatre femmes, y étaient assis et encerclaient une bouteille verte posée au milieu d'eux. À chaque tour de bouteille, un nouveau couple se formait et disparaissait derrière une porte menant dans une autre pièce.

Chas modifia son point de vue pour se retrouver dans ce qui était, à l'évidence, la salle de bal vantée par la publicité. Là aussi, le sol était recouvert d'une moquette luxueuse. Des flammes crépitaient dans une cheminée et l'on y retrouvait la même quantité impressionnante de poseballs. Certaines d'entre elles étaient occupées par des échangistes collés les uns aux autres, en train de gémir et de s'adonner à diverses activités sexuelles. Le long d'un mur étaient installés des téléporteurs pour accéder aux autres pièces. La Suite Tradition, la Suite Asiatique, le Drive-in, le Holodeck. Il constata que, de l'intérieur, les fenêtres n'étaient pas opaques et que les occupants avaient pu les apercevoir volant à l'extérieur. Mais tout le monde semblait bien trop occupé pour avoir remarqué quoi que ce soit. Il consulta son radar et envoya un IM à Twist.

IM : **Chas** : Bon, apparemment Icy ou Crom ne sont pas là.

IM : **Twist** : Il y a d'autres loges plus haut.

Chas recala son point de vue sur l'extérieur et leva la tête. Il distingua un bâtiment de plus petite taille flottant à une centaine de mètres au-dessus d'eux. Twist reprit son ascension et il le suivit. À nouveau, ils se posèrent sur le toit et prirent position pour observer l'intérieur. Un couple de Blacks, installés sur un lit gigantesque, se livrait à une séance de sexe oral. Chas entendait le cliquettement des claviers. L'homme et la femme se parlaient, mais ils étaient trop éloignés pour que le texte de leur conversation ne s'affiche.

IM : **Twist** : Hahahaha. Sa maman ne lui a pas appris qu'il était impoli de parler la bouche pleine ?

Chas éprouvait de la gêne à espionner ainsi l'intimité des gens.

IM : **Chas** : Viens, allons vérifier les autres pièces.

IM : **Twist** : Vas-y, je te rejoins. Je vais profiter encore un peu de la vue.

Chas hésita. Twist se comportait de façon étrange. Il plaqua ses bras contre ses flancs et décolla, dépassant une autre salle de sexe et le holodeck tout en surveillant son radar. Des tas de noms s'y affichaient sauf ceux d'Icy Fizzle ou de Crompton Nightly. Il finit par rejoindre le drive-in à ciel ouvert qui était entouré d'un muret. Il vit deux écrans de cinéma et une automobile rouge des années 1950. L'endroit était désert. Le soleil était bas sur l'horizon et la nuit tombait rapidement.

Chas se posa à côté de la voiture et inspecta les alentours. Les deux écrans de cinéma étaient vierges. Il cliqua sur l'un d'eux. Un menu s'afficha, lui proposant un choix d'une demi-douzaine de films porno. Il le referma en se demandant ce qui pouvait attirer les gens dans un tel endroit. La vie dans SL semblait entièrement focalisée sur le sexe. L'Échangiste en était l'exemple typique. Il réalisa que c'était aussi le cas dans la vie réelle, mais ici, dans le monde virtuel, tout était moins compliqué et, en plus, on était à l'abri des maladies. Au pire, on pouvait attraper un virus informatique.

En attendant Twist, il ouvrit le dossier des Repères de son Inventaire pour les organiser de manière rationnelle – tous les liens vers des lieux qu'il explorerait peut-être un jour et que lui avait passés Doobie. Il repensa au moment où ils avaient failli consommer leur relation avant d'être interrompus par les geckos. En dépit de tout, cette pensée le fit sourire.

Twist apparut sur son radar, mais il n'y avait aucun signe de lui dans le drive-in. Chas jeta un coup d'œil circulaire sans l'apercevoir. Pour la première fois, il ressentit de l'appréhension. Quelque chose clochait. En fait, il se sentait mal à l'aise depuis que Twist s'était téléporté dans le bureau.

IM : **Twist** : Je suis désolé, Chas. Je ne pensais pas que cela se terminerait ainsi.

Twist était derrière lui. Chas se retourna. Comment diable un avatar pouvait-il avoir l'air malfaisant ? La présence de Twist était inquiétante. La tête bizarrement inclinée, il le regardait par en dessous, les yeux plissés, le regard menaçant.

IM : **Chas** : De quoi parles-tu, Twist ?

IM : **Twist** : Tu es trop malin, Michael, et ça te fait du tort.

Twist exécuta un mouvement rapide et une arme

apparut dans sa main. Un gros revolver argenté, magnifiquement ouvragé. Chaque fibre de son corps disait à Chas qu'il s'agissait du Super Flingue.

IM : **Chas** : Pour l'amour de Dieu, Janey, qu'est-ce que tu fous ?

IM : **Twist** : Je crains que tu ne me sois plus d'aucune utilité à l'avenir. Il est temps de mourir.

Chas savait qu'il disposait d'une fraction de seconde avant que Twist ne passe en vue subjective pour faire feu. Il jeta un coup d'œil sur son Inventaire encore ouvert et aux Repères de Doobie. Il double-cliqua sur le premier d'entre eux et se téléporta hors du drive-in à l'instant où Twist faisait feu. Il entendit l'écho du tir, mais il n'était déjà plus là. Sain et sauf, il commença à se matérialiser dans un monde à l'aspect étrange.

CHAPITRE 32

C'était une espèce d'astéroïde. Il faisait sombre et les cieux étaient constellés de millions d'étoiles multicolores. Certaines traversaient son écran en filant. Des planètes aux surfaces faites de rouge, de bleu et d'ambre mêlés flottaient dans une brume verdâtre. D'énormes blocs de pierre passaient au ralenti dans la nuit en tournant sur eux-mêmes. Tandis que le décor continuait à se matérialiser autour de lui, il commença à apercevoir des gens. Une véritable foule. Son radar affichait une longue liste de noms. L'endroit était fréquenté.

Des chaises bleues, sur lesquelles des avatars étaient confortablement assis pour un tour dans la ceinture d'astéroïdes, volaient dans le ciel. Derrière lui se trouvait un globe azur dont les motifs liquides changeaient en permanence, glissant comme de l'huile sur sa surface lisse et luisante.

D'autres avatars étaient confortablement installés sur des coussins arrangés autour d'un cercle. Au-delà d'une série de rochers flottants qui formaient un pont menant à un roc avoisinant, des personnes âgées pratiquaient le taï-chi avec des gestes lents parfaitement synchronisés.

Le nom de Twist apparut sur son radar et son poursuivant rezza derrière lui. Une forme encore grise, très certainement aveugle. Chas disposait de quelques secondes avant que Twist ne puisse le voir.

Il se mit à courir, franchit le pont de pierres flottantes et fendit la foule des adeptes du taï-chi. À quelques pas devant lui, une fille du nom de Phacelia Jolles éclata en une explosion d'hémoglobine et de chair, un trou énorme au niveau de la taille. L'avatar s'effondra, mort. Son sang se répandit rapidement autour de lui. Chas se retourna et vit Twist lancé à ses trousses, pistolet pointé en avant, prêt à faire feu.

Il dévia vers la droite et s'engagea à toutes jambes sur la surface lisse de l'astéroïde. Un autre AV, Thadeus Horchier, pivota sur lui-même en envoyant des gerbes de sang vers le ciel. Le fracas du coup de feu arriva presque simultanément à ses oreilles. Chas ne ralentit pas sa course, bousculant et percutant les AV qui se trouvaient sur son chemin. Il vit du texte apparaître. Des injures et des insultes.

Il était presque arrivé au bout de l'astéroïde. Au-delà, il n'y avait que du vide et une planète sombre à l'aspect inquiétant. Un jeune couple se tenait à proximité de deux poseballs. Baiser Orbital F et Baiser Orbital M. Le jeune homme, Will Stacy, cliqua sur la poseball M et disparut. Chas devança la jeune fille et cliqua sur la poseball F.

Instantanément, il se retrouva en train de flotter dans l'espace, blotti dans les bras de Will. Ils s'embrassaient avec passion. Le jeune homme, persuadé d'enlacer sa petite amie, murmurait des mots tendres.

Will : Mmmmh, mon amour. Cela fait si longtemps que j'attends cet instant.

Il prit soudain conscience de la situation.

Will : Seigneur ! Qui êtes-vous ? Barrez-vous !

Une planète bleue, cernée d'anneaux, passa au loin.

Will Stacy cliqua pour se détacher et quitta instantanément l'animation, laissant Chas flotter seul dans le cosmos, les bras serrant le vide. Cela ne dura qu'un instant. Quelques secondes plus tard, il se retrouva dans ceux de Twist qui lui caressait les fesses et l'embrassait dans l'ombre de la lune. Loin au-dessous d'eux, il contempla le chaos et le désordre qu'ils avaient semés sur l'astéroïde. Des AV morts, se vidant de leur sang. La panique chez les adorateurs du cosmos. Il savait que tant que lui et Twist restaient enlacés, il ne risquait rien.

Twist : Tu m'as obligé à tuer trois AV innocents, Chas. Ce n'est pas bien. Et tu ne peux pas m'échapper, tu sais. J'ai un TP-tracker. Je peux te suivre partout.

Chas : Je ne comprends pas, Twist. Tu as vraiment tué tous ces gens ?

Twist : Qu'en penses-tu, Chas ? Est-ce que tu trouves que tout cela a un sens ?

Chas ne cessait pas de réfléchir. Il fallait qu'il s'échappe ailleurs. Dans un autre endroit, pour prendre le temps de penser. Le plus simple était de se déconnecter. Il cliqua sur le bouton Quitter, mais rien ne se passa. Il jura. Son pointeur se transforma en sablier. Le programme ne fonctionnait pas correctement. Il décida à la place de double-cliquer sur un autre Repère de son Inventaire. En un clin d'œil, il fut arraché des bras de Twist et projeté dans le métavers de Second Life avant de rezzer sur un autre continent, dans un autre fuseau horaire.

*

Chas était complètement désorienté. Tout était plongé dans l'obscurité. Des triangles bleus s'illuminèrent sous ses pieds avant de s'éloigner de lui, comme des flèches indiquant une direction à suivre.

Il était au milieu d'un cercle bleu, lui-même contenu dans un cercle plus grand qui projetait un immense arc turquoise dans le noir. Une lueur rouge apparut à l'horizon, faisant scintiller la surface calme et plane d'un océan. Derrière lui, un étang à poissons accrocha la lumière et il vit une grenouille qui l'observait, assise sur un nénuphar.

Au-dessus de lui se dressait la silhouette d'une gigantesque construction circulaire dotée de quatre bras dirigés vers le nord, le sud, l'est et l'ouest, au bout desquels étaient suspendus des héliports. Droit devant, l'inscription Aérodrome Abbotts en lettres de néon bleu finissait de se matérialiser dans la lueur naissante de l'aube. Il était encore en Mode Course. Il se mit donc à courir en suivant les flèches au sol.

Elles le conduisirent dans une vaste salle circulaire où des avions et des hélicoptères étaient installés sur des estrades. Une exposition de machines volantes, récentes et anciennes. Tout autour, de hautes fenêtres donnaient sur la mer et les nuages teintés de rose qui dérivaient en provenance de l'est.

Face à lui, un ascenseur aux parois couvertes de néons bleus semblait l'attendre. Il se précipita à l'intérieur et pressa un bouton lumineux à côté de la porte. Un menu s'afficha pour qu'il choisisse un niveau. Il se rappela avoir lu que les gens qui fuyaient montaient toujours et, arrivés à un certain point, se retrouvaient coincés. Il était au niveau Deux. Il sélectionna le niveau Un.

Au moment où les portes se refermaient, il vit Twist rezzer sur le point d'arrivée à côté de l'étang. L'ascenseur descendit dans un souffle et le déposa sur une passerelle qui menait à la piste et au hangar. Il la remonta jusqu'à une nacelle placée presque exactement au-dessus de la piste. À sa gauche, il y avait des avions et des hélicoptères parqués de part et d'autre du tarmac, une tour radio et une montgolfière orange, amarrée, mais gonflée et prête à décoller.

À sa droite, au-delà d'une autre série d'aéronefs, se dressait un grand hangar noir.

Sur la nacelle, un texte indiquait *Cliquez ici.* Il appuya sur le bouton de sa souris et un menu apparut lui offrant la possibilité de descendre. Il accepta et fut immédiatement transporté sur le tarmac en contrebas. Il partit en courant vers le hangar. Juste à sa droite, un morceau de tarmac se souleva et éclata en miettes. Chas leva la tête et vit Twist sur le pont, le Super Flingue braqué sur lui. Il plongea derrière un biplan monomoteur rouge au moment où le nez de celui-ci explosait avant de prendre feu. Il se releva et repartit en courant vers le hangar. Il chercha de l'aide du regard, mais il n'y avait pas âme qui vive.

Un avion de ligne se matérialisa au bout de la piste et vira lentement avant de remonter le tarmac en prenant de la vitesse pour pouvoir décoller. Ses moteurs rugirent dans l'air matinal avant que leur fracas ne s'éteigne dans la brume. Chas continua à courir. Il passa devant un téléporteur et s'engouffra dans le hangar où résonna l'écho de ses pas. Tous les types de machines volantes possibles et imaginables y étaient rassemblés, plongés dans une pénombre qui virait au noir presque complet vers le fond du bâtiment.

Chas se rappela avoir vu, quelque part sur son écran, une case à cocher servant à cacher le nom de son avatar. Il la trouva dans les Préférences et cliqua dessus. Il pouvait à présent se dissimuler sans que son étiquette ne révèle ses allées et venues. Il savait qu'il apparaîtrait malgré tout sur le radar de Twist mais si, par chance, il ne disposait pas d'un modèle directionnel, il lui faudrait un moment avant de le dénicher. Suffisamment de temps, peut-être, pour trouver un moyen de se déconnecter.

Il courut vers le fond de l'entrepôt pour gagner l'obscurité et s'accroupit derrière un bimoteur des années 1950. De là, il avait une vue dégagée sur l'avant du hangar et sur la piste. Un autre avion passa en grondant puis releva le nez avant de s'élever vers le ciel.

Twist apparut dans son champ de vision. Il était torse nu et ses longs cheveux roux flottaient au vent. Chas le vit s'arrêter et consulter l'écran de son radar avant de chercher l'étiquette de Chas du regard.

Twist avait encore le Super Flingue à la main, mais son bras était replié et le canon dirigé vers le ciel. S'il voulait faire feu, il devait rebasculer en vue subjective. Chas balaya la barre des menus avec sa souris à la recherche d'un moyen de quitter SL. La commande de déconnexion qu'il avait lancée quelques instants auparavant était toujours bloquée sur le sablier. Apparemment, son système était parti en vrille.

Twist progressait avec prudence dans le hangar. Il avança d'un côté, puis de l'autre. Chas se dit qu'il devait vérifier les distances sur son radar et que, rapidement, il finirait par déterminer sa position. Il ne disposait que de très peu de temps. Il trouva enfin une option Quitter dans le menu Fichier. Il pria pour que cela fonctionne. Sans cela, il était coincé. Et l'avatar Chas Chesnokov serait supprimé à jamais. Il se leva et, d'un pas assuré, avança au milieu des avions.

Twist pivota dans sa direction, surpris par son apparition soudaine. Il souleva le bras et pointa le Super Flingue droit sur lui. Le canon argenté reflétait la lumière rosée du soleil. Le sourire qui anima le visage de Twist était presque grotesque.

Twist : Adieu, Chas.

Chas : Adieu, Twist.

Chas cliqua sur Quitter et ferma instinctivement les yeux. Il entendit le bruit d'aspiration de la déconnexion et, une fraction de seconde plus tard, le claquement d'un coup de feu.

*

Michael était assis, les yeux rivés sur son écran, le souffle court et le front trempé de sueur. Il était parvenu à se déconnecter. Chas avait survécu. Mais cela ne le réconforta pas pour autant. Une sensation désagréable s'était logée au creux de son estomac et son cœur battait à tout rompre, comme s'il allait sortir de sa poitrine. Comment était-ce possible ? Janey ?

Il secoua la tête, incrédule, et se laissa aller dans son siège tout en essayant de calmer sa respiration. Il devait y avoir une explication logique. Quelque chose qui lui échappait. Il passa en revue les événements des vingt dernières minutes. L'étrange désinvolture de Twist quand ils étaient au bureau, et au club échangiste. L'habileté avec laquelle il avait éludé les questions de Chas à propos du lien qu'il avait découvert entre Smitts, Mathews, et Michael.

Soudain, tout devint clair, limpide. Comme lors d'une partie d'échecs, quand la route qui mène au mat apparaît avec une telle évidence que l'on se demande pourquoi l'on n'y a pas pensé dès le premier coup.

Il se revit au drive-in porno au-dessus du club l'Échangiste. Sa confrontation avec Twist dans la lumière déclinante. Les mots de Twist lui revinrent avec le même effet dévastateur que les projectiles du Super Flingue.

« Tu es trop malin, Michael, et ça te fait du tort. »

Twist l'avait appelé Michael. Le problème, c'était que Twist était Janey. Et Janey ne l'appelait jamais Michael. Depuis qu'ils se connaissaient, elle l'avait toujours appelé Mike.

Le Twist O'Lemon qui venait d'essayer de le tuer n'était pas Janey. Quelqu'un d'autre pilotait son avatar. Et dans ce cas, cela signifiait que Janey était en grand danger, ou…

Il ne voulait même pas y penser. Il saisit le téléphone et sélectionna le numéro de son portable. « Salut, ici Janey… » Il raccrocha et appela son domicile. « Salut, ici Janey… » Il appuya rageusement sur le bouton pour mettre fin à la communication et envoya le récepteur valser sur son bureau.

Il se recala dans sa chaise en maudissant le ciel. « Putain, Janey ! Pourquoi tu ne rappelles pas ? » Il se leva. Son esprit tournait à plein régime. Il s'en voulait de ne pas avoir décroché plus vite la première fois qu'elle avait appelé. Il regarda l'heure. Presque six heures. En empruntant l'autoroute du littoral, il lui faudrait une demi-heure pour aller jusque chez elle, à Laguna Beach. Mais il ne voyait pas d'autre solution.

La lumière du début de soirée filtrait à travers les oiseaux de paradis qui bordaient la façade de sa maison. Il sortit du garage en marche arrière et aperçut, de l'autre côté de la rue, les deux gorilles de la mafia qui ne l'avaient pas lâché de la journée. Installés dans leur Lincoln, les vitres baissées, ils fumaient, sans essayer de se cacher. Dans son rétroviseur intérieur, il vit la Lincoln quitter sa place et le suivre tandis qu'il accélérait sur Dolphin Terrace. Quand il s'engagea sur l'autoroute, la lumière du jour finissait de mourir et ses craintes à propos de Janey se transformèrent en une angoisse insupportable.

CHAPITRE 33

Les gaz d'échappement s'élevaient en tourbillonnant dans l'air frais du soir, de longues files de véhicules bloquaient les voies de l'autoroute du littoral dans la descente vers Laguna Beach. La fin des heures de pointe.

Des scintillements rouges apparaissaient à la surface de l'océan au fur et à mesure que le soleil descendait vers Catalina, masquée à l'horizon par une longue bande de brume violette. Les feux passèrent au vert et les voitures reprirent leur progression. Michael se faufila jusqu'à la voie extérieure et s'engagea dans la file pour tourner à gauche. Sa patience atteignit ses limites quand le feu passa au rouge sous son nez. Il actionna son clignotant, coupa brusquement les voies qui venaient d'en face dans un crissement de pneus et s'engouffra dans une rue étroite menant au pavillon de Janey. Il entendit sur son sillage des klaxons rageurs. Trois autres voitures en avaient profité pour griller le feu. La pensée que les mafieux risquaient de s'imaginer qu'il essayait de les semer lui traversa l'esprit. Pour l'instant, il s'en moquait. Ignorant les cédez-le-passage, il accéléra en faisant hurler le moteur de son 4×4 et tourna dans la rue de Janey qui dessinait des angles droits au sommet de la colline.

Sa voiture était garée devant chez elle. Une vieille Ford Focus couleur fauve, avec son autocollant à l'arrière qui lançait avec défi *Fermez la Bush !* Michael ne savait pas s'il fallait prendre cela comme un bon ou un mauvais présage. Si elle était chez elle, pourquoi ne répondait-elle pas au téléphone ?

Il se rangea derrière et jeta un coup d'œil de l'autre côté de la rue où il vit les gorilles en train de se garer. Il grimpa deux à deux les marches qui menaient à la véranda. Essoufflé, il tambourina sur la porte avec le poing et tendit l'oreille. Aucun son ne lui parvenait si ce n'était les cris lointains des mouettes et le ronronnement d'une tondeuse, quelques maisons plus loin.

« Janey ! », cria-t-il en frappant cette fois-ci avec le plat de la main. Il n'attendit pas. Il remonta en courant la terrasse en bois et essaya d'apercevoir quelque chose par la fenêtre du salon. Le reflet du soleil couchant sur les vitres l'empêcha de distinguer quoi que ce soit. Il rebroussa chemin le long de la façade et tourna à l'angle de la maison. Une petite porte permettait d'accéder au jardin. Janey n'était pas du genre à y consacrer beaucoup de temps. La plus grande partie était recouverte de dalles de béton entre lesquelles prospéraient les mauvaises herbes. Il y avait aussi une petite piscine, couverte depuis l'hiver. Les cendres d'un barbecue gisaient au fond d'un gril rouillé. Les poubelles, alignées le long du mur, étaient sur le point de déborder. Les portes-fenêtres qui menaient de la maison au patio étaient grandes ouvertes. Chas s'arrêta pour les observer, de plus en plus inquiet. Cela n'annonçait rien de bon.

Il avança prudemment, passant du patio à l'intérieur. Il ressentit un changement de température. À l'extérieur, l'air du soir était encore tiède, vibrant du chant des insectes. La maison était froide et plongée dans l'obscurité. Il entendait le ronronnement étouffé de l'air conditionné. Quelqu'un de sensé ne laisse pas les portes ouvertes quand l'air conditionné fonctionne.

Il appela à nouveau. « Janey ? » Sa voix dérailla un peu, lui faisant prendre soudain conscience de la peur qui le tenaillait. Toujours pas de réponse. Il se trouvait dans sa chambre. Le lit, défait, était un amas de draps et de couvertures emmêlés et il flottait dans l'air une odeur de baskets froides. Des vêtements sales dégringolaient d'un panier à linge plein à ras bord. Il ouvrit la porte et avança dans le couloir. Les stores étaient tirés dans toutes les pièces. La maison était entièrement plongée dans le noir et un silence étrange y régnait. Il inspecta le couloir du regard, jusqu'à la cuisine, puis il prit la direction du salon, à l'avant de la maison. C'était là que Janey était allongée quand elle avait fait semblant d'être morte, la dernière fois qu'il était venu. La pièce était vide. Des canettes de bière traînaient au pied de son fauteuil préféré, là où elle aimait se pelotonner pour lire.

Il commença à se détendre. À l'évidence, il n'y avait personne. Dans ce cas, pourquoi la voiture de Janey était-elle garée devant ? Il remonta le couloir et ouvrit la porte de son repaire. La pièce n'était éclairée que par la lueur de ses deux écrans d'ordinateur. Il la trouva, allongée sur le sol, le long du mur, recroquevillée sur elle-même, comme un enfant dans le ventre de sa mère. Une grande flaque de sang sombre tachait le tapis crème à poils longs sur lequel elle reposait. Il y avait des éclaboussures sur le mur au-dessus d'elle et Chas en sentit l'odeur dans l'atmosphère glacée de la pièce.

« Seigneur, Janey ! » Sa voix n'était qu'un souffle mais elle résonna comme un coup de tonnerre. Il fut à côté d'elle en trois enjambées et s'accroupit pour la retourner. Elle avait deux impacts de balles au milieu de la poitrine, très rapprochés l'un de l'autre. La majeure partie du sang qui tachait le tapis s'était écoulée de l'unique orifice de sortie laissé dans son dos par l'un des projectiles. Un filet de sang séché s'échappait du coin de sa bouche. Ses lèvres étaient légèrement entrouvertes et ses yeux, sans vie derrière ses lunettes aux montures épaisses, étaient écarquillés et fixes. Son corps exsangue était froid, comme de la viande sortant tout droit du freezer.

Il vit une courte traînée de sang sur le tapis, comme si elle n'était pas morte immédiatement mais avait réussi à ramper jusqu'au mur pour essayer de se relever. Elle s'était ensuite effondrée pour ne plus bouger et s'était vidée de son sang.

Sa main droite était fermement serrée autour d'un objet blanc de petite taille. La rigidité cadavérique ne s'était pas encore installée. Délicatement, il lui écarta les doigts pour le libérer. C'était un minuscule buste en plastique provenant d'un chérubin ailé. Il se rappela l'avoir remarqué lors de ses visites précédentes, accroché à un mur. Janey n'était pas croyante, mais elle avait reçu une éducation catholique et possédait quelques bondieuseries. Pour une raison qu'il ignorait, elle avait accompli l'effort nécessaire pour atteindre cet objet en particulier, comme si elle savait qu'elle allait mourir et souhaitait y trouver du réconfort, ou demander le pardon de ses péchés.

Michael avait du sang sur les mains et les chaussures et la bile lui envahit la gorge. Les larmes lui montèrent aux yeux et la pièce devint floue. Il cligna vigoureusement pour s'en débarrasser et s'empêcher de pleurer. Quand il se releva, un scintillement sur le tapis accrocha son regard entraîné à examiner une scène de crime dans ses moindres détails.

Il enjamba le corps de Janey et se pencha en avant pour ramasser une paire de lunettes de lecture brisée. Il sursauta quand il constata qu'il s'agissait des siennes, disparues de son bureau depuis plusieurs jours. L'un des derniers cadeaux de Mora. Il se redressa, incrédule. Que diable faisaient-elles là ? Janey les avait-elle prises ? Et pourquoi ?

Il comprit subitement qu'on était en train de le piéger. Tout était mis en scène pour le désigner comme coupable. Il regarda le sang sur ses mains et ses chaussures. Il pensa aux empreintes digitales fraîches qu'il venait de laisser dans la maison. Des éclats de verre provenant de ses lunettes étaient dispersés dans l'épaisseur du tapis. La police scientifique les trouverait en examinant la pièce. Il se tourna vers les écrans. Sur l'un d'eux, il vit Twist O'Lemon, debout dans le hangar de l'aérodrome Abbotts, là où il l'avait vu pour la dernière fois. Il n'avait plus d'arme à la main, ses bras pendaient, inertes, et sa tête état penchée vers l'avant comme s'il dormait debout. À côté de l'étiquette de son nom, on pouvait lire Absent.

Quelqu'un s'était assis là, avait manipulé l'AV de Janey pendant qu'elle gisait sur le sol, morte ou agonisante. Quelqu'un l'avait abattue avant d'utiliser Twist pour tenter d'éliminer Chas, et faire porter le chapeau à Michael.

La panique lui serra la poitrine. Il y avait certainement d'autres indices dissimulés un peu partout. Comment allait-il expliquer tout cela ? Et quand ils commenceraient à enquêter, ils lui demanderaient d'où il avait sorti plus de trois millions de dollars pour rembourser le prêt de sa maison. Si le tueur de Janey avait réussi à éliminer Chas, il n'y aurait eu aucun lien avec son compte dans Second Life. Il n'aurait rien pu prouver. Néanmoins, il allait avoir de sérieux ennuis.

Son regard fut attiré par quelque chose de blanc qui traînait sous le bureau. Il se plia en deux pour le ramasser. C'était un mouchoir taché de sang. Ses initiales y étaient brodées avec du fil bleu. MK. Mora en avait commandé deux jeux lorsqu'ils s'étaient mariés. Un pour chacun d'eux. Il en avait toujours un sur lui. D'une manière ou d'une autre, une personne ayant accès à sa maison lui en avait subtilisé un. Ainsi que ses lunettes. Et Dieu sait quoi d'autre.

Le son d'une sirène de police qui se rapprochait l'obligea à interrompre prématurément ses recherches. Il ne doutait pas un seul instant que la patrouille venait chez Janey. Le piège se refermait sur lui. Un piège si bien monté qu'il ne voyait pas d'issue.

Le hurlement de la sirène se rapprochait. Il se rua dans la cuisine et lava ses mains ensanglantées. Il enveloppa soigneusement ce qui restait de ses lunettes dans un papier absorbant qu'il glissa dans sa poche de chemise. Il prit ensuite une profonde inspiration et se dirigea vers la porte d'entrée. Au même instant, une voiture de patrouille se gara derrière son 4×4, gyrophares allumés. Il remonta la rue du regard et vit ses anges gardiens en train de s'éclipser, sans doute par souci de discrétion. La Lincoln noire tourna à droite à l'autre bout de la rue, sur une route à sens unique qui allait les ramener sur l'autoroute du littoral.

Tout en sortant une paire de gants en latex de sa poche, Michael dévala les marches de la véranda à la rencontre des deux policiers qui s'avançaient vers lui. Le plus âgé des deux était une vieille connaissance de Michael, mais cela ne le dispensa pas de devoir s'expliquer.

« Salut Mike. Comment es-tu arrivé si vite ?
— J'étais à Laguna sur autre chose quand ils ont appelé, Sam. » C'est étonnant à quel point il est facile de mentir, pensa-t-il.
« Tu es entré ? »
Michael hocha la tête. Il n'avait pas besoin de faire semblant d'être choqué, ou grave, ou pâle. Il était déjà tout cela. « C'est Janey Amat, Sam. Elle est morte. »
Sam s'arrêta net, les yeux ronds et fixa Michael avec horreur. « Seigneur, Mike ! La petite de la scientifique avec laquelle tu bossais ? » Michael acquiesça. Voilà à quoi Janey se trouvait réduite. La petite de la scientifique avec laquelle bossait Michael Kapinsky. « Que s'est-il passé ?
— On lui a tiré dessus. Tu ferais mieux d'appeler une équipe complète. Je vais sortir mon matériel. »
Le plus jeune dit : « Prenez garde, monsieur. Vous avez du sang sur la chaussure.
— Oui, je sais. Je ne m'attendais pas à… Enfin, vous voyez. C'était une amie. Il fallait que je m'assure qu'elle soit morte. »
Sam lui posa une main sur l'épaule. « C'est un coup dur, Mike. Ce n'est jamais bon quand il s'agit de quelqu'un qu'on connaît. »
Michael était presque arrivé en bas des marches quand une idée lui traversa l'esprit. « Eh, Sam », lança-t-il en se retournant. « On sait qui a donné l'alerte ? »
Sam était arrivé devant la porte d'entrée. Il se tourna vers Michael. « Aucune idée, Mike. Un appel anonyme. » Les deux policiers pénétrèrent avec précaution dans la maison et Michael sauta dans son 4×4. Il mit le moteur en marche. Ses copains de la mafia n'étaient pas revenus. C'était l'occasion de se débarrasser d'eux. Il fit demi-tour en hâte et partit à toute vitesse à l'opposé

de la direction qu'ils avaient prise. Il serrait le volant de toutes ses forces pour ne pas trembler.

Ses vingt-quatre heures étaient écoulées et, maintenant, il fuyait la mafia et la police. Il ne voyait pas comment tout cela pouvait finir autrement que dans les larmes. Ou pire.

CHAPITRE 34

Le trajet de retour jusqu'à Corona del Mar, le long de l'autoroute du littoral, passa comme dans un rêve. Michael s'efforçait de remettre ses idées en ordre ce qui, étant donné les événements de ces dernières vingt-quatre heures, était loin d'être évident. Il ne pouvait pas retourner à Dolphin Terrace. La police y débarquerait tôt ou tard, et les gorilles qui le suivaient allaient certainement surveiller la maison.

Il lui fallait un accès Internet. Doobie était la seule personne au monde qui pouvait encore l'aider.

Il atteignit l'échangeur où Jamboree croise l'autoroute du littoral et descend vers l'océan et Balboa Island. Le Starbucks où il achetait régulièrement son café se trouvait sur l'île. Là, il pourrait se connecter. Mais les places de parking étaient chères. Il lui revint à l'esprit qu'il y avait un autre Starbucks à un kilomètre, le long de l'autoroute, après le concessionnaire Porsche. Il possédait son propre parking. Les feux passèrent au vert et il traversa Jamboree en accélérant.

Trois minutes plus tard, il garait son 4×4 et entrait dans le Starbucks avec son ordinateur portable. L'endroit était bondé et il dut attendre près d'un quart d'heure avant de pouvoir se faire servir son Caramel Macchiato habituel. Il s'installa ensuite à une table près de la fenêtre, occupée quelques secondes auparavant par deux adolescentes, et ouvrit son ordinateur portable. Tout en sirotant son café et en attendant que le système ait démarré, il se rappela qu'il n'avait pas le logiciel Second Life installé sur cet ordinateur.

Il jura à voix haute et se trouva fort embarrassé quand plusieurs visages se tournèrent vers lui.

« Pardon. » Il baissa la tête en rougissant et entra Second Life dans le champ de recherche de Google pour obtenir le lien du site. Il lui fallut quelques minutes pour télécharger le logiciel, l'installer et valider les divers avertissements avant de pouvoir entrer le nom de son avatar et son mot de passe. Il était enfin de retour.

*

Chas attendit quelques secondes, immobile, que le bureau de Twist rezze autour de lui. Il consulta sa liste d'Amis et vit que Twist était toujours en ligne. La pensée que Twist puisse encore exister dans SL alors que la personne réelle qui l'avait créé était morte le bouleversa.

Il laissa son regard errer dans la pièce, scrutant le moindre détail. Les cadres au mur, l'ours copain en peluche posé sur le bureau, l'ordinateur portable avec sa page d'accueil parodique pour Third Life, les plantes en pots. Tout ce qui se trouvait dans la pièce avait été acheté ou fabriqué puis disposé par Janey. C'était le monde qu'elle s'était construit. Pour s'évader d'une vie qui la décevait, dans un endroit où elle pouvait se réinventer et qu'elle pouvait contrôler. La douleur de savoir qu'il ne la reverrait plus jamais le submergea. Il n'entendrait plus son rire, elle ne lui parlerait plus de ses problèmes. Étrangement, par comparaison, la disparition de Mora semblait avoir glissé dans un autre espace-temps. Elle se présentait sous un angle qui lui avait échappé jusque-là. Lui aussi, en quelques jours, avait changé du tout au tout. Il était devenu quelqu'un d'autre.

Le temps était désormais un luxe pour lui et il ne pouvait se permettre d'en consacrer à ce genre de réflexions. Il constata avec soulagement que Doobie était encore connectée. Il ouvrit un IM.

IM : **Chas** : Salut Doobs !

IM : **Doobie** : Comment vas-tu, beau gosse ?

IM : **Chas** : Pas terrible. Il faut que je te parle.

IM : **Doobie** : Je suis en train de danser. Rejoins-moi au club.

Une invitation pour une téléportation à Séductions Inavouables apparut presque immédiatement. Chas cliqua pour accepter.

L'endroit était à moitié plein. Les quelques clients installés aux tables ou autour de la scène rezzèrent lentement. Le chant langoureux et doux d'un saxophone jouant du jazz flottait dans l'auditorium. Un DJ, l'air accablé, se tenait assis derrière sa console et passait en revue des piles de DVD. Il n'y avait que deux danseuses sur scène. Doobie et une autre fille appelée Pennyweather Boozehound, une grande blonde élancée, entourée d'un petit groupe d'admirateurs l'encourageant à ôter d'autres vêtements tandis qu'elle tournoyait autour de sa barre pour leur plus grand plaisir.

Subjugué, Chas observa la scène quelques instants. Doobie s'était déjà débarrassée de son haut et ne portait rien d'autre qu'une microscopique culotte en dentelle, une paire de bas, des jarretelles et ses incontournables talons aiguilles. Son AV était furieusement sexy et les mouvements de danse qu'elle exécutait mettaient son corps parfaitement en valeur. Elle pivotait, se cambrait, se redressait d'une manière sexuellement provocante et suscitait une litanie de commentaires obscènes de la part d'un client, assis sur un tabouret situé juste devant elle, penché en avant, les coudes posés sur la scène, le visage tourné vers le haut, surplombant un pot à pourboires contenant près de 2000 Lindens. Au moins, elle n'avait pas perdu son après-midi.

Le dernier versement, 200 Lindens, avait été fait par Biglurch Pinion, le client qui bavait lascivement devant elle. C'était un type bien bâti avec des épaules monumentales et une taille d'athlète. Les traits de son visage étaient grossiers mais, à l'évidence, celui qui, dans la vie réelle, les avait choisis, pensait qu'ils étaient séduisants. Il portait un tee-shirt noir moulant et un jean encore plus serré. Une cigarette se consumait entre les doigts de sa main gauche. Il publiait ses commentaires sur le chat public au lieu d'utiliser l'IM, plus discret.

Biglurch : Bon sang, tu as des nichons magnifiques, poupée. J'aimerais beaucoup m'amuser avec.

Doobie : Mille cinq cents de l'heure, Biglurch, et ils sont tout à toi.

Chas réagit. Il ne voulait pas que Doobie lui échappe, même pour une heure.

IM : **Chas** : Doobie, il faut vraiment que je te parle.

IM : **Doobie** : Ça devra attendre, Chas. Ce type va lâcher 500 de plus pour que j'enlève ma culotte. Et je ne veux ni le décevoir ni rater l'aubaine.

IM : **Chas** : Seigneur, Doobs !

Chas avança vers Biglurch.

Chas : Salut, Biglurch.

Biglurch : Salut, Chas.

Chas : Écoute, je ne veux pas gâcher ton plaisir, mais il faut vraiment que je parle à cette fille. Tu peux nous accorder quelques minutes ?

Biglurch pivota la tête et lança un regard noir à Chas.

Biglurch : Dégage ! J'ai payé pour l'avoir.

IM : **Doobie** : Laisse tomber, Chas. Je vais avoir des problèmes avec le patron si tu embêtes les clients.

IM : **Chas** : Mais c'est important, Doobs !

Dennis : Que se passe-t-il ?

Chas se retourna et vit un type de la carrure d'un gorille appelé Dennis Ember qui le dépassait de plusieurs têtes. Son badge annonçait Sécurité.

Chas : J'ai juste besoin de parler à Doobie pendant quelques minutes.

Biglurch : Elle danse pour moi, compris ? J'ai mis de l'argent dans le pot.

Dennis se tourna vers Biglurch.

Dennis : Est-ce que cet AV vous importune, monsieur ?

Biglurch : Putain, et comment !

Dennis : Dans ce cas, monsieur Chesnokov, je vais devoir vous demander de quitter les lieux. Monsieur Pinion est membre VIP.

Chas : Il pourrait s'agir du sultan du Brunei, je m'en fous.

Dennis : Et je n'apprécie pas votre ton. Adieu.

Chas se mit soudain à tourbillonner dans l'espace et le temps avant d'atterrir avec un bruit sourd dans une espèce de terrain vague. Il se releva et regarda autour de lui, stupéfait, tout en se demandant ce qui venait de se passer.

IM : **Doobie** : Tu t'es fait éjecter, imbécile ! Envoie-moi un TP.

Chas s'exécuta et elle apparut quelques secondes plus tard dans un scintillement de lumière. Pendant qu'elle rezzait, Chas fut soulagé de constater qu'elle n'avait pas encore ôté sa culotte.

Elle était furieuse.

Doobie : Chas, je sais que tu as de gros problèmes, mais tu vas finir pas me faire virer.

Chas : Doobie, Janey a été assassinée. Et son meurtrier a pris le contrôle de son AV pour essayer de me supprimer avec le Super Flingue.

Doobie demeura immobile pendant un très long moment. La fenêtre de chat restait vierge. Son silence en disait mille fois plus que les mots qu'elle aurait pu taper.

Doobie : Que s'est-il passé ?

Chas : Quelqu'un l'a abattue et a tout maquillé pour me faire porter le chapeau. La scène de crime était parsemée d'indices. J'ai été le premier sur place alors il a fallu que je l'examine pour voir si elle était morte. J'avais son sang sur mes mains et mes vêtements, et j'ai laissé mes empreintes partout. Les flics vont penser que je l'ai tuée. Au bout du compte, je me dis que je serais peut-être plus en sécurité en cellule. Parce que là, sans les trois millions, je suis un homme mort.

Doobie : Oh là, oh là. Doucement. Reprenons calmement. Pourquoi voudrait-on tuer Janey ?

Chas : Je n'en ai pas la moindre idée.

Doobie : Elle t'a téléphoné plus tôt, non ? Tout excitée parce qu'elle avait trouvé quelque chose qui vous liait, toi et les victimes.

Chas : Oui, mais je ne sais pas de quoi il s'agit.

Doobie : Tu m'as dit qu'elle allait en parler à quelqu'un.

Chas : Elle ne m'a pas dit qui c'était.

Doobie : Et tu n'as rien trouvé chez elle qui t'aurait donné une vague idée de ce que ce lien peut être, ou qui elle allait voir ?

Chas : Non, rien. Enfin, rien que j'aie remarqué. Elle a été tuée dans son repaire. Je n'ai pas eu le temps de fouiller ses affaires avant l'arrivée de flics.

Soudain, au fond de la noirceur de son désespoir, apparut un point de lumière, une minuscule lueur. Il se rappela la traînée de sang sur le tapis, les éclaboussures sur les murs, le petit chérubin de plâtre entre les doigts ensanglantés de Janey. Il n'avait pas compris sur l'instant pourquoi elle avait usé ses dernières forces pour le décrocher du mur. Mais, à présent, tout s'éclairait comme en plein jour.

Chas : Seigneur, Doobie. Il y avait quelque chose. Elle m'a laissé un message. Je viens seulement de le réaliser.

Doobie : Qu'est-ce que c'était ?

Chas : Oh, merde ! Dans la vie réelle ! Je reviens immédiatement.

*

Michael baissa la tête quand les deux policiers franchirent la porte. Ils ne regardèrent pas tout de suite dans sa direction, mais il savait qu'ils ne pouvaient pas ne pas le voir en sortant. Les flics jettent toujours un coup d'œil circulaire, pour jauger les alentours. Ils étaient entraînés ainsi et cela faisait partie de leur instinct de conservation. L'un d'eux, un policier de Newport, lui était familier. Cela signifiait qu'il risquait d'être reconnu.

Michael s'appuya sur son coude, posa nonchalamment la tête dans sa main et se tourna pour regarder par la vitre en essayant de dissimuler son visage. Il les entendit commander deux cafés au lait allégé avec deux donuts au chocolat, sans doute pour contrebalancer l'absence de gras dans les cafés. Qu'est-ce que les flics avaient donc avec les donuts ?

Il faisait complètement noir à l'extérieur. Vers l'ouest, une faible lueur subsistait dans le ciel. Ses marges de manœuvre se réduisaient rapidement et s'il voulait confirmer son intuition au sujet du message que lui avait laissé Janey, il n'avait qu'une seule manière d'y parvenir.

« Salut, Mike. Comment ça va mon pote ? » C'était le flic de Newport.

Michael se retourna, feignant la surprise. « Oh, salut. Je ne vous avais pas vus arriver. » Il hocha la tête en direction du sachet de donuts. « Je vois que vous travaillez votre ligne. »

Le flic éclata d'un rire forcé. « Ne le dis pas à ma moitié, ça fait des mois qu'elle m'a mis au régime. Elle se demande pourquoi je ne maigris pas. » Il posa son index sur ses lèvres. « C'est notre secret, hein ? » Il lui adressa un clin d'œil.

Michael lui fit un sourire complice. « Ne t'inquiète pas. Je ne cracherai pas le morceau. »

Il les regarda s'éloigner, la gorge nouée. Au moins, une chose était sûre. Il n'avait pas d'avis de recherche aux trousses. Si l'on pensait qu'il était impliqué dans le meurtre de Janey, rien n'avait encore transpiré. Il retourna à son ordinateur.

*

Chas : Doobie, tu es encore là ?

Son AV était actif, mais elle mit plusieurs secondes à répondre.

Doobie : Ouais, désolée. J'étais en IM avec mon patron. Je suis dans la merde. Bon, que se passe-t-il ?

Chas : Je ne peux pas rester où je suis. Je dois bouger.

Doobie : Où es-tu ?

Chas : Dans un Starbucks. J'ai croisé deux flics. Il y en a un autre sur Balboa Island. Il va me falloir dix, quinze minutes pour m'y rendre.

Doobie : OK. Envoie-moi un IM quand tu y es. Oh, au fait, c'était quoi le message de Janey ?

Il s'était déjà déconnecté.

*

Comme sortis de nulle part, des nuages sombres débarquaient du Pacifique, chargés d'une pluie qui commençait à s'abattre à grosses gouttes. Michael rejoignit sa voiture en courant, son ordinateur glissé sous sa veste. L'averse était aussi chaude que l'air ambiant. Quand il atteignit son 4×4, elle s'était transformée en déluge. Il se hissa sur le siège conducteur, essoufflé et trempé. Au loin, des échardes de lumière violette fracturaient le ciel et dessinaient un liseré d'un rose éclatant sur le pourtour des nuages noirs en formation.

Il posa son ordinateur sur le siège passager et resta assis, les mains agrippées au volant, les yeux clos. Il ne parvenait pas à évacuer l'image de Janey, morte, allongée sur le sol de sa tanière. Elle semblait gravée à la surface de sa rétine, comme les images fantômes qui subsistent sur les écrans d'ordinateur quand elles sont trop longtemps affichées.

Il se rappela la nuit où elle était venue chez lui pour le surprendre. Sa mascarade de séduction qui, il s'en rendait compte, n'était qu'un voile pudique jeté sur un sentiment bien réel. Il se rappela son sourire, son sens de l'humour si particulier, ses blagues où elle se prenait souvent pour cible. Elle était morte, à présent. Par sa faute. Son sang répandu sur le tapis de sa tanière. Les traces écarlates laissées sur le mur par ses doigts crispés tandis qu'elle essayait d'agripper la petite figurine de plâtre. Son dernier geste, sa dernière pensée étaient un message pour Michael.

Autre chose lui vint à l'esprit. Il n'y avait d'abord pas prêté attention. Mais ce détail devait s'être logé dans un recoin de son crâne, attendant impatiemment d'être découvert sous un jour nouveau, à la lumière des événements récents.

Une phrase apparemment sans importance, prononcée lors de leur conversation avec Richard, le frère de Jennifer Mathews. L'amertume qu'il avait ressentie en apprenant par sa sœur que leur père détournait de l'argent pour elle en le cachant dans Second Life. « *Elle m'en a parlé, voyez-vous. Pour me mettre le nez dedans. Elle a toujours eu ce côté méchant. Tel père, telle fille. Aucune thérapie, même la plus onéreuse, n'aurait pu supprimer chez elle ce sale petit trait de caractère.* »

Michael ouvrit précipitamment son téléphone portable, sélectionna un numéro dans le répertoire et le colla contre son oreille. La sonnerie se déclencha.

« Ouais ?

— C'est Stan ou Ollie ?

— Stanley. Qui est à l'appareil ?

— C'est Michael, Stan. Tu es au courant ? »

Il retint son souffle. C'était le moment de vérité. Si son nom était sorti de l'examen de la scène de crime à Laguna, la conversation risquait de tourner court.

« Putain, ouais. Janey ? Nom de Dieu, mec, je n'arrive pas à y croire. Je discutais avec elle cet après-midi. »

Michael s'efforçait de maîtriser sa respiration. On ne le soupçonnait pas encore. « Stan, j'ai besoin d'infos.

— À propos de Janey ?
— Non. À propos d'Arnold Smitts et de Jennifer Mathews.
— Seigneur, Mike ! Toi et Janey, même chanson. Elle m'a houspillé à ce sujet cet après-midi. Vous vous mettez à jouer aux détectives tout à coup, ou quoi ?
— Stan, c'est important. Cela pourrait expliquer sa mort. Que voulait-elle savoir ? »
Il entendait le souffle rauque de Laurel à l'autre bout de la ligne qui se demandait s'il lâchait le morceau, ou pas. « Savoir si Smitts et Mathews avaient le même psy. Elle avait passé le dossier Smitts en revue et y avait déniché un nom.
— Et alors, c'était le même ? »
Laurel grogna. « Et si c'est le cas, qu'est-ce que ça peut faire ? Ça ne serait pas anormal que deux personnes vivant dans la même petite ville voient le même thérapeute. On n'est pas à L.A.
— Qui est-ce, Stan ? »
Il savait déjà, avant même que Laurel ne le lui dise. « Une consultante en psychologie du nom d'Angela Monachino. »
Michael ferma les yeux et revit le petit chérubin de plâtre dans la main de Janey. Ce n'était pas un chérubin, mais un ange. Alors qu'elle allait mourir, elle avait trouvé un moyen de lui donner le nom de son assassin.
« Mike ? Tu es là, Mike ? Ne quitte pas. J'ai des infos bizarres sur l'autre ligne au sujet de Laguna Beach. »
Michael referma brusquement son téléphone. Il ne parvenait que trop bien à s'imaginer quelles étaient ces infos. Il allait se retrouver dans un sacré merdier.
Il serra un peu plus le volant et jura. Angela l'avait piégé dès le début. Elle l'avait manipulé pour qu'il s'inscrive à Second Life avec la promesse de poursuivre

sa thérapie dans un groupe SL. Ce devait être elle qui, d'une manière ou d'une autre, avait arrangé le transfert des millions de Smitts sur le compte de Chas. Dieu seul savait pourquoi.

Michael mit le contact. Dans quelques minutes, les patrouilles de police seraient alertées. Et l'une d'entre elles savait où il se trouvait. Il rejoignit l'autoroute du littoral et se glissa dans la circulation en direction du sud. Une fois à Jamboree, il tourna à droite. Au pied de la colline, il croisa la clinique de chirurgie esthétique Cosmetic Care sur sa gauche et le yacht-club de Newport Beach sur sa droite avant de franchir le pont qui menait à Balboa Island. Il trouva une place le long du trottoir face au Starbucks sur Marine Avenue. Il vit à travers la pluie que le café était presque désert. Quelques clients étaient assis aux tables installées le long de la vitrine. Il glissa son ordinateur sous sa veste et se hâta de traverser la rue, faisant gicler à chacun de ses pas l'eau qui recouvrait le bitume. Quand il ouvrit la porte et se réfugia enfin à l'intérieur, il était essoufflé et trempé jusqu'aux os.

Les regards des clients se tournèrent vers lui. Deux femmes, la quarantaine, en pantalons de jogging et tennis, venues se mettre à l'abri pendant l'averse avant de reprendre leur course. Un jeune homme aux cheveux longs et attachés, le visage pâle, absorbé devant son ordinateur. Un homme d'une cinquantaine d'années dégoulinait dans un short et un tee-shirt jaunes qui lui collaient à la peau. Il avait, à l'évidence, été surpris par le déluge et ses cheveux bruns ramenés en arrière gouttaient sur ses épaules. Une dame âgée, à la chevelure argent, assise dans un coin, leva les yeux de son MacBook et lui adressa un sourire compatissant.

Le serveur barbu, posté de l'autre côté du comptoir, l'accueillit chaleureusement. « Comment allez-vous aujourd'hui, Michael ? Qu'est-ce que je vous sers ? Comme d'habitude ? »

Michael n'avait pas envie d'un autre café. Mais il lui fallait une excuse pour être là. « Oui, merci. »

Il transporta sa boisson jusqu'à une table libre, s'assit et ouvrit son ordinateur portable. Un avertissement apparut sur l'écran l'informant que sa batterie était presque épuisée. Il marmonna une série d'injures. Il allait devoir se dépêcher.

CHAPITRE 35

Le bureau de Twist rezzait avec une lenteur exaspérante. Chas, debout, observait avec agacement ses cheveux pousser sur son crâne chauve et ses vêtements apparaître progressivement sur son corps encore gris. Enfin, son enveloppe prit l'apparence d'une peau bronzée. Un tintement lui signala un IM en attente. C'était Doobie.

IM : **Doobie** : Salut, Chas. Quand tu auras ce message, contacte-moi et je t'enverrai un téléport.

Chas répondit immédiatement.

IM : **Chas** : Je suis là, Doobs. J'attends le téléport.

Une invitation à rejoindre Doobie Littlething à Camelot apparut. Il cliqua pour l'accepter.

Il émergea de l'obscurité sur un pont décoré de motifs en mosaïque, flanqué de cascades des deux côtés. Des jardins verts et luxuriants se matérialisaient autour de lui. Le nom de Doobie clignota sur son radar, mais il lui fallut presque trente secondes pour apparaître. Elle portait un cache-cœur bleu et un pantalon noir moulant dont les jambes s'arrêtaient juste au-dessus du mollet. Ses cheveux étaient attachés et une frange lui barrait le front.

IM : **Doobie** : On reste en IM, Chas. Il y a trop de monde par ici. Suis-moi.

Elle emprunta le pont et rejoignit une vaste place au bout de laquelle brûlait un feu de bois et gravit les quelques marches qui menaient à une imposante demeure surplombant les jardins. Chas la suivit.

IM : **Chas** : Où sommes-nous ?

IM : **Doobie** : Oh, c'est un genre de parc romantique avec une maison de campagne. J'y amène parfois des clients pour danser avant de les conduire chez moi. Ce n'est pas seulement une histoire de sexe. Il y en a un ou deux qui apprécient ce côté fleur bleue de ma prestation.

IM : **Chas** : Que fais-tu là dans ce cas ?

IM : **Doobie** : J'étais avec un client. Je l'ai planté dès que j'ai reçu ton IM.

IM : **Chas** : Oh. D'accord.

Ils passèrent entre deux armures qui gardaient l'entrée de la demeure. Des torches enflammées brûlaient de part et d'autre de la porte et une boîte installée sur le seuil proposait un smoking gratuit. Ils pénétrèrent dans un hall immense, digne d'une baronnie, aux murs décorés de portraits Renaissance. Un escalier circulaire menait à l'étage supérieur dont le sol était en verre.

IM : **Doobie** : Clique sur une poseball danse lente. On pourra discuter sans être dérangés.

Doobie et Chas se retrouvèrent enlacés et commencèrent à se balancer au son de la musique douce et romantique diffusée sur le canal audio de Camelot. Sous leurs pieds, la vision déroutante du hall d'entrée leur donnait l'impression de flotter dans les airs. En d'autres circonstances, Chas aurait trouvé le moment agréable. Mais pour l'instant, le romantisme était à mille lieues de ses pensées.

IM : **Doobie** : Quand on a discuté l'autre fois, tu m'as dit que Janey t'avait laissé un message.

IM : **Chas** : C'est le cas. Je sais qui est le tueur,

Doobs. C'est ma psy, Angela Monachino. C'est elle qui m'a fait connaître Second Life. Et Smitts et Mathews étaient de ses patients.

IM : **Doobie** : Cela veut donc dire qu'elle a un AV dans SL ?

IM : **Chas** : Oui. Angel Catchpole. Elle a l'apparence d'une sorcière. Tout du moins, c'était le cas pendant la thérapie.

IM : **Doobie** : C'est donc elle qui a dû transférer l'argent sur ton compte.

IM : **Chas** : J'imagine que oui. Même si je ne comprends pas pourquoi. D'une manière ou d'une autre, elle a réussi à mettre la main sur le Super Flingue de Wicked Wilson et elle assassine de riches clients pour s'emparer de leur argent.

IM : **Doobie** : Ça n'a pas de sens, Chas. Pourquoi aurait-elle besoin de les tuer ? Elle pourrait se contenter de supprimer l'AV, d'effacer le compte et de transférer l'argent sur le sien.

IM : **Chas** : À moins que, dans la vie réelle, les victimes sachent qui a tué leur AV. Cela l'obligerait à effacer ses traces.

IM : **Doobie** : C'est donc Janey qui a découvert que c'était elle ?

IM : **Chas** : Oui. Et cette gourde a dû lui dire qu'elle l'avait démasquée. Ah, bordel ! Pourquoi ne m'a-t-elle pas attendu ?

IM : **Doobie** : Et Angela l'a tuée avant de maquiller la scène pour que l'on te soupçonne ?

IM : **Chas** : Ça va être compliqué à prouver, Doobs. Il n'y a aucune preuve. Tous les indices pointent dans ma direction. Et comment vais-je pouvoir expliquer les trois millions en trop sur mon compte ? Et il faut prendre en considération le fait que la mafia m'aura peut-être descendu avant que j'aie eu le temps d'expliquer quoi que ce soit.

IM : **Doobie** : Eh merde !

IM : **Chas** : Quoi ?

IM : **Doobie** : Un IM de mon patron à Séductions Inavouables. Il y a un client qui me demande au club. Je suis déjà mal vue à cause de toi. Si je n'y vais pas, il va me virer.

IM : **Chas** : Seigneur, Doobie, ce n'est qu'un boulot !

IM : **Doobie** : Non, ce n'est pas que ça ! Ça m'a pris un temps fou de décrocher ce travail. Tu ne sais pas à quel point la concurrence est rude dans la danse en ce moment. Je vais m'en occuper et je t'envoie un IM dès que j'ai terminé.

Elle se déconnecta de la poseball et disparut, laissant Chas danser seul sur le sol en verre.

Il se déconnecta à son tour de la poseball et constata avec gêne que les autres couples jetaient des coups d'œil furtifs dans sa direction. Venait-il de se faire planter là par son amoureuse ou avait-il offensé la fille qu'il courtisait ? Le tintement désormais familier lui indiqua l'arrivé d'un IM. Son cœur cessa presque de battre. C'était Angel. Il hésita à l'ouvrir, assailli par un étrange mélange d'émotions. Colère, peur, appréhension, envie de meurtre.

IM : **Angel** : Bonjour, Chas. Il faut que nous parlions.

IM : **Chas** : Je pensais que vous n'étiez pas disponible en raison d'un deuil dans votre famille.

IM : **Angel** : Je n'ai pas dit que cela concernait ma famille.

Chas réalisa soudainement qu'en fait, elle avait parlé de Janey et une bouffée de colère commença à monter en lui comme de la lave en fusion. Il parvint à contenir l'éruption. Elle ne savait pas qu'il savait. Et il voulait conserver cet avantage.

IM : **Chas** : Oh. Bon. Et de quoi souhaitiez-vous me parler, Angel ?

IM : **Angel** : Eh bien, je préférerais que nous discutions face à face, Chas. Il y a certaines choses dont je dois m'entretenir avec vous.

IM : **Chas** : Où voulez-vous que nous nous retrouvions ?

IM : **Angel** : Ici, à la Blackhouse, Chas. Là où vous étiez venu pour la séance de thérapie de groupe. Vous avez toujours le Repère ?

IM : **Chas** : Oui.

IM : **Angel** : Bien, téléportez-vous. Je vous attends dans la salle principale.

Chas fixa la boîte de dialogue et sentit sa poitrine se serrer. Elle allait le tuer. Pour quelle autre raison aurait-elle voulu l'attirer là-bas ? Elle n'y était pas parvenue en se faisant passer pour Twist. À présent, elle ne prenait plus de pincettes. La comédie était terminée. Il savait que c'était une folie d'y aller, mais il lui fallait des preuves, trouver un moyen d'impliquer sa psy – son ex-psy – dans cet effroyable bazar. Au moins, il bénéficierait de l'élément de surprise. Elle n'avait aucune raison de soupçonner qu'il était au courant du lien avec Smitts et Mathews, ou qu'elle avait assassiné Janey.

Il activa les armes ATH de son Inventaire afin d'avoir à portée de clic de quoi se défendre et attaquer. Il prit une profonde inspiration, ouvrit son dossier de Repères et double-cliqua sur celui de la Blackhouse.

CHAPITRE 36

Il faisait déjà nuit quand il atterrit sur la plage à l'opposé de la Blackhouse. Tout autour, la lune projetait des reflets argentés sur les étendues de sable et l'imposante masse carrée de la Blackhouse se dressait contre le ciel étoilé. De là où il se trouvait, il parvint à distinguer des lumières à l'intérieur du bâtiment, les flammes changeantes de dizaines de torches suspendues aux murs qui projetaient au travers d'immenses fenêtres des ombres dansantes dans l'obscurité.

Chas franchit le canal rempli d'eau qui le séparait de la parcelle voisine et avança avec prudence en direction des portes métalliques de la Blackhouse. Les yeux rouges des têtes de diables sculptées luisaient dans la nuit et semblaient le suivre du regard.

À l'intérieur, il retrouva la mare de sang sur le sol, incroyablement nette dans la lumière tamisée des torches, et les traces de griffes qui s'éloignaient dans l'ombre. Il hésita. Lors de sa première visite, il avait été observé. Une caméra dissimulée, sans doute. Les yeux des diables qui le fixaient devaient retransmettre son image quelque part.

On était donc prévenu de son arrivée. Il avait encore le temps de se téléporter ailleurs. De se déconnecter de SL et de se rendre à la police, leur dire ce qu'il savait, s'en remettre au système judiciaire californien et demander leur protection contre la mafia. Mais il ne parvenait pas à se rallier à cette idée. Il voulait un face-à-face avec Angel, l'affronter lui-même. Découvrir la vérité et survivre pour la rapporter.

Il augmenta le volume de son ordinateur, soucieux de ne pas laisser échapper le moindre son qui pourrait trahir une présence, et progressa dans le couloir qui longeait le côté du bâtiment et menait dans l'arène principale. L'obscurité s'intensifia. Plus loin, là où le couloir partait en courbe, hors de vue, une lumière vacillait. Au fur et à mesure de sa progression, l'air s'emplissait du craquement des flammes qui devenait plus net encore quand il passait devant les torches. Guidé par leur lumière, il déboucha enfin dans le vaste espace de l'arène principale. Il vit l'estrade, à l'autre bout, là où avait eu lieu la séance de groupe. À travers les fenêtres, le clair de lune se répandait en longues bandes argentées sur le sol et des volutes de vapeur s'élevaient de la nappe de sang au centre de l'arène. Angel se tenait près du bord, enveloppée de brume. Son visage pâle de sorcière se reflétait à la surface du sang et des ombres étranges virevoltaient autour d'elle, tels des fantômes pris de folie. Comme la première fois, elle tenait au creux du bras son livre de sorts rouge sang et portait la même longue robe violette au décolleté profond, où plongeait son pendentif d'opale. Elle affichait un demi-sourire étrange. Ses lèvres semblaient noires et ses yeux renvoyaient la lueur des torches.

Angel : Bonjour Chas. Je suis tellement contente que vous ayez pu venir.

Chas : De quoi souhaitiez-vous me parler, Angel ?

Angel : Eh bien, je ne voulais pas m'entretenir avec vous en public, ni même par IM. SL n'est plus un endroit sûr de nos jours. Trop de gens créent des logiciels espions, des gadgets pour suivre les AV, enregistrer leurs conversations. Et la plupart des pauvres diables qui vivent dans ce merveilleux monde virtuel n'ont pas la moindre idée de ce qui s'y trame. Ils sont trop occupés à faire du shopping ou à coucher les uns avec les autres. Cette technologie extraordinaire ne fait qu'engendrer un prodigieux gâchis.

Elle avança de plusieurs pas dans sa direction et il tressaillit involontairement.

Angel : Je voulais que cette conversation se passe entre nous, Chas. Je ne tiens surtout pas à ce qu'elle soit entendue par quelqu'un d'autre. Aussi, je vous ai préparé une note.

Une offre de note émanant d'Angel Catchpole apparut devant lui. Il l'accepta et l'ouvrit. Il la scruta quelques secondes, désemparé. Elle portait un titre, *Une triste histoire,* mais elle était complètement vierge.

Chas : Je ne comprends pas.

Angel : Que ne comprenez-vous pas, Chas ? Lisez-la.

Chas : Elle est vierge, Angel.

Angel : C'est impossible. J'en ai une copie sous les yeux.

Un bip sur son radar alerta Chas. Il y avait quelqu'un d'autre. Le nom de Dark Daley apparut sur sa liste.

Dark : J'ai bien peur qu'il ait raison, Angel.

Ils se tournèrent et virent Dark qui descendait les escaliers menant à l'étage supérieur. Il était torse nu, comme lors de la séance de groupe, et le piercing de son mamelon scintillait dans l'obscurité. Il portait un jean noir et des bottes de moto cloutées. Ses cheveux paraissaient plus sombres que dans le souvenir de Chas, avec quelques traits argentés.

Angel : Que faites-vous ici, Dark ? Nous n'avons pas de rendez-vous.

Dark : Je ne pensais pas en avoir besoin, docteur Catchpole. J'imaginais que cela vous intéresserait, au bout du compte, d'entendre quels sont mes fantasmes les plus sombres et les plus enfouis. C'est pour cette raison que j'ai effacé votre petite note. Je ne veux pas que vous les partagiez avec des étrangers.

Angel : De quoi parlez-vous, Dark ? Comment avez-vous pu faire cela ?

Dark : C'est si facile quand on sait comment procéder, ma petite Angel. Comme il est facile de tuer lorsque l'on y a goûté. Un simple glissement du fantasme vers la réalité. De l'acte imaginé à l'acte perpétré.

Chas fut pris au dépourvu par la vitesse avec laquelle le Super Flingue fit son apparition dans la main de Dark. Ce dernier, le bras tendu droit devant lui, la tête légèrement inclinée sur le côté, fermait un œil pour mieux viser sa cible – Chas.

Dark : C'est aussi simple que ça.

Il pivota de quatre-vingt-dix degrés et tira à trois reprises. Chaque projectile fit un trou béant dans l'AV d'Angel. Chas sentit que quelque chose le frappait également et son AV tituba. Il baissa les yeux et vit du sang et des morceaux de chair d'AV sur sa chemise et son pantalon.

Angel resta immobile pendant quelques secondes, choquée, incrédule. La plus grande part de sa poitrine et de son ventre avait disparu. Puis, elle s'effondra sur elle-même, son livre de sorts encore serré au creux de son bras.

Un IM clignota dans la fenêtre de Chas.

IM : **Doobie** : C'est bon, Chas, je suis libre. Envoie-moi un téléport.

Chas sortit soudain de son état de choc, ahuri.

IM : **Chas** : Doobie, j'avais tort. Ce n'est pas Angel. C'est un de ses patients. Dark Daley. Il vient de la tuer sous mes yeux.

IM : **Doobie** : Seigneur, Chas ! Où es-tu ? Tire-toi de là, où que tu sois !

Dark pivota vers Chas, la bouche déformée par un sourire grotesque.

Dark : Jamais pu supporter cette pouffiasse. Une putain d'arrogante, et pas qu'à moitié. Et toi, mon pote, tu en sais beaucoup trop pour ton bien. Ou le mien.

Par dizaines de milliers, des fragments de pensée tentaient d'atteindre la lumière depuis les recoins obscurs de l'esprit de Chas. Soudain, l'un d'eux l'aveugla de ses reflets. Le chérubin blanc dans la main crispée de Janey. Ce n'était ni Angel ni Angela, mais Angeloz. Luis L.A. Angeloz. La moitié maigrichonne de Laurel et Hardy. Ils avaient pourtant vu son AV dans Second Life. Phat Botha. Était-il possible qu'il ait un deuxième compte ? Un autre AV. Chas regarda à nouveau Dark, et le pistolet braqué sur lui. « Stanley ? »

Dark se figea l'espace d'un instant. « Quoi ? »

Chas en profita pour double-cliquer sur le premier Repère de son Inventaire qui tomba sous sa souris et se téléporta hors de la Blackhouse avant que Dark n'ait le temps d'appuyer sur la gâchette.

*

Pendant que les bâtiments sinistres de brique et de grès rezzaient autour de lui, Chas réalisa qu'il se trouvait là où avait commencé son aventure dans SL. À Crack Town, Carnal City, où Doobie avait capturé et planté Tommy Tattoo, le griefer. Il savait que Dark était sur ses talons. Il activa le mode Course et commença à dévaler la rue. Il longea le club Dura's Play Lounge, le magasin de matériaux de construction Carnal Street Urban Building et la boutique de textures provocantes Urban Grims.

Une voiture de police était garée sur le trottoir au coin de la rue. Un policier menottait un jeune voyou après l'avoir plaqué contre le mur. Un graffiti proclamait *Combattez l'apathie – ou pas.* Il entendit l'écho d'un coup de feu résonner dans la rue et la paroi de briques face à lui vola en éclats sous l'impact d'une balle. Il tourna la tête. Dark était à ses trousses. De par sa brève expérience, il savait à quel point il était difficile de toucher une cible mouvante. Il devait continuer à se déplacer.

Il croisa une prostituée qui le racola.

Becka Cale : Cinq cents pour une heure, Chas. Qu'est-ce que tu en dis ?

Il ne prit même pas le temps de refuser.

Il passa en trombe devant la galerie Bad Art et tourna à gauche au bout de la rue. Il entendit un autre tir. Un boucher vêtu d'une blouse blanche tachée de sang se tenait devant sa boutique, un hachoir dans une main et un chapelet de saucisses dans l'autre. Il souriait, prenant sans doute Chas pour un éventuel client. Un peu plus loin, un bus brûlait sur le bord de la route et, au-delà, la brume s'enroulait autour des stèles du cimetière de Carnal City.

Chas s'éloigna des portes du cimetière et se retrouva dans un terrain vague apparemment sans issue. Il paniqua. Il n'avait que quelques secondes d'avance sur Dark. Il repéra un passage étroit, presque invisible, entre les immeubles. Il s'y engouffra et se retrouva dans un labyrinthe de passages qui zigzaguaient entre des cours et des jardins. Les murs étaient presque entièrement couverts de graffitis. Il passa devant des animations Étrangler et Être étranglé. Droit devant lui se trouvait le magasin Le Baron qui vendait, vingt-quatre heures sur vingt-quatre, des « accessoires coquins et plus ».

Chas tourna à droite, terrorisé à l'idée de regarder derrière lui. Soudain, le décor lui sembla familier. Il courut droit devant lui et prit un pont sur la gauche qui enjambait une rivière de produits chimiques verdâtres. C'était là que Doobie avait coincé Tommy Tattoo. Le commissariat central de Carnal City était au bout de la rue.

Pendant un bref instant, à l'opposé de toute logique, Chas pensa qu'il y serait peut-être en sécurité. Il jeta un coup d'œil derrière lui et vit Dark qui passait le coin. Quand il regarda à nouveau devant lui, il se retrouva face à deux AV au corps bizarrement déformé. Badwolf Lilliehook était un punk. Sa jambe droite, anormalement étirée, était tendue vers le ciel et son bras droit sortait de sa cuisse. Ariel Kyle était un démon féminin au visage blafard, doté d'un cou long et fin et dont les jambes se pliaient au-dessus de la tête. Ils donnaient l'impression d'avoir été introduits dans une machine et malaxés jusqu'à perdre forme humaine.

Badwolf : Salut, Chas.

Il semblait amical. Chas s'arrêta net, sans vraiment savoir s'ils représentaient une menace.

Chas : Salut. Je crois deviner que vous êtes des adeptes du look difforme.

Ariel : C'est comme cela qu'on prend notre pied. Le sexe de cartoon, c'est chiant.

Au moment où ses mots apparurent sur l'écran, elle explosa comme une pastèque lâchée d'une hauteur. Son sang gicla partout pendant que l'écho du tir du Super Flingue rebondissait dans la rue.

Badwolf : Seigneur !

Chas repartit en courant en direction du commissariat.

Une prostituée en minijupe noire et cuissardes rouges l'interpella quand il arriva devant la porte qui coulissa. Il entra en courant sans prendre le temps de lire son texte.

Il n'y avait personne derrière le guichet d'accueil. Il longea un mur couvert d'avis de recherche et d'une carte de Carnal City. Il passa entre les deux portes d'acier qui marquaient l'entrée du quartier des cellules. Des prisonniers flemmardaient derrière les barreaux en buvant de la bière. Ils levèrent les yeux vers lui. Chas était complètement paniqué. Il était coincé.

Il remonta le couloir en courant et franchit la porte à l'autre bout. Il arriva dans une petite pièce carrée aux murs verts décrépis, destinée aux interrogatoires. Il y avait au centre une simple table noire avec une chaise de chaque côté. Sur le mur était accroché un tableau noir avec des inscriptions à la craie jaune. Témoin. Photos. Empreintes. Fluides. Armes. La porte claqua dans son dos. Il était piégé. Il jura. Il n'y avait aucune issue.

Il entendit le tintement d'un IM et consulta sa boîte de dialogue.

IM : **Doobie** : Chas, que se passe-t-il ? Tu t'en es sorti ?

IM : **Chas** : Je suis dans une merde noire, Doobs. À Carnal City.

IM : **Doobie** : Envoie-moi un téléport.

IM : **Chas** : Pas le temps.

Il ouvrit son Inventaire, cliqua sur le dossier des Repères puis essaya de se retourner en entendant la porte derrière lui. Quand il enfonça la touche fléchée pour faire pivoter son AV, son Inventaire se referma. Il n'avait plus le temps de le rouvrir. Dark se tenait dans l'embrasure de la porte, le Super Flingue braqué sur lui. Maintenant, pensa-t-il, tout se jouait sur le fait de savoir s'il parviendrait à atteindre le bouton Quitter avant que Dark ne clique pour faire feu.

Mais il ne pouvait pas lutter. Dark tira. Une. Deux. Trois fois. Chas ressentit l'impact des balles. Son AV réagit, reculant sous les deux premiers coups. Le troisième le projeta contre le mur. Bien sûr, il n'éprouva aucune douleur. Juste une nausée au creux de l'estomac quand son écran vira au rouge, puis au noir et que son logiciel SL planta.

CHAPITRE 37

Michael fixait son moniteur, incrédule. Comment avait-il pu laisser arriver une chose pareille ? Pourquoi ne s'était-il pas téléporté plus tôt, ou simplement déconnecté ?

Chas était mort et, avec la disparition de son compte, toute possibilité de prouver d'où venaient les trois millions. Angel était morte, elle aussi. Et, en dépit des preuves qui pointaient dans sa direction, sa conviction intime qu'Angela Monachino était l'assassin avait volé en éclats sous les coups du Super Flingue. Il s'agissait forcément de Stan Laurel – l'inspecteur Luis L.A. Angeloz.

Il se laissa aller en avant, les coudes sur la table, la tête dans les mains, sans la moindre idée de ce qu'il devait faire. Il pleurait Chas. Sans qu'il comprenne vraiment comment, Chas avait été une renaissance. Il s'était redécouvert capable d'émotions qu'il croyait mortes. Chas lui avait montré comment revivre. Comment être. Comment ressentir. À présent, il était parti, laissant Michael seul pour affronter une accusation de meurtre et des menaces de mort. L'assassin avait détruit Chas. Il allait certainement s'en prendre à Michael dans la vie réelle.

Cela signifiait qu'Angela était elle aussi en danger. Dark n'avait tué que son AV. Angela connaissait sa véritable identité. Angeloz devait être un de ses patients. S'il pouvait se contenter de laisser la mafia descendre Michael à sa place, ou l'État de Californie le fourrer en prison, il devait tuer Angela. Elle en savait trop.

« Désolé, Michael, il faut que je vous demande de partir. Nous allons fermer. » Derrière le comptoir, le barman barbu lui adressa un sourire en guise d'excuse. « Vous aussi, m'dame. »

Michael regarda autour de lui comme s'il émergeait d'un rêve. À l'exception de la vieille dame assise dans le coin, l'endroit était désert. La moitié des lumières étaient éteintes et la pluie continuait de tomber par seaux, frappant le bitume avec une telle force qu'elle créait une brume qui occultait presque le trottoir d'en face.

Son ordinateur émit un bip. Il baissa les yeux vers le message d'alerte qui venait de s'afficher. BATTERIE ÉPUISÉE. Il eut à peine le temps de le lire. L'écran vira au noir, la machine gémit puis laissa échapper un clic avant de devenir silencieuse. Elle s'était éteinte. Plus d'énergie. Il abaissa le capot et se leva.

« Excusez-moi. »

Il se retourna et vit dans le coin la dame aux cheveux argent qui glissait son MacBook dans sa sacoche et rassemblait ses affaires.

« Savez-vous s'il y a un autre endroit aux alentours où je peux accéder à Internet ? Je n'ai pas fini ce que j'avais à faire en ligne, et il est important que je le termine. »

Michael ne voulait pas être impoli. Mais il ne désirait pas non plus perdre du temps à lui indiquer un cybercafé. Il devait rentrer chez lui pour se reconnecter. Il fallait qu'il parle à Doobie. Il aurait eu besoin d'une deuxième tête pour venir à bout de tout cela. « Je suis désolé », dit-il. « Je ne sais pas trop. Je crois qu'il y a un endroit sur le Lido. Il vaudrait mieux que vous demandiez au barman. »

*

Le col relevé, son ordinateur plaqué contre la poitrine, il courut sous la pluie jusqu'à son 4×4 garé de l'autre côté de la rue et se hissa sur le siège conducteur. Des gouttes glissaient sur son visage. Il balança l'ordinateur sur le siège voisin et sortit son téléphone mobile de sa poche intérieure. Il y avait de fortes chances pour qu'Angela soit encore vivante. Son numéro était enregistré dans ses contacts. Il écouta la sonnerie retentir, encore, et encore. La messagerie se déclencha. Il raccrocha, inquiet. Il fallait qu'il aille chez lui.

Le moteur toussa et cracha comme s'il avait la gorge pleine d'eau avant de démarrer. Il enclencha la marche avant, fit demi-tour dans la rue, accéléra en direction du pont et entama la montée vers l'autoroute du littoral. Il tourna à droite aux feux et de nouveau à droite dans Irvine Terrace. Une fois sur Ramona Drive, il ralentit jusqu'à rouler au pas et éteignit ses phares quand il vira à droite au bout de la rue dans Dolphin Terrace. Entre la pluie et la nuit sans lune, il voyait à peine devant lui tandis qu'il avançait vers l'ouest en direction de sa maison.

Il se retrouva presque nez à nez avec la voiture de patrouille avant de la voir. Elle était garée juste devant son portail, avec deux policiers en uniforme à peine visibles à travers le pare-brise embué, pris dans le halo de lumière jaune de la veilleuse au-dessus du rétroviseur intérieur. Il jura à voix basse comme s'ils risquaient de l'entendre, tourna à droite dans Patolita

Drive et attendit d'être hors de vue avant de rallumer ses phares et d'accélérer vers l'autoroute. Il allait devoir passer par l'arrière.

*

Il se gara sur Bayside Drive et observa, à travers la pluie et l'obscurité, l'alignement des maisons en haut du promontoire, une trentaine de mètres au-dessus. Michael n'avait encore jamais essayé de rejoindre son domicile par ce chemin. Dolphin Terrace avait été construit de façon précaire au bord d'une pente et, au fur et à mesure des années, plusieurs propriétaires avaient été obligés de faire couler des piliers jusqu'à la couche rocheuse pour renforcer leurs fondations et empêcher leurs maisons de glisser en bas de la colline.

L'escarpement était à la limite de l'à-pic et aurait été impossible à escalader s'il n'avait été planté d'arbustes, de buissons et d'arbrisseaux serrés les uns contre les autres. Michael se rappela que, quand Mora avait fait remanier la maison pour la première fois, l'entreprise en bâtiment avait mis le sol complètement à nu pour favoriser le forage. Lors d'une averse assez similaire à celle de ce soir, Michael avait passé deux heures périlleuses à tenter d'installer des bâches pour l'empêcher d'être emporté. Le lendemain, l'architecte avait suggéré de planter toute la zone, du haut jusqu'en bas, pour prévenir l'érosion.

Michael s'en réjouissait à présent. Sans ces prises pour les mains et les pieds, il n'aurait jamais pu tenter l'escalade. La montée était difficile et dangereuse. Des épines et des pointes lui griffaient le visage, les bras et les mains. Ses pieds dérapaient dans la boue et il peinait pour s'agripper aux racines et aux branches, rendues glissantes par la pluie.

Il perdit prise et dévala la pente sur au moins cinq mètres avant de stopper sa dégringolade en se rattrapant à une racine. Un coup d'œil vers Bayside en contrebas lui rappela que sa chute aurait pu être bien plus grave. Il reprit son ascension.

Il lui fallut un quart d'heure pour atteindre le sommet. Il se hissa au-dessus du muret qui courait le long de la terrasse et s'effondra sur les dalles, hors d'haleine. Il resta allongé sur le dos plusieurs minutes. La pluie tambourinait sur son corps, effaçant la boue, la saleté et le sang. Il ferma les yeux, espérant s'endormir et se réveiller le lendemain sous un soleil radieux, que tout cela ne soit qu'un mauvais rêve.

Il roula sur lui-même et se mit debout en chancelant. Il sortit ses clefs, déverrouilla la porte de son bureau et la fit coulisser. Il retrouva avec réconfort la chaleur et l'abri de la maison. Allumer les lumières était hors de question. Il se hâta vers son bureau et démarra son ordinateur. La traînée de boue qu'il avait laissée sur le tapis blanc lui importait peu, de même que les dégâts qu'il risquait de causer à son fauteuil de bureau en cuir.

Il double-cliqua sur l'icône de Second Life. La page d'accueil s'afficha. Le curseur clignotait, attendant qu'il saisisse son nom SL. En désespoir de cause, mais sans vraiment y croire, il entra son nom d'utilisateur et son mot de passe. Un message d'erreur apparut presque instantanément. CONNEXION IMPOSSIBLE. VÉRIFIEZ VOTRE NOM ET VOTRE MOT DE PASSE. Il essaya à nouveau. Même message. Chas était bel et bien mort et son compte avait été effacé. Il n'était pas en mesure de revenir dans Second Life et il n'avait pas le temps de créer un nouvel AV. Il ne pouvait compter que sur lui-même.

Angela était peut-être déjà morte, ou en grave danger. Il lui restait deux solutions. Il pouvait simplement sortir dans la rue et aller toquer à la vitre de la voiture de police pour se livrer. Mais il se doutait qu'ils ne seraient pas très compréhensifs. Comment arriverait-il à les convaincre à temps qu'Angela était réellement en danger ? Il se voyait déjà en train de mijoter dans une salle d'interrogatoire pendant que les policiers chargés de son cas boiraient leur café en comparant leurs notes sur son histoire grotesque et en commentant le fait qu'ils avaient toujours trouvé Michael un peu bizarre. Un avatar meurtrier et trois millions de dollars appartenant à la mafia sur un compte disparu ? Ils allaient sûrement lui rire au nez.

Non. S'il pouvait quelque chose pour Angela, si ce n'était pas déjà trop tard, il allait devoir le faire seul.

Il essaya de l'appeler encore une fois, et retomba sur sa messagerie. Avec lassitude, il reposa le combiné et se leva pour affronter la pluie qui tombait encore dans la nuit tiède et la longue descente dans la boue, semée d'embûches, pour regagner Bayside Terrace.

*

Deux voitures le précédaient dans la file pour emprunter le ferry. Il vit les lumières de l'embarcation percer le rideau de pluie qui tombait sur le chenal. Le conducteur du bac, coiffé d'une casquette de base-ball et vêtu d'un ciré, leva la barrière et observa sa cargaison s'éloigner dans la nuit. Il se tourna ensuite vers la file de véhicules et agita vigoureusement le bras pour leur faire signe d'avancer. Il n'avait pas l'intention de rester sous la pluie plus que nécessaire.

La traversée jusqu'à la péninsule prit moins de cinq minutes. Sur l'autre rive, tout était fermé. Dans un coin, la silhouette sombre de la boutique de saucisses Jane's Corndogs semblait surveiller l'enfilade de voitures qui, au grand dam de Michael, avançaient avec une lenteur exaspérante en direction des feux de Balboa Boulevard. La lueur du néon de la galerie d'art Bubbles formait un nuage bleu au milieu du déluge. Les voitures patientaient aux feux, attendant qu'ils passent au vert. Laissant les autres véhicules partir sur la gauche, Michael fila droit devant lui. Il remonta Palm Street et prit un brusque virage à droite pour s'engager dans la voie de service permettant aux véhicules de rejoindre les maisons alignées le long de la promenade.

Il ne savait pas laquelle était celle d'Angela. Il ne l'avait vue que côté plage. Il estima la distance parcourue et décida de se ranger à proximité de l'entrée d'un garage. Il n'y avait aucun éclairage et, lorsqu'il arrêta le moteur, tout se retrouva plongé dans l'obscurité. Il attendit quelques instants que ses yeux s'y soient accoutumés avant de sortir sous la pluie et de tenter se repérer. Il traversa la voie et trouva une porte qui s'ouvrait sur une allée étroite, prise entre deux maisons, et qui rejoignait la plage. Côté plage, il tomba sur une autre porte qui, elle, était verrouillée. Il l'escalada tant bien que mal et se laissa choir sur la promenade. La lumière ambiante semblait plus forte à cet endroit et il constata qu'il était à quelques maisons de distance de celle d'Angela. Il courut sur une quinzaine de mètres et s'arrêta devant le portail.

L'eau de pluie tombait en cascade du toit de tuiles romaines sur le balcon du premier étage puis dans le patio en contrebas. Il l'entendait tambouriner sur le couvercle du barbecue et le dessus en verre de la table de jardin. À l'avant, les fenêtres étaient cachées de la promenade par une profusion de xérophytes et de buissons, yuccas, palmiers et cactus. Les stores étaient baissés et aucune lumière n'était visible de l'extérieur.

Il poussa le portail, passablement surpris de le trouver ouvert, et remonta avec précaution l'allée menant à la maison. Il se glissa sous le porche et, plaçant ses mains de part et d'autre de son visage pour se protéger les yeux, il essaya d'apercevoir quelque chose à travers les vitres situées sur le côté de la porte. Impossible de distinguer quoi que ce soit. Il frappa et entendit l'écho de ses coups. En retour, aucun son, aucune lumière ne s'alluma pour l'accueillir.

Il contourna la façade et descendit le passage étroit entre la maison d'Angela et la demeure voisine dont les bardeaux gris étaient plongés dans l'obscurité. À mi-chemin, il s'arrêta devant une porte latérale. C'était par là qu'il était entré et sorti de la maison lors de ses séances. L'entrée de service.

Il resta immobile sur le seuil, figé sur place, la pluie ruisselant sur son visage. La porte était légèrement entrouverte. L'intérieur était plongé dans un noir d'encre. Le chambranle en bois avait été endommagé et la serrure forcée.

Il avança la main avec précaution et poussa le battant. Il s'ouvrit en émettant un léger grincement.

« Il y a quelqu'un ? » Sa voix à peine audible fut avalée par la nuit. Il essaya à nouveau, avec plus de force. « Il y a quelqu'un ? » Une fois encore, pas de réponse.

CHAPITRE 38

Doobie ne parvenait pas à se concentrer. Cela faisait près d'une heure qu'elle était sans nouvelles de Chas. Sur l'insistance du patron de Séductions Inavouables, et sous la menace d'être renvoyée si elle refusait, Doobie avait accepté de divertir un client dans sa propre maison. Si elle avait eu le moindre choix, elle aurait volontiers dit à son patron où se carrer son boulot et ce qu'elle pourrait faire avec son précieux client.

Au bout du compte, elle avait accepté à contrecœur et se trouvait à présent dans la position du missionnaire sous un AV grognant et gigotant du nom d'Axel Corvale qui se targuait d'être l'un des meilleurs amants de SL. Elle l'avait mis sur Silence afin de ne pas être distraite par les inepties à caractère sexuel qu'il marmonnait. Elle avait la tête tournée vers la fenêtre et profitait de la vue sur le lagon.

Elle pensait à Chas, quand ils s'étaient retrouvés allongés dans ce même lit, quelques heures plus tôt. Il avait réveillé en elle des sentiments endormis depuis longtemps et la petite graine de regret qu'il avait semée en interrompant leurs ébats s'était transformée en une insupportable douleur. Une douleur qu'elle ne pourrait apaiser. C'était une relation qui, elle le savait, ne verrait jamais le jour.

Elle ouvrit sa liste d'Amis pour lui envoyer un autre IM et ressentit un choc quand elle constata qu'il n'y figurait plus. Ce devait être une erreur. Elle ferma la fenêtre et la rouvrit. Elle fit défiler la liste de haut en bas, plusieurs fois. Disparu.

Prise de panique, elle ouvrit la recherche et y entra son nom. AUCUN RÉSULTAT. Chas Chesnokov n'existait plus dans Second Life. Elle ferma les yeux, s'imaginant avec précision ce qui s'était passé. Cela voulait dire que Michael Kapinsky était en grand danger dans la vie réelle. Et elle était prise au piège dans ce monde virtuel sans aucun moyen de l'aider. Elle songea à se déconnecter et à prévenir la police. Mais pour leur dire quoi ? C'était une histoire hallucinante. Et elle n'avait aucune idée de l'endroit où il pouvait se trouver, ni de qui était le tueur. Un AV appelé Dark Daley. En dehors de ça, elle ne savait rien de lui.

Elle entra son nom dans le champ de recherche et sélectionna son profil. Il ne contenait aucune information en dehors de sa date de naissance. Quatre semaines auparavant. Cela signifiait, très probablement, qu'il s'agissait du deuxième ou troisième AV de quelqu'un d'autre. Son esprit tournait à plein régime. Elle se concentra pour se calmer et essayer d'aborder ce problème comme s'il s'agissait d'une partie d'échecs.

Avait-elle d'autres informations ?

Elle se souvint des photographies que Chas avait prises de la scène de crime chez Maximillian Thrust, dans la maison où elle avait découvert son corps. Elle sélectionna son dossier Textures et ouvrit les images sur son écran, l'une après l'autre. Elle revit le désordre indescriptible qui régnait dans la maison. Les planchers, les plafonds, les murs, disloqués et inclinés de façon étrange. Les débris d'une bataille sauvage qui s'était conclue par le meurtre de Thrust. Elle regarda le corps, coincé entre deux morceaux de plancher, une mare de sang derrière lui. Soudain, il lui vint une idée.

Les portes étaient verrouillées et il n'y avait aucun meuble dans la maison disposant d'une poseball pour s'accrocher. Comment le tueur s'était-il introduit ? Elle se rappela très clairement comment elle s'y était prise pour entrer et sortir, basculant son point de vue de l'extérieur vers l'intérieur tout en installant une poseball dans la maison pour y pénétrer. Dans le chaos qui avait suivi la bataille, n'était-il pas possible que le tueur ait perdu la sienne de vue et qu'il ait oublié de l'emporter ?

Doobie examina chaque image avec soin. Elle ne trouva aucune trace de poseball et l'espoir qui venait à peine de naître s'éteignit comme la flamme d'une allumette qui refuse de prendre. Il n'y avait qu'un moyen d'être absolument sûr. Se rendre sur place et inspecter les lieux elle-même.

Elle ouvrit son dossier Repères et trouva celui qu'elle avait créé dans la maison de Thrust. Elle double-cliqua dessus et fut transportée hors de chez elle dans un nuage d'étincelles, laissant son client grogner et aller et venir dans le vide.

Il fallut quelques secondes à Alex Corvale pour réaliser qu'elle s'était envolée. Il avait du mal à y croire. Cette prostituée venait de planter là le meilleur amant du monde virtuel.

*

Doobie rezza dans le pavillon asiatique de Maximillian Thrust. Les rayons du soleil ruisselaient sur l'île tropicale paradisiaque et se glissaient à l'intérieur par les fenêtres, projetant des ombres d'un noir intense sur le chaos qui y régnait. Thrust gisait encore là où ils l'avaient trouvé. Rien n'avait bougé. Doobie se mit à examiner méticuleusement chaque recoin, chaque fissure cachée, basculant, quand cela était possible, son point de vue pour inspecter le dessous des morceaux du plancher disloqué. Rien. Ce doit être là, quelque part, pensa-t-elle, je n'arrive juste pas à la trouver. Si Thrust possédait également les droits de terraformation de l'île, le sable situé sous la maison devait lui aussi être modifié et déformé, au point de cacher pour toujours une poseball.

Soudain, comme quand survient cet instant de révélation au cours d'une partie d'échecs, lorsque la route vers le mat vous apparaît avec une clarté éclatante, elle eut une illumination. La fenêtre de Terrain !

Elle cliqua sur le nom du terrain, écrit en bleu au sommet de l'écran et ouvrit la fenêtre. Elle sélectionna ensuite l'onglet Objets. Elle y trouva la quantité de primitives supportées par la région. Il y avait 1 265 primitives, dont 681 encore disponibles. Venait ensuite une information cruciale. Le nombre de primitives appartenant au propriétaire : 582. Doobie fit le calcul. Il y avait deux primitives non attribuées.

Un bouton permettait de rafraîchir la liste des propriétaires d'objets. Doobie cliqua dessus et deux noms apparurent. Le premier était Maximillian Thrust, propriétaire d'objets comptabilisant 582 primitives. Le second était le propriétaire d'un objet totalisant deux primitives. La poseball manquante, Doobie en était convaincue. Ses yeux s'agrandirent sous l'effet de l'étonnement quand elle lut le nom, confuse et incrédule. Elle savait qui était le tueur.

CHAPITRE 39

Michael laissa la porte ouverte derrière lui et avança pas à pas dans la maison d'Angela, plongée dans une obscurité totale. Il plaqua la main sur le mur à sa droite et s'en servit comme guide le long des sept ou huit mètres du couloir qui traversait la maison dans sa longueur.

À gauche, se rappelait-il, se trouvaient la cuisine, la salle de bains et la buanderie. À droite, deux chambres, le bureau d'Angela et, au bout du couloir, le salon aux stores tirés pour masquer l'éclat de la plage et de l'océan, là où se déroulaient les séances avec ses clients. Un escalier étroit montait vers un appartement pour les invités, avec sa cuisine et son salon.

Dans le couloir, il aperçut une faible lueur s'échappant de la porte entrouverte du bureau. Il attendit un instant, à l'affût du moindre bruit. Le silence était si dense qu'il en était presque étouffant. Seul lui parvenait le son de la pluie qui tambourinait au dehors sur le toit et la véranda. Ses yeux s'étaient accoutumés à l'obscurité. Il reprit sa progression dans le couloir.

Il ouvrit la première porte qu'il trouva et aperçut les masses sombres d'un lit, d'une armoire et d'une coiffeuse. Il glissa la main à l'intérieur à la recherche d'un interrupteur. Il en trouva un sur lequel il appuya, mais aucune lumière ne s'alluma. L'angoisse monta en lui comme un renvoi acide.

Plus loin dans le couloir, il tomba sur une série d'interrupteurs mais aucun d'entre eux ne fonctionnait. Il se demanda quelle source d'énergie alimentait la lumière qu'il avait vue dans le bureau. Il continuait à avancer, poussé par l'angoisse, par la certitude qu'il allait retrouver Angela morte et l'envie d'en finir. Le tueur était peut-être encore là à le guetter. Le fait qu'il y ait du courant dans le bureau l'amena à penser que quelqu'un avait délibérément mis les lumières hors service. Ce n'était pas bien compliqué d'abaisser quelques fusibles sur le tableau électrique.

Il passa devant la deuxième chambre, hésita quelques secondes et s'avança dans le halo tamisé que projetait la lumière du bureau. La porte n'était qu'entrouverte. Il tendit le bras et la poussa doucement. Il découvrit une série d'écrans disposés en arc de cercle sur un meuble semi-circulaire. Il y en avait six. Sur cinq d'entre eux était affichée une scène de Second Life et dans chacune d'elle se trouvait un AV, tête baissée, les bras ballants. À côté de leurs noms figurait le texte Absent.

Michael ressentit un choc quand il les reconnut, son regard sautant d'écran en écran. Laffa Minit, Demetrius Smith, Tweedle Dum, Tweedle Dee, Dark Daley. Tous les patients d'Angela présents lors de la séance de thérapie de groupe dans la Blackhouse. Sur le sixième et dernier écran était affichée la page d'accueil de Second Life que Michael avait vue pour la toute première fois chez Arnold Smitts, le soir de son assassinat. Il y avait un clavier devant chaque écran et une seule chaise sur roulettes. Les haut-parleurs installés derrière les moniteurs diffusaient en sourdine les sons d'ambiance du monde virtuel.

Michael se figea, tétanisé, subjugué, perdu, jusqu'à ce qu'un son en provenance du couloir se fraie un chemin à travers la myriade de pensées qui étouffaient son cerveau et réveille sa peur. Un son léger, comme si le pied d'une chaise venait de racler un tapis. Mais il éclata au milieu de son esprit comme les percussions dissonantes d'un opéra chinois. Il pivota pour se placer face à la source du bruit, scrutant l'obscurité. Il tendit l'oreille. Rien. Il y avait quelqu'un. Il en était sûr.

Il résista à l'envie de décamper sur-le-champ. L'adrénaline qui parcourait son corps le préparait pour le combat ou pour la fuite. Il était allé trop loin pour fuir, pour se jeter dans les bras de la mafia qui allait le tuer, ou de la police qui ne le croirait pas. Il se prépara donc au combat, tendu, aux aguets, tout en avançant lentement en direction du salon.

La porte à doubles battants était grande ouverte. L'écran d'un réveil électrique était la seule source lumineuse dans la pièce. Cela confirma ses craintes : quelqu'un avait délibérément désactivé les lumières. Les rideaux en velours violet des fenêtres latérales étaient tirés et tombaient en cascade sur le tapis. Quand il passa devant, il capta un mouvement furtif du coin de l'œil. Il se tourna et vit le reflet d'une lame, juste avant qu'elle ne plonge dans son cou.

La douleur lui traversa le corps, l'arme trancha muscles et tendons, passa à côté des artères vitales, mais pénétra profondément dans la chair de son épaule gauche. Il sentit son corps s'affaiblir et ses jambes se dérober sous lui. Quand il tomba au sol, sa tête heurta le tapis en faisant un bruit sourd. La lame glissa hors de la plaie et le sang se mit à couler abondamment, inondant son cou et son épaule, trempant le sol. La panique le saisit. Il avait l'impression que la vie s'écoulait hors de lui.

Une silhouette sombre sortit de derrière les rideaux, l'enjamba et traversa la pièce pour allumer une lampe de bureau. La lumière lui fit un mal de chien et il plissa les paupières. Il passa la main dans son cou et sentit l'humidité du sang sur ses doigts. Il roula sur le côté pour voir son assaillant.

« Levez-vous, Michael. »

Le choc qu'il éprouva en entendant sa voix lui fit ouvrir les yeux en grand. Il se mit à genoux, une main agrippée à l'épaule, et s'appuya contre le mur de son autre main. « Angela ?

— Surpris ?

— Je ne comprends pas.

— Eh bien, cela ne m'étonne pas. Pour un type intelligent, vous êtes plutôt stupide, Michael. Faible. Guidé par vos émotions. Ce qui faisait de vous le candidat idéal pour mon plan. »

Elle ouvrit un des tiroirs du bureau et en sortit un petit pistolet. Elle l'agita dans sa direction, nonchalamment, presque détendue.

« J'ai dit debout. »

L'inspecteur Luis Angeloz n'était pas Dark Daley ou l'un des autres AV. Angela était derrière chacun d'eux. Michael rassembla ses forces et se mit debout. Il sentait le sang qui suintait entre ses doigts et la douleur qui gagnait le bas de son dos et sa poitrine. Pris de vertiges, il fit quelques pas et retomba à genoux. Il plaqua sa main ensanglantée au sol pour ne pas tomber de tout son long.

« Bien. Tout cela aura l'air très convaincant. Voyez-vous, après avoir entendu que quelqu'un était en train de forcer la porte de service, je me suis emparé de la première arme à ma portée. Un couteau de cuisine. Quand vous m'avez attaqué, je vous ai poignardé avec. Mais vous n'étiez que blessé et vous êtes revenu à la charge. J'ai couru jusque dans cette pièce, j'ai sorti mon pistolet du bureau et… bref, je pense que vous pouvez imaginer le reste. » Elle s'assit sur le bord d'un fauteuil et il vit à quel point elle était pâle. Même si elle paraissait confiante, sa voix tremblait légèrement. « Oh, pour que vous le sachiez. Quand vous avez pénétré dans la maison, vous avez déclenché une alarme silencieuse. Pendant que je vous parle, la police est en route. Ils arriveront trop tard, c'est dommage. Vous serez mort, et je serai bouleversée. Agressée par l'un de mes patients. Bien sûr, je leur raconterai que j'ai réalisé que c'était vous seulement après vous avoir abattu. Bien que cela ne change pas grand-chose. On ne cesse pas de se défendre parce que l'on reconnaît son attaquant.

— Vous avez tué Janey.

— Cette idiote est venue ici en se faisant passer pour une inspectrice. À poser des questions sur mes patients auxquelles je ne peux pas répondre. Un véritable inspecteur aurait été au courant. Je savais qui elle était. Vous m'aviez suffisamment parlé d'elle lors de nos séances.

— Vraiment ? » Michael ne s'en souvenait pas. Il se rappelait seulement avoir discuté de Mora. Ces heures de deuil passées à pleurer sur son sort semblaient bien lointaines à présent.

« Il fallait qu'elle disparaisse, j'en suis désolée.

— Pourquoi, Angela ? Pourquoi tout ça ? »

Elle soupira et consulta sa montre. « Bon, j'imagine que nous avons quelques minutes devant nous. Je vous abattrai quand j'entendrai la sirène. Comme ça, je n'aurai pas trop longtemps à attendre en vous regardant vous vider de votre sang.

« Seigneur, Angela ! Vous êtes une salope sans cœur ! »

Elle eut un sourire forcé. « Oui, vous devez avoir raison. » Elle prit une profonde inspiration. « Par où commencer… Par Roger Bloom, je pense. Un patient. Vivement intéressé quand je lui ai fait part de mon idée de démarrer des séances de thérapie de groupe dans Second Life. J'y étais inscrite depuis un moment à cette époque. Je savais ce que je faisais et comment je voulais organiser les choses. Et il s'est avéré que Roger était un véritable expert dans ce domaine. Il avait sa propre société d'édition de logiciels dans la vie réelle et il créait et programmait des armes dans Second Life.

— Wicked Wilson. »

Angela leva un sourcil. « Oui… Vous en avez appris plus que je ne le pensais. Roger n'a pas pu s'empêcher de me dire à quel point il était malin. Toujours dans le cadre de sa thérapie. Cela restait confidentiel. Comme au confessionnal. Je pense qu'en plus il voulait coucher avec moi. Il en faisait des tonnes pour m'impressionner, ce qui le rendait aisément manipulable. Bref, il m'a raconté qu'il avait créé une arme qui non seulement pouvait tuer un AV mais également effacer toute trace de son compte dans la base de données. En plus – et c'était là la partie la plus sophistiquée – l'argent était transféré sur le sien. Une transaction indétectable. Malheureusement, Michael, il n'en a jamais saisi l'énorme potentiel financier. C'était un fout-la-merde. Il appréciait simplement le fait de s'amuser avec la vie des gens. Un vrai gosse. J'ai vu immédiatement à quel point cela pouvait être lucratif. Il ne faut pas se raconter d'histoires. On n'exerce pas la psychothérapie à Newport Beach sans avoir un paquet de clients très riches. Si je pouvais suggérer, l'air de rien, qu'un compte SL était un endroit idéal pour dissimuler de l'argent aux impôts, à un associé, à une épouse, pour ensuite les persuader de rejoindre mon groupe virtuel… »

Elle se leva et avança vers lui. Michael continuait à se vider de son sang et sa respiration devenait ronflante.

« Rien de bien compliqué ensuite. Tuer leur AV par l'intermédiaire de l'un de mes alias et, soudainement, tout leur magot caché passait sur mon compte. Et personne ne signalerait la disparition de cet argent, puisqu'il était là illégalement. » Elle le regarda. « Vous n'allez pas vous évanouir avant que j'aie fini mon histoire, n'est-ce pas ? J'avais tellement besoin de la raconter à quelqu'un. Et je sais que vous crevez d'envie de l'entendre.

— Vous avez tué Wicked Wilson pour récupérer son pistolet ?

— Ce ne fut pas bien difficile, Michael. Je l'ai invité à boire un verre. J'ai flatté ses fantasmes. Il m'a montré comment modifier le script pour que l'argent tombe sur le compte de son choix. Je l'ai persuadé de me faire une démonstration. Nous nous sommes connectés. Sur deux ordinateurs différents. Ce qu'il ne savait pas, c'est que j'avais mis un somnifère dans son bourbon. Quand il est tombé dans les bras de Morphée, j'ai pris le contrôle de son AV, transféré le pistolet au mien et modifié le script pour y inscrire mon compte. Ensuite, je l'ai descendu. Plutôt simple.

« Quand il est revenu à lui, je lui ai dit que la Grille était hors-ligne pour maintenance et qu'il avait trop bu. Je lui ai proposé de le ramener avec sa voiture. Une fois là-bas, je l'ai descendu pour de bon. Ensuite, je me suis rendue au coin de la rue et j'ai pris un taxi. Le Super Flingue était à moi. » Elle sourit. « C'est là que m'est venue la phase la plus raffinée de mon plan. Quand je réussissais à persuader un client aisé de rejoindre la thérapie de groupe dans SL, je me servais du groupe pour susciter l'idée de cacher de l'argent sur leur compte. C'était facile, puisque j'en pilotais chaque membre. Un investissement modeste. Six ordinateurs, six AV. Chacun étant, par bien des aspects, la personnification d'une part de moi-même que j'avais toujours dissimulée.

« C'était vraiment drôle, Michael. Vous ne pouvez pas vous imaginer. Dire leurs quatre vérités à tous ces petits connards pleins de fric. Toutes ces heures passées à taire mes propres pensées et, enfin, elles pouvaient s'exprimer par le biais de Laffa, Demetrius, Dark, les Tweedle. Grâce à eux, j'étais en mesure de dire ce que je voulais. Et je ne me suis pas gênée. Vous en avez fait l'expérience.

— Donc, vous tuiez vos patients dans la vraie vie après les avoir assassinés dans SL.

— Mon Dieu, non. Ce n'était pas la peine. Jusqu'à Arnold Smitts, maudit soit-il ! Je n'avais pas idée qu'il travaillait pour la mafia jusqu'à ce que je tue son AV et que je me retrouve avec trois millions sur mon compte. Bien plus que ce à quoi je m'attendais. Il m'a téléphoné et m'a tout raconté, sans se douter un instant que j'étais à l'origine de ce qui lui arrivait. Il était terrifié à l'idée que ses employeurs puissent penser qu'il les avait volés. Et je savais que si ces gens commençaient à creuser, il y avait de fortes chances pour qu'ils remontent jusqu'à moi.

« Bien sûr, l'argent n'allait pas directement sur mon compte. J'avais créé Green Goddess, un autre AV, spécialement pour cela. Et pour commettre les meurtres. Quand bien même, je devais détourner l'attention aussi loin que possible. Il a fallu que j'aille chez Smitts et que je le tue pour l'empêcher de parler à quiconque de son lien avec moi. Et je vous ai piégé en faisant passer l'argent de la mafia sur votre compte. J'ai modifié le script avant de tuer Green. Dorénavant, la piste menait à vous plutôt qu'à moi.

— Et Jennifer Mathews ?

— Une enfant gâtée. Mais brillante, Michael. Beaucoup trop. Elle a commencé à se douter de quelque chose. Quand son AV a été tué et que l'argent que son père avait mis sur son compte a disparu, elle a rappliqué ici et m'a posé des questions embarrassantes. Avec l'histoire de Smitts qui venait de m'exploser à la figure, je ne pouvais me permettre de la laisser m'accuser. »

Michael tomba sur le flanc. Il se sentait extrêmement faible. Il entendait ses paroles mais avait de plus en plus de difficulté à en comprendre la signification.

« C'était amusant de me descendre moi-même pour vous détourner de la piste et laisser Dark faire le sale boulot. Mais je savais que le héros qui vous habite penserait que je devais être en danger et viendrait à mon secours tel un chevalier dans son armure étincelante. Il vous a fallu un petit moment malgré tout. Cela faisait presque deux heures que je vous attendais. J'ai failli douter de vous. »

Elle recula de quelques pas.

« Debout, Michael. C'est le moment.

— Je ne peux pas.

— Debout ! » Sa voix devint stridente.

Michael parvint à se remettre à genoux en s'accrochant au bord du bureau et essaya de se lever. Mais ses jambes refusaient de le soutenir. Il était arrivé à un point où il ne ressentait plus aucune peur. Il savait qu'il allait mourir et il l'avait accepté.

Il entendit la sirène de police qui sonnait le glas dans le lointain. Elle devait l'exécuter avant qu'ils n'arrivent. Il se demanda, comme il l'avait fait de nombreuses fois ces derniers mois, s'il y avait quelque chose après. S'il retrouverait Mora. Cela le réconfortait, même si au fond de lui-même il ne parvenait pas à vraiment y croire.

Il leva les yeux tandis qu'elle pointait son arme sur lui puis les referma, se préparant à l'impact des balles.

Il entendit les coups de feu. Trois. Mais il ne ressentit rien et se demanda si la mort venait aussi vite. Il rouvrit les yeux et vit Angela reculer en titubant. Du sang s'échappait de trois trous au centre de sa poitrine. Elle tomba de tout son poids dans le fauteuil où il avait passé tant d'heures, dans la pénombre, à parler de Mora. Son bras glissa sur le côté et son arme heurta le sol avec un bruit sourd. Ses yeux écarquillés, immobiles, fixaient un point lointain. Michael comprit qu'elle était morte.

Il se laissa glisser à terre, roula sur lui-même et se hissa sur un coude. Le tueur d'Angela se tenait debout dans l'encadrement de la porte, l'arme encore levée.

Il fronça les sourcils et se dit qu'en fait, il était peut-être vraiment mort. L'assassin d'Angela était la vieille dame aux cheveux argentés du Starbucks de Balboa Island. Elle abaissa son pistolet d'une main tremblante. « Quand j'ai acheté ce truc, j'ai suivi une formation pour l'entretenir », expliqua-t-elle. « Elle incluait huit leçons pour apprendre à charger, viser et tirer. Je n'aurais jamais imaginé que je descendrais quelqu'un avec.

— Qui êtes-vous ? », dit Michael dans un souffle.

Le son de sa voix sembla la faire sortir d'un rêve éveillé, ou d'un cauchemar. Elle s'agenouilla à côté de lui.

« Oh, mon pauvre, c'est moche. »

Il observa ses yeux bleu pâle et vit qu'elle était inquiète.

« Qui êtes-vous ? », demanda-t-il à nouveau.

Pendant un moment, elle évita son regard avant de planter ses yeux dans ceux de Michael. « Je suis Doobie », répondit-elle. « Je me suis dit que tu aurais peut-être besoin d'aide. »

CHAPITRE 40

À Santa Ana, la cour supérieure de justice d'Orange County se trouvait en retrait de la route dans Civic Center Drive, derrière un écran d'arbres et de buissons. Un bâtiment moderne, de béton et de verre. La salle d'audience était dans le même style, dénuée de la gravité des édifices plus anciens qui doivent plus à l'influence des Européens en matière d'architecture.

L'audience, en revanche, avait été empreinte de sérieux. Les sujets abordés – fraude, vol et meurtre. On y avait déterminé si la culpabilité de Michael Kapinsky pouvait ou non être prouvée dans le meurtre de Janey Amat et dans celui d'Angela Monachino. Et s'il y avait suffisamment d'éléments pour l'inculper de complicité dans le vol de plus de trois millions de dollars.

Michael avait redouté ce moment. Après cinq semaines de convalescence passées à se remettre du coup de couteau que lui avait infligé Angela, on l'avait estimé apte à se présenter devant un juge et le stress n'avait fait qu'amplifier ses douleurs à l'épaule.

Il avait du mal à croire, tandis que son équipe juridique l'accompagnait en dehors de la salle d'audience, que c'était enfin terminé. Il tremblait de tous ses membres. Ses jambes chancelaient. Jack Sandler, son avocat, glissa son bras sous celui de Michael et se pencha vers lui pour lui murmurer : « C'est fini, Michael. Détends-toi. Tu es tiré d'affaire. »

Ce n'était pas totalement vrai. Le juge avait ordonné que, sitôt la vente de la propriété de Michael à Dolphin Terrace réalisée, 3 183 637 dollars seraient mis sous séquestre pendant l'enquête visant à déterminer d'où venait cet argent ainsi que les liens entre Smitts et la mafia. La bonne nouvelle était que plus personne, officiellement et officieusement, ne pensait qu'il l'avait volé. Il n'avait plus la mafia aux trousses.

La seule chose sur laquelle tout le monde s'accordait, c'était à quel point il avait été stupide. Et le juge ne s'était pas privé de le lui faire savoir.

Gillian MacCormack était assise dans le hall de la salle d'audience, une dame de soixante-sept ans en costume de tweed gris, prise en sandwich entre une jeune avocate chic, habillée de noir, et un homme plus âgé. Son assistant, sans doute. Pleine d'appréhension, elle se leva à l'approche de Michael, visiblement pâle et soulagé. Leurs regards se croisèrent l'espace de quelques secondes.

Elle avait déclaré à la police que lorsque Michael et elle avaient échangé leurs véritables noms dans SL, elle avait embarqué dans le premier vol au départ de Sacramento pour l'aéroport John-Wayne d'Orange County, à un petit quart d'heure en taxi de Newport Beach. Son instinct lui avait suggéré qu'il était en grand danger et risquait d'avoir besoin de son aide. Cela s'était avéré on ne peut plus juste. Ce qui semblait le plus poser problème, au-delà du fait qu'elle avait tué Angela Monachino, était qu'elle avait réussi à embarquer un pistolet à bord d'un avion. Au grand dam des autorités fédérales en charge de l'aviation et de la Sécurité nationale, elle leur avait expliqué assez simplement qu'elle l'avait enveloppé dans une camisole placée dans son bagage de soute. Son avocat souligna, fort justement, qu'elle ne pouvait y accéder pendant le vol et était donc dans l'impossibilité de récupérer son arme.

Toutefois, une enquête avait été diligentée et elle risquait de ne pas être terminée avant de longs mois.

Elle soutint le regard de Michael un bref instant. Elle était très menue, avec un visage d'elfe, fin, sans rides, et des yeux d'un bleu éclatant qui lui donnèrent le sentiment de pénétrer au plus profond de son âme. Son abondante chevelure grise était ramenée en queue-de-cheval. Ils s'étaient à peine parlé durant les semaines qui avaient suivi l'incident. Et, bien qu'il lui doive la vie, il avait surtout éprouvé de l'embarras à chacune de leurs rencontres. Ainsi que l'humiliation du souvenir des confidences qu'ils s'étaient échangées, de l'intimité qu'ils avaient partagée. Il ne savait pas s'il pourrait un jour lui pardonner de l'avoir trompé ainsi. Après tout, elle était de trente-cinq ans son aînée.

Il ne s'attarda pas et lui adressa un bref signe de tête avant de se diriger vers la sortie et de retrouver le soleil californien qui fendillait les trottoirs.

Bien qu'il en appréciât la chaleur sur sa peau, le visage tourné vers le ciel, il ne pouvait s'empêcher d'être tenaillé par le regret. À la vérité, Doobie Littlething lui manquait terriblement.

L'avocate de Gillian MacCormack la prit par le coude et la conduisit vers la salle d'audience. Dans un sens, c'était elle qui se trouvait dans la situation la plus délicate. C'était elle qui avait appuyé sur la gâchette, qui avait pris une vie. Et le tribunal allait décider si, oui ou non, elle devait être inculpée de meurtre.

CHAPITRE 41

Toutes les portes de la maison étaient ouvertes et une brise tiède venant de l'océan envahissait l'espace. Michael était assis sur la terrasse et fixait l'échiquier sur lequel il avait si souvent bataillé avec Mora. Chaque pièce était posée sur sa case respective, l'ébène face à l'ivoire dans une confrontation éternelle. Il savait qu'il n'en déplacerait plus jamais aucune.

Un homme vêtu d'un bleu de travail apparut à la porte. « Vous voulez que je l'empaquette maintenant, monsieur ? »

Michael hocha la tête et se leva pour laisser le déménageur emballer les pièces et l'échiquier, puis la table et les chaises qui devaient être embarquées dans le camion. Presque tout avait été emporté. Les cartons qu'il avait faits des semaines auparavant. Les meubles. Il en avait donné la plus grande partie à des œuvres de charité. Il n'aurait pas besoin de grand-chose pour aménager le minuscule appartement qu'il avait loué un peu plus loin sur la côte. Il bénéficierait toujours de sa vue favorite sur la mer et d'un petit balcon où il pourrait s'asseoir et lire, mais un homme seul a besoin de moins d'espace et de bagages.

Il avait décidé de ne pas retourner sur la côte est. Accoutumé au soleil, il trouvait trop dur de renouer avec les hivers gris et froids de la Nouvelle-Angleterre.

Il se mit à déambuler dans la maison vide que Mora et lui avaient animée. Il savait qu'il avait désormais atteint une étape dans sa vie où il se sentait capable de tourner la page. Il avait quitté son travail et n'avait aucune idée de ce que le futur lui réservait. En tout cas, il s'était libéré de son passé.

« Voulez-vous que nous emballions le matériel informatique ? »

Michael se retourna et vit un autre déménageur qui le fixait, l'air interrogateur. « Non, ça ira. Je le chargerai dans mon coffre et je l'emporterai à l'appartement moi-même.

— Très bien, monsieur. Dans ce cas, on a terminé. Bonne journée.

— Merci. Vous aussi. »

Une fois qu'ils furent partis, il se rendit dans son bureau. Il n'y avait plus de chaise. Il installa son moniteur et son ordinateur sur le sol et s'assit en tailleur, le clavier sur les cuisses. Il voulait relever son courrier électronique une dernière fois avant de tout plier. Il y avait deux e-mails de son avocat, un autre envoyé par sa banque, un venant de Sherri, qui lui rappelait sa promesse de lui verser quinze pour cent de commission. Elle avait réussi à vendre la maison un peu moins de quatre millions et méritait son pourcentage.

Il répondit à tout le monde et s'apprêtait à éteindre sa machine quand son regard s'arrêta sur l'icône de Second Life. Son cœur se serra.

Il avait salué ses avocats devant le tribunal de Santa Ana et était resté seul plusieurs minutes avant de se décider à retourner à l'intérieur. Les bancs réservés au public étaient presque déserts quand il s'était glissé au fond de la salle d'audience pour assister aux débats. Gillian MacCormack lui tournait le dos, ignorant sa présence. Les arguments des deux parties furent présentés à la juge qui considérait qu'il ne s'agissait que d'une simple formalité. Personne n'avait envie d'inculper cette femme de soixante-sept ans si distinguée, et certainement pas pour meurtre. Après tout, elle avait sauvé la vie d'un homme. La juge prononça un non-lieu et lui annonça qu'elle était libre.

Michael s'était dépêché de sortir avant que Gillian ne se lève. Elle n'avait jamais su qu'il était dans la salle.

Sur un coup de tête, il ouvrit son navigateur et se rendit sur le site de Second Life. Il créa un nouveau compte pour lequel il put choisir le nom de Chas Chesnokov, toute trace de son précédent AV ayant disparu.

Il lança le logiciel de Second Life et se connecta avec son ancien nom d'utilisateur et son mot de passe. Il rezza sur Orientation Island sous l'aspect de l'AV basique avec lequel il avait fait ses premiers pas dans le monde virtuel. Il jeta un regard circulaire aux repères familiers, le volcan, les îles d'apprentissage reliées par des ponts. Il observa les nouveaux venus qui erraient en se cognant les uns dans les autres, agitant leurs bras dans les airs, tombant dans l'eau. Il cliqua sur son compte en Lindens au sommet de l'écran, en acheta pour vingt dollars et se laissa aller à une frénésie de dépenses.

Body Doubles, et Naughty Island. L'enveloppe Brad Pitt ; la skin Gabriel, Hâle Doré avec Pilosité Faciale 4 ; les Yeux Bleu Paris ; la Coupe Multiton III Indompté dans la Baie Dorée. Ensuite, le magasin de vêtements. Un pantalon cargo vert usé, une chemise blanche et un pull crème, des bottes noires. En l'espace de vingt minutes, Chas était revenu à la vie. Identique. Michael se sentit de nouveau entier. Chas l'avait aidé une première fois à sortir du gouffre. Peut-être allait-il y parvenir à nouveau.

*

Chas rezza dans le bureau de Twist. Il se sentit écrasé par la mélancolie. Le lieu que Janey avait construit. La personne qu'elle avait voulu être. Et elle n'était plus. Quand la location expirerait, son bureau disparaîtrait avec tout ce qui s'y trouvait. Chas se dit qu'il pourrait conserver le nom, créer sa propre agence en sa mémoire, vivre ce rêve à sa place. Mais il savait qu'il y avait peu de chances qu'il reste là. Comme d'autres moments de sa vie, il était temps de laisser tout cela derrière lui, de passer à autre chose. Ce n'était qu'une balade parmi ses souvenirs.

Il retrouva Midsomer Isle grâce à la fenêtre de recherche. Une dernière visite.

*

Le soleil se couchait, comme toujours. Les arbres, les fougères et les buissons se balançaient dans l'air marin et des roses rezzaient tout autour des colonnades de l'entrée. Chas observa les chaises vides, les figurines sur l'échiquier qui attendaient qu'un avatar vienne les déplacer, et ressentit un pincement au cœur semblable à du regret. Il n'aurait jamais survécu sans Doobie, que ce soit dans SL ou dans la vie réelle. Il se rappela les confidences qu'ils avaient échangées à ce même endroit, sur la terrasse surplombant la mer. Le repas qu'ils avaient partagé. Leur première danse au milieu des colonnes cachées un peu plus haut sur la montagne.

Il erra sur la terrasse jusqu'au rebord du mur de soutènement et contempla le couchant dont la clarté déclinante faisait scintiller les flots à l'horizon.

Doobie : Salut, Chas.

Chas se retourna.

Chas : Doobie !

Elle était vêtue une robe de soirée noire au décolleté profond. Ses cheveux étaient rassemblés sur le sommet du crâne et pendaient en boucles le long de ses tempes. Elle portait des bracelets d'opale aux poignets et un pendentif plongeait entre ses seins. Il la trouvait superbe.

Doobie : J'étais à Puck's Hideaway et je t'ai repéré sur mon radar.

Chas : J'ai appris qu'ils avaient décidé de laisser tomber les poursuites.

Doobie : C'est exact.

Il y eut un long silence gêné.

Chas : Je crois… Je ne t'ai pas remerciée.

Doobie : À quel propos ?

Chas : Pour m'avoir sauvé la vie.

Doobie Littlething sourit.

Chas : Il y a quelque chose que je voulais te demander.

Il hésita.

Doobie : Oui ?

Chas : Cette histoire, à propos de la mort de ton mari. Et du bébé…

Doobie : Ce n'était pas un mensonge, si c'est ce que tu penses. C'est arrivé il y a longtemps. Dans les années 1960. Ils se battaient au Vietnam à l'époque. Dieu seul sait pourquoi.

Chas : Et tu ne t'es jamais remariée ?

Doobie : Non. Je ne l'ai jamais souhaité. C'est comme si j'avais été morte depuis déjà longtemps. Comme toi après Mora. Second Life est arrivé et j'ai eu l'impression de renaître. Une chance de revivre et de faire les choses que je n'avais jamais faites, d'être celle que je n'avais pas pu être. D'une certaine manière, ma vie m'a été rendue, une seconde chance.

Ils se tenaient face à face, les yeux dans les yeux. Ni l'un ni l'autre ne semblait savoir quoi dire. Le silence s'installa pendant ce qui leur parut une éternité. Doobie trouva enfin les mots.

Doobie : Tu m'as manqué, Chas.

Chas : Toi aussi.

Un autre silence.

Doobie : On était bien ensemble.

Chas : Oui.

Doobie : On pourrait recommencer.

Elle s'avança puis sembla se raviser. Elle s'immobilisa.

Doobie : Les années qui nous séparent ne comptent pas. Nous sommes qui nous sommes.

Le vent chantait dans les arbres. La bande-son de SL qui allait et venait. Une cloche retentit dans le lointain. Ou peut-être était-ce des carillons.

Chas : Cela te dirait de jouer aux échecs ?

Doobie : Oui, avec plaisir.

Chas fit un clic droit sur la chaise la plus proche et s'assit à la table. Doobie s'installa face à lui. Il leva les yeux vers elle.

Chas Chesnokov sourit.

Chas : À toi de jouer, Doobs.

REMERCIEMENTS

Je tiens à remercier, pour l'aide qu'ils m'ont apportée lors de l'écriture de cet ouvrage, Grant Fry, médecin légiste en chef, bureau du shérif d'Orange County, Département de médecine légale, Californie ; Susan Mathews, qui m'a laissé utiliser sa maison de Corona del Mar ; et les résidents de Second Life, Leigh Gears, Doobeedoo Littlething, Mistie Hax, Therence Akina, Mugginss Boozehound, Mikelec Criss, Anin Amat, Angel Walpole, Biglurch Habercom, Fand Flaks, Gunslinger Kurosawa, Reyne Botha, Jackycat Sands, Sable Greenwood, Iona Kyle et Karq Flow.

DU MÊME AUTEUR

LA SÉRIE CHINOISE

MEURTRES À PÉKIN, Le Rouergue, 2005 ; Babel noir nº 9.

LE QUATRIÈME SACRIFICE, Le Rouergue, 2006 ; Babel noir nº 15.

LES DISPARUES DE SHANGHAI, Le Rouergue, 2006 ; Babel noir nº 19.

CADAVRES CHINOIS À HOUSTON, Le Rouergue, 2007 ; Babel noir nº 26.

JEUX MORTELS À PÉKIN, Le Rouergue, 2007 ; Babel noir nº 34.

L'ÉVENTREUR DE PÉKIN, Le Rouergue, 2008 ; Babel noir nº 44.

LA SÉRIE CHINOISE (édition intégrale), volume 1, Le Rouergue, 2015 ; volume 2, Le Rouergue, 2016.

LA TRILOGIE ÉCOSSAISE

L'ÎLE DES CHASSEURS D'OISEAUX (prix Cezam Inter-CE), Le Rouergue, 2009 ; Babel noir nº 51.

L'HOMME DE LEWIS (prix des lecteurs du *Télégramme*), Le Rouergue, 2011 ; Babel noir nº 74.

LE BRACONNIER DU LAC PERDU (prix Polar international de Cognac), Le Rouergue, 2012 ; Babel noir nº 101.

LA TRILOGIE ÉCOSSAISE (édition intégrale), Le Rouergue, 2014.

SÉRIE ASSASSINS SANS VISAGES

LE MORT AUX QUATRE TOMBEAUX, Le Rouergue, 2013 ; Rouergue en Poche, 2015.

TERREUR DANS LES VIGNES, Le Rouergue, 2014 ; Rouergue en Poche, 2016.

LA TRACE DU SANG, Le Rouergue, 2015 ; Rouergue en Poche, 2017.

L'ÎLE AU RÉBUS, Le Rouergue, 2017.

SCÈNE DE CRIME VIRTUELLE, Le Rouergue, 2013.

L'ÉCOSSE DE PETER MAY, Le Rouergue, 2013.

L'ÎLE DU SERMENT (Trophée 813 du meilleur roman étranger 2015), Le Rouergue, 2014 ; Babel noir n° 163.

LES FUGUEURS DE GLASGOW, Le Rouergue, 2015.

LES DISPARUES DU PHARE, Le Rouergue, 2016.

Achevé d'imprimer en février 2019 par Normandie Roto Impression s.a.s. 61250 Lonrai sur papier fabriqué à partir de bois provenant de forêts gérées durablement pour le compte d'ACTES SUD, Le Méjan, Place Nina-Berberova, 13200 Arles.

Dépôt légal 1re édition : juin 2017

N° impr. : 1900438

(Imprimé en France)